U0035663

明末清初劇作家之歷史關懷

——以李玉、洪昇、孔尚任為主

康逸藍◎著

自序

學術長河，浩瀚無垠，學者們前仆後繼，不斷為長河注入新支脈。我個人這一本小小浮漚，希望也能為長河貢獻小小的心力。

當年，我是教了幾年書之後，想要充實自己，才離開教職，攻讀淡大研究所。在學校受到諸多老師的啟發，也常有機會和同學們切磋，那真是艱辛而充實的四年，尤其到論文寫作倒數幾個月，腦子裡不斷在思考，幾乎到「睡而不眠」的狀態。

存在磁片中的論文檔案，標示著「×章×節一次稿」，一直到三次四次稿，我知道自己努力過。當然這更代表指導老師曹淑娟老師的辛苦，她一直從旁指導。「溫文婉約」的曹老師，碰到我這個比較「粗枝大葉」的學生，所要耗費的精神不可勝計。

曹老師非常鼓勵學生繼續進修，我也覺得浸淫於學術當中，有一種「充實飽滿」的情調，但當時衡量自己年紀已老大，且因喉嚨長年不適，不想再教書而沒有打算讀博士班。玩性挺重的我在童話寫作上，有極大的興趣，而外子也因職務關係兩度出國，我就樂得跟去「拓展視野」，與學術漸行漸遠。

讓我再與學術掛鉤的，是四年前住泰國曼谷時，當地的朱拉隆功大學中文系聘我去教書，教

「文字學」和「中國文學史」，我再度收拾起一點「學術精神」，走上講台。

後來回國定居，發現有的同學還在為考博士班而努力，外子問我要不要「共襄盛舉」，我攬鏡自照，視茫茫而髮稍蒼，想想算了。去年搬家時，把許多學術用書都送掉了。以前印的十多本論文（怕要考博士班而準備），陳舊且佔空間。今年獲悉「秀威資訊科技股份有限公司」有幫人出版學術著作的服務，我趕緊找出陳年磁片，並與主管此業務的李坤成先生連絡，終於拍板定案。

我覺得自己很幸運，能與秀威公司合作，讓我的論文變成一本頗為精緻的書，做為個人生命中一個「艱辛而充實」的里程碑。在這裡真要感謝秀威公司總經理宋政坤及協理李坤城先生及其他員工，合力玉成此事。我也希望這本論文讓後學者有參考的價值，以不負秀威公司的「拔刀相助」。

此外，我的家人也該接受我衷心的感謝，尤其外子一身擔負所有家計，讓我無後顧之憂，並常為我打氣。這本論文，有他不少心血在裡面。

康逸藍　謹識

于淡水水月居

二〇〇四年八月十二日

謝辭

本論文得以順利完成，首先要感謝曹老師淑娟數年來用心的指導，在無數次訪談中，不斷做觀念上的提引，令我在為學處世上均獲益良多。

口試時蒙周老師志文、林老師鶴宜悉心指正，讓我得到許多寶貴的意見，在此一併致謝。

康逸藍

目次

第四章　劇作家對顛覆力量之批判

第五章　劇作家對維繫綱常力量之頌揚

第一章　緒　論

第一節　研究旨趣、研究範疇與研究進路

一、研究旨趣

姚一葦《戲劇原理・戲劇意志論》云：

> 一個戲劇家，一定有他的思想在，也就是說，他創作一部戲劇的目的，一定在於表現他對人生的看法，對人生有所發掘，有所闡揚；有所褒、或有所貶；愈是偉大的戲劇家，愈有深刻的人生哲學。當一個戲劇家要表達他的思想時，他不同於一個傳教士，也不同於一個政治家，他不是把他的思想直接說出來，而是通過戲劇中的人物表現出來。（頁七一）

此段話強調劇作家個人在創作時的意志，由於劇作家的意志加諸作品，使作品的內容對人生有所發掘與闡揚。而劇作家所挖掘出來的，不外乎人生中的種種面貌。劇作家生活在歷史之中，其思想與社會文化息息相關，以其對社會、人生的觀察，通過其思想的貫串，表現其人生哲學。

因此筆者的研究旨趣，即擬由劇作家為出發點，探討劇作家對應於歷史變動劇烈時期，內心所感於時變而產生普遍關注歷史的情懷，如何表現在其創作思想與實踐之中。

中國古典戲曲以其綜合性、立體性的表現方式，融曲辭、唱腔、科介、賓白於一爐，給予人極深刻的感染力。戲曲之所以感人，即在於其表現了人類所共有的喜、怒、哀、樂等諸種情感，而戲曲所搬演的情節，又不外乎人類常遭遇的悲歡離合，因此能動人心弦。明戲曲家袁晉云：

> 蓋劇場即一世界，世界只一情人。以劇場假而情真，不知當場者有情人也，顧曲者猶屬有情人也，即從旁之堵墻而觀聽者，若童子、若瞽叟、若村媼，無非有情人也。倘演者不真，觀者之精神不動。然作者不真，則演者之精神亦不靈①。

袁晉的這一段話，就將作者、演者、觀者之間精神的互動性說得很清楚，作者不真，演者精神就不靈；演者不真，觀者精神也不為之所動。所謂真不真，重要關鍵在一個「情」字，有了真實感情的流露，作者、演者、觀者之間即有可以串連的憑藉，三者完成一次心靈的遇合。戲曲所演內容，在時間上可以上下千古，在空間上，除了人所生活的有形世界之外，還包括天界、冥界等無形世界，浩瀚宇宙，盡可於一方小小舞臺展現之。故作者、演者、觀者均需有「納須彌於芥子，視刹那為永恒」的時空觀，方能將戲曲的藝術精神了然於心。

此高度綜合性的有機體文學，發展至宋已粗具規模[2]，元時雜劇獨擅，明中葉後傳奇大盛，至清中期後地方戲曲勃興，如此一脈下來，劇作家有跡可考的達一千一百餘人，而曲目更是浩如煙海[3]；但在正統文學觀的局限下，戲曲始終被摒於正統文學之門牆外，僅以俗文學的面目流傳著[4]。直到晚清時期，受西方思潮之影響，始以為戲曲小說等足以教化人民，啟迪思想而受到普遍重視[5]，近年來研究領域更擴展至於哲學、心理學、社會學、文獻學、表演形態學等範疇，呈現出開放而豐富的研究空間與氣象。

筆者鑑於中國古典戲曲領域具有豐富的文化資產，故將研究主題置於此領域之中，而筆者對劇作家之創作意識甚有探究興趣，故又以劇作家為中心，選定明末清初歷史變動劇烈時期之李玉、洪昇、孔尚任三人為代表[6]，對他們的歷史關懷做一番探討。此處所謂歷史關懷，是指他們於歷史反思中，對現實社會中人事活動的關注，由於正是鼎革之後，他們的生命存在感讓他們的關注較偏重於現實政治活動上面，試圖尋索治亂興衰的根源，尤其是人事傾軋對朝綱的影響，如忠奸勢力的消長等。他們的終極目標是希望能找出一長治久安之法，用以垂鑑後世。劇作家秉著對「史」的使命感，欲借創作來表達其寓褒貶、興教化的思想，就如姚一葦〈戲劇意志論〉所云，劇作家創作戲劇的目的，在於表現他們對人生的看法，對人生有所發掘，有所闡揚；有所褒、有所貶。此闡揚褒貶，即寓有劇作家個人的價值判斷思想在，他們透過場上人物對於人生的模擬，來表現他們的創作意識。

二、研究範疇

大凡歷史興替時期，政治上多動盪不安，社會上亦呈紛擾狀態，處在此種無奈的歷史情境中，知識份子多感的心靈，常藉文學以發出喟嘆。有明一代，政治上採絕對之君主專制，成祖首啟宦官弄政之端，閹禍遂與明祚相始終，最後因整個官僚體係出現嚴重弊病；又有東林黨與非東林黨的黨爭及遼北用兵、流寇侵擾等問題，終致三百年基業崩頹拱手讓於滿清異族。此種朝代鼎革之時，知識份子於天翻地覆的變動中，常會對歷史進行思考，劇作家生活於此種歷史情境中，也常會多一些歷史關懷，他們的關懷焦點，常會落到實際的人事活動中，郭英德說明清傳奇文人傳奇的三大時代主題：

（一）以政治批判為核心的忠奸鬥爭之主題模式。

（二）以人性探索為內容的情理衝突之主題模式。

（三）以歷史反思為特徵的歷史興亡之主題模式。

郭氏進一步指出此三大時代主題不僅貫穿全部文人傳奇史，而且有著歷史嬗遞的邏輯進程：從明中葉開始，著眼於當代社會政治的批判逐步深化為人性意識的探索；在明清易代之際和清初，人性意識的探索又轉化為宏觀歷史的社會政治批判。某部作品雖以某個主題為基調，卻也同時披示其他主題，即此三大主題往往同時含蘊於某部作品中。且愈到後期，愈具代性的作品，如《長生殿》、《桃花扇》等，常見三大主題相互糾葛夾纏，也因此愈見其內容含蘊之豐富⑦。

以歷史反思為主題的劇作，早在嚴嵩勢衰之後，批判他擅權亂政的傳奇即出現（如《鳴鳳記》），借古諷今的劇作亦出現（如《浣紗記》），後來魏閹受誅，批判魏閹的劇作亦大量出現。此類作品基本上都是劇作家對歷史所呈顯出來的現象的反思，他們意識到政治上的危機感，對政府官僚體系的運作施以高度的關切，對人性的一些衝突也加以探索，他們採取批判的角度來審視時代。郭英德雖然說明此三大主題有歷史嬗遞的邏輯進程，但此三大主題之含孕於同一部作品中，並非末期才出現，他以《浣紗記》為例，認為《浣紗記》雖以歷史興亡為主旨，卻既寫了忠奸鬥爭（如伍子胥與伯嚭的衝突），又寫了情理權衡（如范蠡與西施的個人愛情服從於興復越國的理性精神）⑧。因此南明小朝廷敗亡，滿清入關之後，許多借古諷今或以明朝政治為背景的傳奇亦相繼出現，劇作家更深層地於歷史反思中凸顯歷史興亡之主題，但他們的作品在政治上忠奸的批判與人性情理的探索上，亦有更深刻的表現。

明末清初的戲曲作家及作品均甚多，在作品方面，筆者以具有歷史反思色彩的作品為主，其中一類是描寫當代政治時事的，有人特將此類劇作稱為「時事劇」、「現代劇」，或「時事新劇」等⑨，如李玉之《一捧雪》、《清忠譜》等；另一類是以歷史上發生過的事件為主，如洪昇之《長生殿》。

劇作家方面則以李玉、洪昇、孔尚任三人為主。筆者將劇作家的時代斷限於明崇禎到清康熙之間，李玉約生於明萬曆年間，明亡之前即以「一、人、永、占」蜚聲劇壇⑩，明亡之後，隱居專心作劇，並與其同鄉多位劇作家互有往來⑪，隱然成為一創作集團，人稱「蘇州派」。葉長海《戲劇發生與生態》中說：「有時一個地方的許多藝術家相輔相長，互相影響，在風格上有相似之處，形成各種地方流派或作家群。」（頁一四二）李玉以及這些劇作家即屬於此種性質的作家群，他們的作品風格相當一致，也都有以歷史反思為主題的作品⑫。其中以李玉的作品最多，也最具代表性，故由明末跨越到清初的作家，筆者以李玉為代表。與李玉差不多時期的李漁，作品亦多，但張敬《明清傳奇導論》說他的作品「內容多屬滑稽笑鬧，插科打諢，以及男女風情之奇巧戲弄一類，辭乏雅正，味亦鄙俗。」（頁五一）與本論文所取作品風格不合，故不取。清初順治康熙之間的劇作家，沒有類似以李玉為首的蘇州派作家這樣的創作集團，而個人作品中所表現的思想與藝術成就則以在劇壇上享有盛名的「南洪北孔」為佳，他們兩人的代表作品《長生殿》及《桃花扇》，咸被認為具有歷史反思之色彩，故取之以為清初作家之代表⑬。

對於此時期傳奇之研究，有曾永義《洪昇及長生殿研究》、耿湘元《孔尚任桃花扇考述》、平松圭子《李笠翁十種曲研究》、張百蓉《李漁及其戲劇理論》、王安祈《李玄玉劇曲十三種研究》、鄭圓鈴《燕子箋研究》、張啟超《長生殿舞臺藝術之研究》、謝麗淑《桃花扇研究》、陳進泉《晚明張岱陶庵夢憶戲劇資料之研究》、林鶴宜《阮大鋮石巢四種美學研究》、李元貞《李漁的喜劇風格及其曲論的成就》、林鶴宜《晚明戲曲劇種及聲腔研究》，其研究於作者、作品的抉發、闡述，或於藝術形式、表演範疇之研究，都有相當成果，筆者試著以此時期中較具有歷史關懷的劇作家—李玉、洪昇、孔尚任三人為代表，側重於其創作意識及作品實踐之研究。

三、研究方法與進路

勞思光在《中國哲學史・序言》中，提出自創的研究方法，名之為「基源問題研究法」，他認為：

> 一切個人或學派的思想理論，根本上必是對某一問題的答覆或解答。我們如果找到了這個問題，我們即可以掌握這一部份理論的總脈落。反過來說，這個理論的一切內容實際上皆是以這個問題為根源。理論上一步步的工作，不過是對那個問題提供解答的過程。（頁一六）

基於這樣的信念，他提出「基源問題研究法」，掌握基源問題後，即可由基源問題衍生出許多次級問題的探索。勞思光此基源問題研究法乃為思想理論而建構，但筆者認為李玉、洪昇、孔尚任三人的劇作雖不屬於思想理論之建構，可是卻有其生命存在感強烈投射的關懷問題—即興衰治亂的根源何在？他們以此為基源點，去觀察歷史上所發生過的事蹟，以此來安排角色、推進情節，並將他們的創作意識呈顯於其中，希望透過戲劇之表現，尋索解答。

李玉、洪昇、孔尚任三人的基源問題是由歷史反思而來，他們考索歷史上所發生過的人事活動，衍生諸種次問題，如政治倫常的運作，忠奸勢力之消長之對於興衰治亂的影響等等；而他們以史職自任，欲於劇中明是非、別善惡、定褒貶，為時代治亂的推演下註腳。因此當他們在尋索解答的過程，勢必要對歷史做一些詮釋工作，透過他們自身的主觀意識，對歷史進行解讀，他們不管是對前代歷史的解釋，或對當代歷史的解釋，都透顯出他們對自己所處時代的觀點。

至於李玉、洪昇、孔尚任三人如何詮釋他們的觀點，以及筆者如何透過他們的詮釋再進一步詮釋，可以借用詮釋學的原理稍加說明。高宣揚將狄爾泰對解釋學⑭所下的一些經典性定義，歸納為幾種重要思想⑮：

（一）「解釋」和「理解」乃是人的歷史性發展，或確切地說人的精神的歷史性展現和進步所要求的文明建設過程中的重要環節和必要手段。

（二）「解釋」和「理解」既是特定的歷史條件內人類內在精神活動能力的表現，又是以往持續著並不斷地固定化的各種生活方式的結晶。

（三）「解釋」和「理解」永遠是暫時的和有限的，是有待後人加以豐富的。

高宣揚進一步提到「在任何時代，任何一個天才的作品，都是一種解釋—即對於當時的歷史的註釋，也是對於生活、人物、事物和各種對象的看法的流露。」但這種解釋，不論對於任何一個天才來說，都永遠是「沒有說完的話」，或「沒有寫完的文章」。因為作者雖然試圖完美地表達其本身的意圖，但任何作品永遠都與原作者的內在精神活動，總體性保持一定的距離⑯，因此，解釋和理解，永遠都是暫時的和有限的，有待後人在原作者的基礎上，作出更深刻、更豐富的解釋。

李玉、洪昇、孔尚任三人那些具有歷史反思之作，基本上也是對他們所處時代提出他們的看法。歷史是一個不斷演進的生命體，所有詮釋者對於歷史進行詮釋，都難免染上個人所處時代的色彩，每一個時代的詮釋者有其特定的歷史條件，因此詮釋本身亦有其持續不斷的歷史性，故永遠都只是暫時的和有限的，須待後人在其基礎上，進一步豐富它、深化它。就狄爾泰的解釋學原理而言，李玉、洪昇、孔尚任三人對於歷史的詮釋，亦是暫時性、有限性的，還有待後人加以豐富、深化，筆者即試圖以此為進路，在他們的作品中，再進行詮釋。

筆者在前面揭示，李玉、洪昇、孔尚任以「尋求興衰治亂根源」為觀察點，由此將歷史上發生過的人事活動，透過其創作意識在劇中加以演伸、推進。筆者即就其作品之呈現，提出劇作家「於教化觀中凸顯嚴辨忠奸」及「援史入劇，以劇為史」之創作意識。他們認為「朝綱不振」是一個很重要的關鍵，因此在劇中著力於忠奸兩股勢力抗衡的描述，一方面對顛覆朝綱的奸邪力量予以嚴厲批判，一方面對維繫綱常的正義力量予以頌揚。在他們廣泛地將人事活動納入劇中的同時也展現他們對歷史文化觀照後之價值判斷，因此筆者認為他們的劇作與「詩史」有相同的意涵，可視為「劇史」。而在已然的歷史事實中，筆者亦將探討劇作家對歷史事實的缺憾，如何透過其救贖觀念來加以彌縫。

本論文的章節安排如下：

第一章緒論，第一節首先說明本論文的研究旨趣、範疇與研究方法、進路。第二節闡釋明中晚期，此類與歷史反思主題相關傳奇之蜎興背景。

第二章主要是對劇作家生平、著作等做一番論述，尤其著重於劇作家的存在感受。

第三章則由劇作家的歷史關懷抉發其創作意識，第一節探討劇作家如何於傳統教化觀中凸顯「嚴辨忠奸」的創作意識；第二節探討劇作家「援史入劇，以劇為史」的創作意識，闡發他們對史的自覺與使命感。

第四章、第五章則探討劇作家在作品中對其創作意識的實踐，第四章主要針對劇作家對製造動亂的歷史人物（即代表顛覆力量的一方）進行的批判，做一番評析；第五章則針對劇作家維護倫理綱常的歷史人物（即代表穩定力量的一方）進行的頌揚，做一番評析。

第六章探討劇作家處理正邪衝突或邦國興亡時，如何表現他們的救贖觀念。

最後為結論，檢討劇作家創作意識與其實踐之間的問題，及後續研究的展望。

註釋

① 袁晉〈玉茗堂批評《焚香記》序〉，《焚香記》卷首，見《中國古典戲曲序跋彙編》卷一一。

② 《永樂大典》第一三九九一卷內之戲文三種：《小孫屠》、《張協狀元》、《宦門弟子錯立身》，裡面不分齣，但與明初南戲已相當接近。

③ 據莊一拂《古典戲曲存目彙考》所載統計，劇作家有一一六八人，曲目有五八五四部。

④ 正史藝文志的記載，如《明史・藝文志》及清朝纂修的《四庫全書》均不見著錄。

⑤ 例如梁啟超、陳獨秀等人，即很注意戲曲的教化功能，陳獨秀曾以三愛為筆名發表一篇〈論戲曲〉云：「戲曲者，普天下人類所最樂睹、最樂聞者也，易入人之腦蒂，易觸人之感情。故不入戲園則已耳，苟其入之，則人之思想權未有不握於演戲者之手矣。使人觀之，不能自主，忽而樂、忽而哀、忽而喜、忽而悲、忽而手舞足蹈、忽而涕泗滂沱，雖少之時間，而其

思想之千變萬化，有不可思議者也。……由是觀之，戲園者，實普天下人之大學堂也；優伶者，實普天下人之大教師也。」（《晚清文學叢鈔・小說戲曲研究卷》卷一，頁五二。）

⑥ 本論文探討的劇作家，以崇禎朝到康熙朝為主，李玉算是明清之際時期的人，洪昇、孔尚任則是清代初期的人，故題目應將時期訂在「由明末到清初」較為周延，但為行文方便，題目訂為「明末清初」，應不致有太大差異。

⑦ 見郭英德《明清文人傳奇研究》，頁六六，郭氏認為《長生殿》、《桃花扇》為集大成之作，故其內容含蘊更為豐富。

⑧ 同⑦。

⑨ 張庚、郭漢城所著之《中國戲曲通史》說《鳴鳳記》是「具有鮮明政治色彩和生動的藝術描寫，它是反映現實政治的明代時事戲的開山作品。」吳國欽《中國戲曲史漫話》也說該劇是「嘉靖年間的現代劇」。朱承樸、曾慶全之《明清傳奇導概說》稱該劇「是明代政治時事戲的首創之作，突破了傳奇創作大都襲取前代故事的框子，給後人 打開了眼界，意義是重大的。」高美華《明代時事新劇》中名之為「時事新劇」。

⑩ 此四劇指《一捧雪》、《人獸關》、《永團圓》、《占花魁》。

⑪ 此輩劇作家有朱佐朝、朱素臣、葉時章、邱園、畢魏、張大復等人。

⑫ 如朱佐朝的《血影石》、《乾坤嘯》、《奪秋魁》、朱素臣的《朝陽鳳》、《翡翠園》、邱園的《黨人碑》、葉時章的《英雄概》、以及張大復的《如是觀》等。

⑬ 明末清初戲曲中的雜劇，亦有取材於歷史故事，而寄寓黍離之悲的作品，如吳偉業的《臨春閣》、《通天臺》、陸世廉的《西臺記》、土室遺民的《鯁詩讖》等，作品較傳奇少很多。篇幅長的傳奇，比起雜劇來，能容納更多的時空背景，呈現出的歷史舞臺更豐富，對於故事的來龍去脈也更能整體含括。本論文既以李玉、洪昇、孔尚任三人之劇作為主，而他們的代表性作品，又多以傳奇為主，故筆者選材方面也以傳奇為主。

⑭ 「解釋學」亦稱「詮釋學」，沈清松在〈詮釋學的變遷與發展〉一文中，對「詮釋學」這一名詞有所解說。按「詮釋學」的英文原文是Hermeneutics，他原本將之翻譯為「解釋學」，但後來他發現「解釋」二字，在哲學辭典上已被用來翻譯一個特殊的哲學術語—Explanation，故另以「詮釋學」代之，本文行文時，亦以詮釋代替高宣揚文中的「解釋與理解」一詞。

⑮ 見《解釋學簡論》頁三七。

⑯ 見同註⑮，這些距離的存在，可能有以下各種原因

(1) 原作者本人有意識地保留下來，供後人去思索和填充。

(2) 原作者本身無力完美地表達出來。

（3）外在因素的限制，使原作者只能停留在一定的視野內而進不到視野的「那一邊」。

第二節　明中晚期歷史傳奇之蝟興

朱承樸、曾慶全所著《明清傳奇概說》中，將明清傳奇的發展分為三個時期：

一、前期：從元末到明嘉靖年間（十四世紀中期—十六世紀中期）。此時期發展是緩慢的，由南戲脫胎出來的傳奇創作，相對而言，收穫不多，但南戲的各種聲腔在競爭交流中發展流佈卻很迅速。

二、中期：從明嘉靖之際到清康熙中期（十七世紀末）。此時期崑曲鼎盛，傳奇創作高度繁榮，名家輩出。

三、後期：十八世紀以後。此時期崑曲衰落，各地方劇種興起，傳奇劇本由舞臺演出轉而案頭欣賞，逐漸沒落。

明朝初期，傳奇各地聲腔仍在互相競爭、消融之中，而雜劇又因王公貴族的參與①，一時劇作仍盛，《南詞敘錄》云「本朝北曲，推周憲王、谷子敬、劉東生，近有王檢討、康狀元，餘如史癡翁、陳大聲輩，皆可觀，惟南曲絕少名家。」由此可見明初曲壇梗概。那時傳奇的製作雖仍不足與雜劇抗衡，但卻是傳奇的醞釀期，明初四大聲腔經漫長的競爭與消融，嘉靖年間，魏良輔出來對崑腔做改良工作，而有了關鍵性的轉變。四大聲腔中，崑山腔流行於吳中一帶，影響原本不大，但因崑山腔具有「流麗悠遠」的特性②，一經審音名家魏良輔之手③，身價陡升，遂淩駕諸腔之上，以崑腔創作傳奇者，一時蝟興，因此開啟傳奇的高峰期，此高峰期一直延續至清初。

除了聲腔，還得配合戲曲體製來探討。就戲曲體製而言，由現存的南戲和雜劇做一個比較，雜劇每本以四折為限，南戲長短自由，故發展為傳奇後，少則二十多齣，多則四五十齣，如此很可以讓作者在關目上多做變化，內容更能吸引人；雜劇每折一人獨唱，南曲則可以獨唱、對唱或合唱，在舞臺上的表現活潑、自由得多；雜劇每折限用一個宮調，一韻到底，南戲可以換韻，在曲調的變化上，也比較易於發揮。傳奇作者除了繼承南戲一些優良的表現方法之外，也從北雜劇裡吸收很多優點，因北雜劇本身的藝術性已有高度表現，被傳奇作家吸收，將傳奇的藝術層面提高。

由於南戲可以有長篇幅可以發揮，對於歷史事件而言，其來龍去脈所牽涉的人物往往很多，所經歷的時間也較長，若有適當的篇幅任其發揮，則更能將歷史事件委曲詳盡。由南戲發展而來的明傳奇剛好具有此特性，故明中葉以後，與歷史題材相關的傳奇也相對地增多。

歷代文學作品中，不乏託古諷今或吟詠黍離之悲之作，即如元雜劇中，屬歷史劇者不在少數，但明代歷史傳奇卻具有較複雜的風貌，它包含兩種類型的作品：一種是傳統歷史劇的作法，拿歷史上相類似的事件，來影射當時政治的黑暗面，如洪昇《長生殿》之搬演明皇貴妃的故事；一種是搬演當朝的時事，如李玉《清忠譜》之搬演周順昌的故事，其中第二種類型是明清歷史傳奇的一大主流。此類傳奇之勃興，除上述由南戲戲文發展而來的傳奇，體製上有利於歷史事件的搬演之外，尚有諸端因素，分述於下：

一、政治上：趙翼《廿二史箚記》卷三五〈萬曆中礦稅之害〉談到「論者謂明之亡，不亡於崇禎，而亡於萬曆」，所謂「礦稅兩監遍天下，兩准又有鹽監，廣東又有珠監，或專或兼，大璫小監，縱橫繹騷，吸髓飲血，天下咸被害矣！」（同上）萬曆中不但稅監之害，且缺官不補，官僚廢弛；又有「梃擊」、「紅丸」、「移宮」三案，演為政治爭端；再者閹黨為禍，更使朝綱大壞，文人有感於政治之紛擾，遂將之編入戲曲。

二、思想上：自王陽明提倡心學，對思想界產生極大影響，後來的徐渭和李贄都是思想上較為突出的人物，而他們對戲曲頗為重視。徐渭著有專論南戲的《南詞敘錄》，自己也從事雜劇創作，有《四聲猿》之作，為曲論家允為佳品，對戲曲的評點亦有開創性的功勞④。李贄〈童心說〉有云「詩何必古選，文何必先秦？降而為六朝，變而為近體；又變而為傳奇，變而為院本，為雜劇，為《西廂曲》，為《水滸傳》，為今之舉子業，皆古今至文不可得而時勢先後論也。」他將戲曲小說之地位提高，視為古今至文，他又評介了多種劇本，而徐渭、李贄都是富有現實批判精神的人，他們的觀念對劇作家的創作意識有重大影響，故對歷史劇的創作有推波助瀾之作用。

三、經濟上：明中葉以後，工商業發達，各種手工業發展迅速，經濟活動的熱絡，也帶動各種娛樂活動，戲曲就在此種繁榮景象中蓬勃起來，且因戲曲能夠直接反映現實，故社會上有重大事情發生，常很快就被編成戲曲，搬上舞臺。衡諸當時的小說，亦有此種狀況，陳大道〈明末清初時事小說的特色〉一文中即云「這種事件方止隨即出書，由同代人寫同代事的成書形式，自明萬曆年起已蔚為時尚，尤其自晚明至清初，因時代動盪，急事頻傳，這類作品無論在數量及完成速度上均頗驚人⑤。」小說戲曲屬通俗文學隨著社會經濟的發展，人們對周遭的事也有了相當程度的關心，小說戲曲即以它們的通俗性、普遍性，擔負起滿足人們對於時事好奇、關心的心態，因此明中葉以後，此以當代事件為藍本的小說、戲曲，受到人們的重視。相傳為王世貞或其門人所作的《鳴鳳記》，即搬演嚴嵩父子故事，呂天成《曲品》著錄，並云「紀諸事甚悉，令人有手刃賊嵩之意，詞調儘𥚃達可詠，稍厭繁耳。江陵時亦有編《鸞筆記》，即此意也⑥。」焦循《劇說》卷三有云「相傳《鳴鳳》傳奇，弇州門人作，惟〈法場〉一折，是弇州自填。詞初成時，命優人演之，邀縣令同觀，令變色起謝，欲亟去，弇州徐出邸抄示之曰：『嵩父子已敗矣！』乃宴終。「由《曲品》記載可知，當時演嚴嵩事件者，尚有他本，而焦循的記載或許有失實處，但也可見當時這一類劇種搬演之速⑦。此種具有現實批判的主題，為傳奇開啟另一個發揮的領域。

四、出版上：明代的刻書業極盛，胡應麟《少室山房筆叢．經籍會通四》云「余所見當今刻本，蘇、常為上，金陵次之，杭又次之，近湖刻；歙刻驟精，遂與蘇、常爭價。蜀本行世甚寡，閩本最下。」各地刻書的特色宛然可見，刻書之盛自不待言，且因各地特色不同，各有其市場上的銷售對象，書不再僅是富貴人家的裝飾品，而是普及到一般市民階層了。胡氏又云「凡書之直之等差，視其本、視其刻、視其紙、視其裝、視其刷、視其緩急、視其有無。」由內容、紙質、刻印到裝訂等，可見刻書已不純為實用價值，且含有藝術上的審美價值。據林鶴宜〈晚明戲曲刊行概況〉所言，萬曆至崇禎年間，戲曲劇本及相關著作的刊刻地點，包括浙江杭州、紹興、吳興，江蘇南京、蘇州，安徽歙縣，福建建陽等。這些地方均是當時南方工商業重鎮，繁榮的經濟活動，成為刻書業的溫床。該文並統計此時期中，共有戲曲全本五百五十五種、戲曲散本選集四十二種、戲劇學著作二十五種⑧。而名家的評點、眉批、插畫，更增加人們擁有的慾望，歷史傳奇搭上刊刻鼎盛時期的列車，也就成為明傳奇的一個重要支派了。

明末清初因當鼎革之際，劇作家有感於時變，頗多此類具歷史反思之傳奇，就現存作品來看，光是崇禎朝到康熙朝之間，就約有三十多部（附錄），其中尚不包括那些年代無可考者，尤其入清後，他們對歷史的批判與反省更為尖銳與深刻。整個時局的大翻轉，漢族政權再度落入異族手中，痛定思痛之餘，遺民們將黍離之悲寄寓戲曲中，出生於清初的漢家子弟，也在新舊時代的替換中，對於明王室的敗亡做一番反思澄慮。前者可以李玉為首的蘇州派劇作家為代表，後者可以洪昇、孔尚任為代表。

【註釋】

① 如寧獻王朱權著有《太和正音譜》，為北曲的研究提供豐富的資料，他自己也有多種雜劇作品；另周憲王朱有燉也作雜劇三十餘種。

② 徐渭《南詞敘錄》云「今唱家稱弋陽腔，則出於江西、兩京、湖南、閩、廣用之；稱餘姚腔者，出於會稽、常、潤、池、太、揚、徐用之；稱海鹽腔者，嘉、湖、溫、台用之。惟崑山腔止行於吳中，流麗悠遠，出乎三腔之上，聽之最足以蕩人。」

③ 沈寵綏《度曲須知‧曲運隆衰》云「嘉隆間有豫章魏良輔者，流寓婁東鹿城之間，生而審音，

憤南曲之訛陋也，盡洗乖聲，別開堂奧，調用水磨，拍捱冷板，聲則平上去入之婉協，字則頭腹尾音之畢勻，功深鎔琢，氣無煙火，啟口輕圓，收音純細。……要皆別有唱法，絕非戲場聲口、腔曰『崑腔』，曲名『時曲』，聲場稟為曲聖，後世依為鼻祖。蓋自有良輔，而南詞音理，已極抽秘逞妍矣！」可見當時崑腔之盛。

④徐渭曾刪潤與評點梅鼎祚的《崑崙奴》、王驥德稱之「先生稍修本色，其中更易字句，詎以攻瑕，抑多點鐵，淄澠之較，不啻蒼素，其眼者當亟下一擊節也已。」孟稱舜亦云「舊有徐文長評本，品騭甚當，其中所刪潤處，亦勝原本。」

⑤見聯經書局《小說戲曲研究》第三集。

⑥《曲品》將此劇著錄於卷下「作者姓名無可考」處，當時的曲論如王驥德《曲律》、徐復祚《曲論》、凌蒙初《譚曲雜劄》、張琦《衡曲麈譚》均未提及《鳴鳳記》。今人葉永芳對《鳴鳳記》作者考證甚詳，認為此劇應屬王世貞之作（參考葉所撰之《鳴鳳記研究》政大七十一年碩士論文）。

⑦崇禎時，魏忠賢誅，演魏忠賢故事的戲曲也大量出現，張岱《陶庵夢憶‧冰山記》云「魏璫敗，好事者作傳奇十數本，多失實，余為刪改之，仍名《冰山》，可知此風氣未衰。

⑧本文見《漢學研究》第九卷第一期，民國八十年六月。

第二章　劇作家之生平著作及其存在感受

第一節　「詞場正史」之李玉

李玉字玄玉（避清聖祖諱改為元玉），自號蘇門嘯侶，所居名一笠庵，故又稱為「一笠庵主人」。他的生平資料極少，在有限的資料當中，還存在一些互相矛盾之處，以下就所見資料互為參照解說。據吳偉業《北詞廣正譜序》云①：

李子元玉，好奇學古士也，其才足以囊括藝林，而連厄於有司，晚幾得之，仍中副車。甲申以後，絕意仕進，以十郎之才調，效耆卿之填詞。所著傳奇數十種，即當場之歌呼笑罵，以寓顯微闡幽之旨。忠孝節烈，有美斯彰，無微不著。

焦循《劇說》云：

元玉係申相國家人，為申公子所抑，不得應科試，因著傳奇以抒其憤。而「一、人、永、占」尤盛傳於時，其《一捧雪》極為奴婢吐氣，而開首即云：「裘馬豪華，恥爭呼

貴家子。」意固有在也。（卷四）

吳梅《顧曲麈談》云：

> 李玄玉，字玉，蘇州人。崇禎間舉人。

查《蘇州府志》選舉之目，並無李玉之名，故吳梅所謂「崇禎間舉人」，大概是依吳偉業所云「晚幾得之，仍中副車」做一籠統說法。其實李玉可能因一直厄於「有司」，所以仕途上無法通達。至於「厄於有司」，一般的說法是因李玉曾為申相國家人[2]，申公子可能因某種理由，不願讓李玉應考，故焦循言「不得應科試」。然吳偉業為李玉之朋友，他說李玉「晚幾得之」，表示李玉後來還是有應考機會，只是機會來得慢[3]，且又考得不理想，只中副車。至於說他為申公子所抑，而作《一捧雪》為奴婢吐氣，似亦不妥，因《一捧雪》中之義僕莫誠，忠於主人，甚至為主人犧牲性命。李玉筆下的莫誠，是傳統奴婢的形象，並沒有「為奴婢吐氣」之意。

依吳偉業云李玉於「甲申以後，絕意仕進」，可知李玉負民族氣節，明亡後以遺民的心態專意填詞。

李玉的生卒年不甚可考[4]，他在明崇禎時已有戲曲傳世[5]，故知他大約生於明萬曆中後期。康熙六年，他曾為袁圓客重刻的《南音三籟》⑥作序，序中自述：

> 予於詞曲，夙有痂癖，數奇不偶，寄興聲歌，作《花魁》、《捧雪》二十餘種，演之氍毹，聊供噴飯。

這一段文字是目前所能看到李玉自述懷抱之言的少數資料之一，雖僅聊聊數句，然由「數奇不偶」，知他一生命運淹蹇，恰好他夙耽詞曲，到「痂癖」的境界，故可將精神寄託在聲歌之中，利用聲歌來寄寓他的懷抱。由於他詞曲非泛泛涉獵，故劇作甚多，在康熙六年左右即有二十餘種作品，今據高奕《新傳奇品》、無名氏《傳奇滙考標目》、黃文暘《重訂曲海總目》、《曲海總目提要》及《傳奇滙考》等書，統計李玉的作品約有三十四種⑦。在康熙六年之後，李玉仍創作十餘部作品，以此推斷康熙六年之後，他應還有數年在世。

關於李玉之生平，因相關之資料甚少，且相牴牾，故大致只能推斷他出身低微，若其曾為申相國家人，可能即從事相府家樂的編劇方面的工作⑧，他雖有心要在仕途上發展，但囿於身份限制，或其他原因，並未能一展抱負。明亡後，他不肯仕於異族統治的清廷，於是隱於故鄉，與一批氣味相投，喜製詞曲者交遊密切。今所知有朱佐朝、朱素臣兄弟，以及葉時章、邱園、畢魏、張大復等，此外，他和曲師鈕少雅、文學家馮夢龍、吳江派作家沈自晉等亦有來往，他們志趣相投，相互切磋，在填詞作曲中抒發懷抱，李玉就在此種創作生涯裡終老。

李玉的作品，除了一本《北詞廣正譜》外，其餘都是傳奇，是一個專力於傳奇創作的劇作家。他的作品很多，可見他創作力之旺盛，這在傳奇作家中甚為難得。不過，就其所流傳的作品看來，在藝術成就方面亦高下不等，但一般說來，大多是不錯的，故高奕《新傳奇品》品為「康衢走馬，操縱自如」，對他的評價算是高的。他的作品很適合於舞臺上表演，故頗受當時藝人們的歡迎，馮夢龍在墨憨齋定本的《永團圓序》中云：

> 「初編《人獸關》盛行，優人每獲異稿，競購新劇，甫屬草，便攘以去。」可見其受歡迎的程度，但可能也因為優人需索太急，所以有些劇作前後之水準不一。馮夢龍接著說「上卷精采煥發，下卷頗有草草速成之意」，因此馮夢龍才加以改竄，所改的內容也以此劇為多。

另錢謙益《眉山秀・題詞》云：

> 元玉言詞滿天下，每一紙落，雞林好事者爭被管絃，如達夫、昌齡聲高當代，酒樓諸妓，咸歌其詩。

一笠庵四種（即《一捧雪》、《人獸關》、《永團圓》、《占花魁》四種）蜚聲劇壇，以「一人永占」聞名，這是早期的作品。晚期因明亡，李玉心中有興亡之痛，故所作之劇有的更具深意。

《綴白裘》、《納書盈曲譜》等清代根據場上經常上演而編的戲曲選集，大量地收了李玉的戲，故許多尚足以保留至今。其中現存的有：「一人永占」四劇，及《清忠譜》、《千忠戮》⑨、《眉山秀》、《牛頭山》、《萬里圓》、《兩鬚眉》、《太平錢》、《麒麟閣》、《意中人》、《五高風》、《昊天塔》、《風雲會》、《七國記》、《一品爵》等十八種。

其中與本論文研究主題相合之劇作計有：《一捧雪》、《清忠譜》、《牛頭山》、《千鍾戮》、《兩鬚眉》、《萬里圓》等，茲簡述其版本、著錄、提要如下⑩：

《一捧雪》

著錄：《新傳奇品》、《傳奇彙考標目》、《曲海目》、《曲考》、《曲目表》、《今樂考證》、《曲錄》、《曲海總目提要》並錄。

版本：一、明崇禎間刊本，二卷（《古本戲曲叢刊三集》本、天一出版社《一笠庵一捧雪傳奇》據明崇禎本影印。）

二、清乾隆五十九年寶研齋刊本，二卷，一笠庵四種曲。

本論文以明崇禎刊本為據。

提要：凡二卷三十齣。內容敘嚴世蕃不法事。

此劇言莫家與嚴家有舊，莫懷古有心求功名，恰嚴世蕃也來信相邀，遂帶著妾雪豔、僕莫誠及家中收留的裱褙師湯勤同往京城。後來嚴世蕃因貪得莫家之傳家寶《一捧雪》，而演出種種故事。其中湯勤成為搆陷之人，作者以「中山狼」暗喻之。莫誠、雪豔相繼犧牲，最後莫懷古之子莫昊應舉高中，上書嚴世藩不法事，皇上下嚴世藩罪，莫氏一家團圓。

按相傳太倉王忬，家傳玉盃名「一捧雪」，又藏宋張擇端所畫《清明上河圖》，為嚴世蕃所知，欲得之，忬與之贋品，有湯裱褙者摘出真相，嚴世蕃遂搆事陷之於法。此劇託名莫懷古，實即指王忬⑪。

《千鍾祿》

著錄：《新傳奇品》、《傳奇彙考標目》、《曲海目》、《曲考》、《曲目表》、《今樂考證》、《曲錄》並錄。

版本：一、舊鈔本，二卷（《古本戲曲叢刊三集》本、天一出版社《千鍾錄》據舊鈔本影印）

二、鈔本，百種傳奇收⑫

本論文以舊鈔本為據。

提要：凡二十五齣，敘明建文帝及程濟事甚詳，皆據史仲彬之《致身錄》，劇中嚴震直追及建文，載於囚車，後程濟追至，痛罵嚴震直，幾番曲折，嚴震直慚而自殺，係為紐合。劇中另增飾程濟女與史仲彬子成婚，乃取團圓熟套。

《牛頭山》

著錄：《新傳奇品》、《傳奇彙考標目》、《曲海目》、《曲考》、《曲目表》、《今樂考證》、《曲錄》、《曲海總目提要》並錄。

版本：一、清鈔本，一卷。

二、舊鈔本，二卷（《古本戲曲叢刊三集》本、天一出版社《牛頭山總綱全集》據舊鈔本影印。）

本論文以舊鈔本為據。

提要：凡二十五齣，劇中幾處重要關目與《說岳全傳》大致相符，但有些細節仍有異。敘康王南渡，金兵追逼甚急，岳飛父子提兵救主，以牛頭山大戰為關目。

按牛頭山之役，正史有載，只是此劇綰合甚多，與正史不甚吻合。但內容係批判康王所用非人，致朝綱紊亂；並表彰岳飛父子英勇退敵，忠心可感之事蹟。

《兩鬚眉》

著錄：《新傳奇品》、《傳奇彙考標目》、《曲海目》、《曲考》、《曲目表》、《今樂考證》、《曲錄》並錄⑬。

版本：清順治間刊本。（《古本戲曲叢刊三集》本、天一出版社《一笠庵新編兩鬚眉傳奇》據順治間本影印。）

提要：凡三十齣。演明末六合黃禹金投筆從戎，剿撫群寇，其妻鄧氏，墾荒活民，守砦殺賊事。

按主角黃禹金史傳未載，《安徽通志》中有黃鼎及夫人鄧氏傳，其事蹟如下：

國朝黃鼎，字玉耳，六安諸生。崇禎間流寇猖獗，巡臨張倫序薦鼎異才，令往光固糾合義勇，為進取計。闖賊南陽，鼎擒殺其所委署州縣，援授黃州通判，歷至總兵，督理剿寇事宜，駐光固。大兵南下，鼎歸誠，以總兵駐防皖江賊李時嘉焚掠太湖，鼎討平之。又平定池陽水賊，歸還流散難民婦女數千人，為同列所忌，罷歸。總督馬國柱題留軍前，參決機務，剿定麻埠賊張福寰，鼎功居多。

黃鼎妻鄧氏，六安人，多才智，優於方略。崇禎壬午，流寇左金玉犯六安，諸砦悉破。氏守白湖寨，督子弟率鄉民分守，伏奇制勝，左賊中砲死，村閭生聚感受其福，紀事者比之夫人城⑭。

按劇中黃禹金並未降清，在弘光朝時即因朝事日非而辭官歸里，此為李玉故意扭轉以符合他忠義人物之塑造。

《清忠譜》

著錄：《新傳奇品》、《傳奇彙考標目》《曲海目》（作《精忠譜》）、《曲考》、《曲目表》、《今樂考證》、《曲錄》、《曲海總目提要》並錄。

版本：一、清順治間刊本，二卷（《古本戲曲叢刊三集》本、天一出版社《一笠庵彙編清忠譜傳奇》據順治間刊本影印。）

二、清康熙霜英堂刻本，二卷。

三、民國間陳湘鈔本不分卷。

四、鈔本，二卷。

本論文以清順治間刊本為據。

提要：凡二卷三十四齣。敘周順昌事，以顏佩韋等五人仗義就戮為關節，亦是與魏忠賢相關之劇，然主要以蘇州地方為魏忠賢造生祠為關目，魏忠賢在此劇中僅於〈叱勘〉中出現一下，表現手法頗為特殊。其中周順昌之事蹟，多與本傳相合，對其方剛忠介之個性，表現尤為突出。

張岱《陶庵夢憶・冰山記》中說：「魏璫敗，好事作傳奇十數本，多失實，余為刪改之仍名《冰山》。」劇作家爭相以魏璫事跡譜入曲中，可見魏璫為禍之深，令劇作家急欲藉戲來表達他們的觀感。張岱接著又說：「城隍廟揚臺，觀者數萬人，臺址鱗比，擠至大門外。」這又說明了民眾觀看魏璫劇的盛況，由此記載可知當時魏璫事跡對當時政治社會影響之深。今就莊一拂《古典戲曲存目彙考》所著錄，演魏璫事的有：王應遴《清涼扇》、王元壽《中流柱》、陳開泰《冰山記》、張岱《冰山記》、范世彥《磨忠記》、盛於斯《鳴冤記》、王玄曠《鹹隼記》、穆成章《請劍記》、高汝拭《不丈夫》、陽明子《冤符記》、三吳居士《廣爰書》、白鳳詞人《秦宮境》、清嘯生《喜逢春》、鵬鷃居士《過眼雲煙》、袁于令《瑞玉記》、李玉《清忠譜》等，其中多數已亡佚。今所存唯《磨忠記》、《喜逢春》、《清忠譜》⑮。

《萬里圓》

著錄：《新傳奇品》、《傳奇彙考標目》、《曲海目》、《曲考》、《曲目表》、《今樂考證》、《曲錄》、《曲海總目提要》並錄⑯。

版本：舊鈔本，二卷，有程氏玉霜簃藏本。（《古本戲曲叢刊三集》本、天一出版社，《萬里圓》據舊鈔本影印）

本論文以舊鈔本為據。

提要：凡二十六齣。演明末孝子黃向堅萬里尋親的故事。黃向堅之父黃孔昭，舉崇禎鄉試，選授大姚知縣，後來遭遇動亂，黃向堅萬里尋親，終能團圓之事。

雖然同時代的吳偉業對李玉推崇甚高，各目錄或解題之書亦多著錄，但一般曲論家除論及本事會帶過外，罕有對李玉作品細加品論者。而稍後的《桃花扇》、《長生殿》卻頗有品論者，今將所見有關清代對李玉作品稍加評論者拈出：

1、笠閣漁翁《笠閣批評舊戲目》（最早刻於清乾隆二十七年）中，僅評《一捧雪》為中下之作。

2、道咸年間楊恩壽之《詞餘叢話》評《千鍾祿》云：「雖據野史，究失不經，然詞筆甚佳也。〈慘睹〉一齣發端無限悽涼，帝子飄零，迴異遊僧。〈托缽〉選詞，何親切乃爾。」

3、姚華《曲海一勺・駢史》云：「明李玉《永團圓》傳奇，看會生搛齣分段鋪寫，令人神遊，如目擊其盛。」

4、吳梅《顧曲麈談．談曲》云：「今所傳述人口者，《占花魁》、《一捧雪》、《人獸關》、《永團圓》而已，其詞雖不能如梅村、西堂之妙，而案頭場上交稱利便。錢牧齋亦深愛其曲，至比之柳屯田。無名氏《新傳奇品》云李玄玉之詞，如康衢走馬，操縱自如，蓋亦老斲輪手也。其《占花魁》一劇，為玄玉得意之作〈勸妝〉北詞，更為神來之筆。（世通唱不錄）其醉歸南詞一套，用車遮險韻，而能游刃有餘，亦才大不可及也。惟《昊天塔》、《清忠譜》，稍不稱耳。」

這些評論對多產的李玉而言，實在是太少，儘管他的作品非部部精彩凝練，但相對於南洪北孔所受到的青睞，李玉在清朝曲壇中，的確是寂寞了些。尤其像《清忠譜》一部，無論是人物塑造、情節安排，或是文句的運用，都屬上乘之作。李玉與朱素臣等人一起撰此劇時，一定用了不少心血，反復推敲，而且因他們心中的亡國之痛，對魏閹的批判充滿淋漓之氣。吳梅可能著眼於形式的表現，故以一句「稍不稱耳」帶過。

其實李玉填詞有其深刻的時代感，在《清忠譜．譜概．滿庭芳》云：

清忠譜，詞場正史，千載口碑香。

可見他取材於歷史事實，有他存在於那個時代，對時局之紛亂痛下針砭，他的朋友吳偉業在《清忠譜・序》云：

> 逆案既布，以公事填詞傳奇者凡數家，李子玄玉所作《清忠譜》最晚出，獨以文肅與公相映發，而事俱按實，其言亦雅馴，雖云填詞，目之信史可也。

吳偉業不得已在清廷當官，他對李玉譜曲的用心甚能體會。

李玉的作品在近年來受到很大的肯定，如張庚、郭漢城《中國戲曲通史》中云：「在明清之際的劇作家中，李玉是一位承前啟後最有代表性的人物。」（第八章）此評論對李玉在戲曲史上的地位，比喻得非常恰當。由於他專意於創作，作品的取材與風格多樣化，案頭與場上又能交相利便，對整個明代傳奇做一個漂亮的總結，為清代開闢一番新氣象。南洪、北孔之產生不是偶然，他們是承前人豐富的基礎上開花結果的。不過，李玉作品之受到空前的重視與研究，和時代思想有明顯的關係，尤其在大陸的學者，較注意於政治事件，他們特別注意到李玉對於蘇州人民幾次反稅監、反暴政的描寫的作品。如《中國戲曲通史》又說：「李玉劇作所反映的生活非常廣泛，跳出了前期士大夫作家，更多地集中注意力於才子佳人悲歡離合的題材範圍，而多取材於時事或近代史事。」（第八章）這些作品如《清忠譜》、《萬民安》、《千鍾祿》、《一捧雪》、

《兩鬚眉》、《萬里圓》等等，對於歷史的反省，現實的反映，有深刻的表現。大陸學者尤其重視的是李玉的創作「能通過反映當時重要的政治矛盾，揭露明末以宦黨統治為代表的暴虐政治，同情人民的疾苦，因而富有鮮明的時代特色」（同前）他們因此認為他是一個政治眼光十分敏銳的現實主義作家。

吳偉業與李玉是朋友，在《北詞廣正譜．序》云：

> 蓋士之不遇者，鬱積其無聊不平之概於胸中，無所發抒，因借古人之歌呼笑罵，以陶寫我之抑鬱牢騷；而我之性情爰借古人之性情而盤旋於紙上，宛轉於當場，於是乎熱腔罵世，冷板敲人，令閱者不自覺其喜怒悲歡之隨所觸而生。……

自古以來，士之不遇多矣，不遇之士，胸中鬱積無數塊壘，只有借文字抒其塊壘。李玉選擇「歌呼笑罵」的舞臺形式，於是以熱腔罵世，冷板敲人，則其所寫之文，必有真實情感、真實精神在。吳偉業又說他「即當場之歌呼笑罵，以寓顯微闡幽之旨，忠孝節烈，有美斯彰，無微不著。」由此可知，他雖不遇，發歌詠於詞曲，但還是不忘知識份子批判現實及教化世俗的使命。

儘管大陸學者，因所處環境的關係，比較集中地處理李玉作品中較傾向現實的一面，對李玉一些封建思想頗有微詞，但他們確實碰觸到李玉作品一些的真精神，這是有清一代曲論家較少碰觸到的。希望今之學者，能本著更開闊的胸襟，在李玉的作品中挖出更多珍寶。

註釋

①按《北詞廣正譜》前吳偉業之序說明此書之作云：「間以其餘閒採元人各種傳奇散套及明初諸名人所著中之北詞，依宮調彙為全書，復取華亭徐于室所輯參而訂之，凡十八卷，其中四卷有目無曲。全書搜羅詳備，過去戲曲作家常據以填曲。」

②王安祈於《李玄玉十三種曲研究》引近人馮氏〈怎樣看待《一捧雪》〉一文（文學評論，一九六四年第五期）所言：吳梅曾指出李玉的父親是申用懋的僕人，而申用懋正是相國申時行之子，再就當時社會現象而言，高官顯赫之家，奴僕有些是通文墨的。有文才的奴僕可以得到某些負盛名的士大夫之重視，因此豪奴的生活可以很富裕，子弟若肯讀書上進也可以參加考試。但焦循、吳梅的時代都較晚，不知所據為何？且注有李玉之父為申用懋家人的眉批今亦不見，故難以確定，例如王季烈《螾廬曲談》即認為李玉曾為家人，不得應科試之說不足據。鄭振鐸《插圖本中國文學史》亦指此條為無稽之談，王毅〈李玉與《清忠譜》〉一文中，卻認為吳梅村與焦循的說法可以互補，因申相國有一孫子叫申紹芳，中過進士，崇禎時

官至戶部侍郎，王穀推論抑李玉之人，或許就是此人。因此焦循所說，可能是李玉早期的遭遇，早年李玉是申相國家人，為孫公子所抑；後來，擺脫申家的壓制，也許可以應試，卻如吳梅村所說，連厄於有司，故只中副車。

③ 吳偉業說他「連厄於有司」，故可知李玉一生所受波折頗多，且是被豪門所厄，也許是他才調招忌，也許當時豪門對家人的一種設限，則其不得意，當有許多無奈之成分。

④ 關於李玉生卒年，《中國文學家大辭典》云「約公元一六四四年前復在世」葉長海《中國戲劇學史稿》標一五九一——一六七一，但都加問號表示存疑。

⑤ 《一捧雪》、《人獸關》、《永團圓》、《占花魁》四劇有明崇禎刊本。

⑥ 《南音三籟》係散曲、戲曲選集，由明凌蒙初編，有明末刻本及康熙刻本，凡四卷。其中散曲、戲曲各為二卷，將所選元明兩代的南曲作品，品評為天籟、地籟、人籟三等。

⑦ 此據張庚、郭漢城《中國戲曲通史》頁二——一二五言，其中今存者有十八種，有殘本傳世者為三種，由《曲海總目提要》中可考知故事梗概的有六種，只見目錄的有七種，其中有些是與同鄉劇作家合作的，如《清忠譜》卷首有「蘇門嘯侶李元玉甫著，同里畢魏萬後，葉時章雉斐、朱皠素臣仝編」之字樣，《四大慶》是朱佐朝、朱素臣、葉時章和邱園四人共同創作等。

⑧家樂演唱戲曲之歷史，於宋元即有，至萬曆風氣已大盛。張岱《陶庵夢憶·張氏聲伎》一則有云：「我家聲伎，前世無之，自大父於萬曆年間，與范長白、鄒愚公、黃貞父、包涵所諸先生講究此道，遂破天荒為之。」那時申時行家亦有戲班，潘之恒《劇評》云：「申班之小管、鄒班之小潘，雖工，一唱三嘆不及仙度之自然也。」

⑨題為李玉的創作有《千忠會》，而《重訂曲海總目》等書均以《千忠戮》，或《千忠祿》、《千鍾祿》、《琉璃塔》入「原有姓名失記，俟考」的無名氏所作曲目中。鄭振鐸插圖本《中國文學史》認為《千忠會》大概就是《千忠祿》。

⑩著錄之書以高奕《新傳奇品》、無名氏《傳奇彙考標目》、黃文暘《曲海目》、焦循《曲考》、支宜豐《曲目表》、無名氏《傳奇彙考》、姚燮《今樂考證》、王國維《曲錄》及董康等校訂之《曲海總目提要》等為主。

⑪王忬事，據沈德符《萬曆野獲編》云：「嚴分宜總鹺使江淮，胡宗憲，趙文華以督兵使吳越，各承奉意旨，蒐取古玩，不遺餘力，傳聞有清明上河圖手卷，宋張擇端畫，在故相王文恪胄君家，鉅富難以阿堵動，乃託蘇人湯臣者往圖之。湯以善裝潢知名客嚴門下，亦與婁江王思質中丞（即王忬）往還，乃說王購之。王時鎮薊門，即命湯善價求市，既不可得，遂命蘇人黃彪摹真本應命，黃亦畫家高手也，嚴時既得此卷珍為異寶，用以為諸畫壓卷，置酒會諸人

賞玩之。有妒中丞者，知其事，直發其為贗本，嚴世蕃大慚怒，頓恨中丞，謂有意紿之。禍本自此成，或云，即湯姓怨弇州伯仲自露始末，不知然否？」然據劉致中〈《一捧雪》本事新證〉認為其故事原型應來自「嚴世蕃謀奪王廷尉漢玉杯」，此事記載於《程仲權先生集》卷三〈湯裱褙傳〉。該文作者將所有關於《一捧雪》本事來源的說法一一舉出，推論李玉撰寫《一捧雪》時，可能都有參考這些傳說，但真正原型卻是嚴世蕃謀奪王廷尉漢玉杯這件事。（見《戲劇藝術》一九八八，第二期）

⑫ 百種傳奇乃蘇州張氏從許之衡所借各家傳奇傳鈔而來，此劇題曰《千忠祿》。

⑬ 《曲海目》、《曲考》、《曲目表》作《兩須眉》。

⑭ 據清光緒三年重修本，卷二三三及二六六。

⑮ 關於魏璫的罪行，祈彪佳《遠山堂曲品》在《清涼扇》評語裡說：「妖姆、逆璫之罪狀，有十部梨園不能盡者。」換句話說，就是「罄竹難書」。祈氏《曲品》存目的作品雖多亡佚，但由他的品評看來，各劇作家有從實事著眼，有從虛處入手，各有其重點。其中今所存全本《磨忠記》，作者范世彥，明末時人。全劇凡三十八齣，其序云：「嘗見里中父老言及魏監事，不啻欲啖其肉，皆緣日前之勢燄熏灼，稍有片言隻字忤其旨者，禍且立至，徬徨錯愕，幾成鉤黨之世。是編也，舉忠賢之惡，一一暴白，豈能盡罄其概，不過欲令天下村夫嫠婦，

白叟黃童，睹其事，極口罵忠賢。」此戲以楊漣為生，敘述他與魏閹抗爭的經過，演魏閹的事跡由落魄到發跡擅權，最後受到誅戮為止。事實與野聞俱入曲，《曲品》對它的評價並不高，謂其「作者於崔、魏時事聞見原寡，止從草野傳聞，雜成一記，即說神說鬼，去本色遠矣。調多不明，何以稱曲！」清笑生的《喜逢春》，現存祈氏《曲品》並未著錄，本劇以毛士龍為生，楊漣為小生。劇中魏閹的事跡亦由掘起前講起，到最後魏敗為止，此二本中，魏忠賢都活躍於舞臺。李玉的《清忠譜》則以周順昌為生，演的是魏閹之勢已如日中天，蘇州一批魏的黨羽要為魏立生祠，及魏閹黨對忠良的迫害，魏閹在此戲中只是象徵性的現身，但魏閹的勢盛及暴虐似乎更有所發揮。

⑯ 除《新傳奇品》著錄《萬里圓》外，其餘諸書均著錄《萬里緣》。

⑰ 張庚、郭漢城《中國戲曲通論》即謂「過去評論者往往以『一、人、永、占』四劇為李玉的代表作，其實，《清忠譜》、《千忠戮》在思想藝術上的成就要更高一些。此處，他們以「思想性」做為評判標準。（頁二—五一）

第二節　「借古諷今」的洪昇

洪昇，字昉思，號稗畦，浙江錢塘人。

洪昇在世約五十多年，曾永義將之分為三個時期（此據《長生殿研究》）：

第一階段是未入京之前，他在家鄉錢塘，從學於西泠十子①，此十子均為明遺老，耿介自守。原本家學淵源的洪昇，受此輩人指導，難怪朱溶要說他「弱冠有令譽」。他娶表妹黃蘭次為妻，黃氏是黃機之孫女，黃機於順治四年舉進士，歷禮部、戶部、吏部尚書、文華殿大學士。洪昇的岳父是黃彥博，康熙三年舉進士，選庶常。在這個階段中，洪昇以早慧之資，受學淵博之士，並完成婚姻大事。

第二階段，洪昇正是二十多歲的青年，意氣風發，為了追求功名，帶著妻子到京師，但他個性不趨附時宜，意氣又極狂傲，所以仕途一直不順，這是坎壈京師的時期，也是他人生最困厄的階段。詩中常表現出飄泊無根之慨，他於康熙八年入國子監，但爾後風塵僕僕二十多年，並沒有做什麼大官，後來又因《長生殿》搬演不得時，被削籍歸。

第三階段即是他歸鄉後，放浪西湖的生活，波折後的澄靜生活，適意極了。康熙四十三年，雲遊於雲間、白門，受到提督張雲翼與江寧督造曹子清的熱烈款待，集江南名士盛演三晝夜的

《長生殿》。可惜，於五月返杭，六月到烏鎮，因酒後失足溺水而死。

關於洪昇的生平，有數點可議之處，學者研究不遐，茲列舉論述如下：

（一）生年

古時沒有健全的戶籍制度，因此一般人的生卒年常無可靠記載，僅能憑一些相關資料加以推算，且推算之後，往往有不同的說法，洪昇的生年就是如此。洪昇的卒年可以確定是康熙四十三年夏，因此一般學者採取往上推算的方法，據《兩浙輶軒錄》中朱彭云：「至於斥革受辱，又遭家難，坎壈終身，年五十餘。」學者推算出他的生年，約在一六五〇年左右，《歷代人物年里通譜》作一六五九年，因此總的來說，洪昇生年約於一六四五—一六五九年之間，時間差距甚大。

一九五四年，在紀念洪昇逝世二百五十周年時，陳友琴〈略談《長生殿》作者生平〉一文，推論洪昇當生於順治二年，即一六四五年，他所根據的是《武林坊巷志》第三十九冊〈慶春門〉條引姚禮《郭西小志》云：

> 稗畦生於七月一日，妻黃蘭次，其中表妹也，遲生一日，康熙甲辰，二十初度，友人為賦〈同生曲〉，一時和者甚眾。（轉引自劉輝〈洪昇生平考略〉）

以二十往上推，洪昇生於順治二年，幾成定論②。國內陳萬鼐、曾永義，大陸學者章培恒、孟繁樹均採此種說法。

近年大陸學者劉輝卻提出異議，他於一九六四年看到汪鶴孫的《延芬堂集》，再看到汪汝謙的《松溪堂集》，再由他親眼所見的《武林坊巷志》稿本，推定洪昇當生於順治十四年，他的理由如下：

1、《延芬堂集》卷下〈洪昉思見訪維揚，出所制新樂府見示〉其四云：「夙昔窮研在詞賦，壯心徒耗苦難成。直擬低頭拜東野，豈論年長合稱兄。」其自注云：「余長昉思二歲」。按汪鶴孫與洪昇為同里，兩人過從甚密，有不少唱和之詩。章培恒亦曾引此詩，並查閱《康熙十二年癸丑科會試一百五十九名進士三代履歷便覽》，但他認為「當時士大夫履歷例減年歲，不足據」而沒有採用此詩說法。

2、汪汝謙是汪鶴孫的祖父，劉輝由汪汝謙的集子考查得知，在《松溪詩集》卷四乙未年有詩，題曰：「余家建蘭，昔稱極盛，開有八、九瓣。甲午嚴冬，一夕盡萎。忽於乙未仲夏，先抽五箭，時玉立生子，余因以蘭名之鶴孫，覓得璽紙求書，嘉其志，遂書之。預稱八十矣③。」由此，劉輝推斷汪鶴孫生於順治十二年，則洪昇該生於順治十四年。

3、劉輝於一九六六年，曾在杭州看到丁丙的《武林坊巷志》稿本，八〇年又再度看此稿本，發現這條資料的原文竟是「二月初度」，而非「二十初度」。

劉輝旁徵博引，由上往下推算洪昇的生日，似乎也是言之鑿鑿，但其中還不無可商議之處。依其推論洪昇若真生於順治十四年，則在康熙甲申時，才是十歲的小孩，怎麼會有太太，而且顯然有一群朋友在為他們慶祝生日，如果是個小孩，應不會如此。故劉輝雖舉出新證，但在這一點上，就無法說得通。而且洪昇夫婦都生於七月，似乎也不該在二月做初度。章培恒的〈關於洪昇生年及其他－讀〈洪昇生平考略〉〉一文，對劉輝的看法也多所辯駁，尤其是《武林坊巷稿本》裡面那條記載也提到：「至康熙甲戌，稗畦夫婦五十……」由此推算，還應是順治二年，在還沒考查得更完善之前，當以順治二年為準。

（二）、洪昇之父

洪昇為南宋洪皓之後，這一點大家都無疑議，《稗畦集》朱溶序云「昉思本忠宣公後裔」。但關於洪昇之父，則有多種說法：

1、不詳

曾永義《長生殿研究》云：「只是他的父親曾被誣遣戍，所牽涉的案情似乎很重大，時人為之噤若寒蟬，昉思也從不述及。因此他父親的生平事蹟，我們固然知道得很少，就是連名字也無法知道，真是遺憾。」

章培恒則認為：「除了知道〈事狀〉（毛西河〈洪贈君事狀〉）主洪超與洪昇都是洪皓後人

外，根本無從知道他們血緣關係的遠近。」

2、父洪超

陳萬鼐的〈洪稗畦先生年譜〉則據毛西河的〈洪贈君事狀〉、〈洪君偕張孺人合葬墓表〉等文，言洪昇高祖椿，曾祖瞻祖，祖吉暉，父超，及叔祖、伯叔諸人。

3、洪衛武（或洪武衛）

劉輝舉王嗣槐〈洪氏壽宴序〉中有云：

> 時維八月，旬有五日，為吾友洪武衛，及其原配錢夫人四秩初度，稱雙壽焉。……令子昉思，英才特出，正平交之文舉，自爾忘年……

王嗣槐與洪昇同里，為洪昇友人之一，此說應可成立。另陸繁弨有〈洪衛武雙壽序〉云「歲丙午，僕友洪子衛武，四十初度，丁未八月又為賢配錢孺人誕辰。」與之相符。除王嗣槐、陸繁弨外，還有張競光有〈為洪昉思尊人作四十雙壽〉，可為旁證。劉輝進一步將洪氏家族之關係做一表（如附圖），則瞻祖、吉暉、超等人與洪昇的關係亦可確定④。

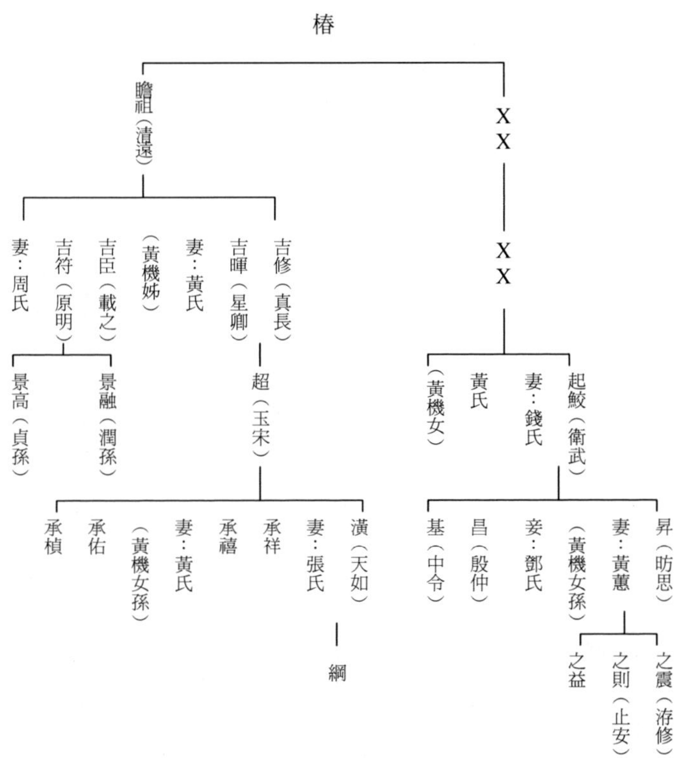
椿
瞻祖（清遠）
XX
XX
吉修（真長）
吉暉（星卿）
妻：黃氏
（黃機姊）
吉臣（載之）
吉符（原明）
妻：周氏
景融（潤孫）
景高（貞孫）
超（玉宋）
潢（天如）
妻：張氏
承祥
承禧
妻：黃氏
（黃機女孫）
承佑
承楨
綱
起鮫（衛武）
妻：錢氏
黃氏
（黃機女）
昇（昉思）
妻：黃蕙
（黃機女孫）
妾：鄧氏
昌（殷仲）
基（中令）
之震（洊修）
之則（止安）
之益

（三）、家難

洪昇生平中，還有一件事因資料闕如，亦是人言言殊，那就是他詩中提到的「家難」問題。《稗畦集》卷三〈除夕泊舟北郭〉一詩小序云：「時大人被誣遣戍，昇奔歸奉侍北行」，同卷另有一首〈一夜〉之詩云：

> 海內半青犢，夢中雙白頭。江城起哀角，風雨宿危樓。新鬼哭愈痛，老烏啼不休。國殤與家難，一夜百端憂。

所謂「家難」，因洪昇自己語焉不詳，同時代人又未有人詳論，故後人有兩種看法

1、政治事件：

陳萬鼐〈洪稗畦先生年譜〉認為發生時間在康熙六年，因本年有江南沈天甫「逆詩案」，清廷在康熙二年的「明史案」誅連太多人，殺戮甚慘，故此「逆詩案」即以寬大的態度處之，除了首謀誅殺外，餘被誣陷之人，均不問⑤。

曾永義〈洪昉思年譜〉則斷定時間當在康熙十一年季冬，《稗畦集》朱溶序云：「已而其親罹事遠適，昉思時在京師，徒跣號泣，白於王公大人，晝夜并行。錢塘去京師三千餘里，間以泰岱江河，旬日餘即抵家侍其親北，會逢恩赦免。」曾永義因此認為這件事「在當時必是件絕對忌

諱的事，恐怕是和『種族革命』或『政治因素』有關的⑥。」

2、家庭因素：

章培恒的《洪昇年譜》認為「家難」指的是家庭因素，《年譜》中將洪昇家難繫於康熙十年，而洪父獲罪繫於康熙十四年，至康熙十八年獲赦。而章氏又舉出魏坤《倚晴室詩鈔・贈洪昉思》云：

> 足踐清霜怨伯奇，十年惘惘去何之？
> 黃金臺外瞻雲恨，泣補《南陔》束晰詩。

認為洪昇的「家難」乃屬家庭問題，一般主此說的學者最常引用的是王士禎《香祖筆記》卷九所說：「遭家難，流寓困窮，備極坎壈。」為證，因王士禎為洪昇之師，應知其內幕。另同是王士禎學生的金埴，在《不下帶雜綴兼詩話》卷一云：「漁洋山人云，昉思遭天倫之變，佛鬱坎壈纏其身。」金埴對洪昇「家難」的了解，顯然是由王士禎那裡得來，也許是他們師生話家常時提起。

王著在《兩浙輶軒錄・輓洪昉思》一詩之序所云「余與昉思交差晚，讀其舊稿《幽憂草》，乃知昉思不得於後母，罹家難客遊。」劉輝還認為後母應是大母之誤，疑指洪父元配錢氏，因為由洪嗣槐〈洪氏壽宴序〉知洪武衛的原配應是錢夫人，而洪昇之母為黃氏，可能錢氏無子嗣，洪武衛另娶黃氏，生下洪昇及兩個弟弟。在大家庭中，一般而言，原配的地位較尊，洪昇若得不到錢氏的喜歡，可能影響他在家庭中的地位。錢氏沒有子嗣，則洪昇是家庭中的長子，她可能對他有所忌諱，因此洪昇無法承歡膝下，遂坎壈流寓京師。

大陸學者多主此說，如孟繁樹、劉輝等均是。

劉輝認為洪昇父親受誣遣戍為時甚短，可是洪昇詩中大量抒發一些遠離鄉壤，有家不可歸，滿腔思親而又不見諒的悲愴情懷，因此劉輝認為洪昇的「家難」，並非專指其父被誣之事，主要的還應該是此種家庭糾紛，劉輝似將兩種都含概於內，而又以家庭糾紛為主。

這兩種說法，都各成其理，一時難以定奪，但據前賢們所引資料及論述，似乎以家庭因素較為確當。若王蓍所見洪昇舊稿《幽憂草》能出現，則其中可能有較多資料足以印證洪昇的家難因素，到底是家庭因素或政治因素，然因已不得見而無法提供進一步的資料。

關於洪昇的著作，筆者以曾永義《長生殿研究》為主要參考對象。簡述如下：

（一）戲曲

洪昇所作戲曲，尚存目的有：

《回文錦》、《鬧高唐》、《長虹橋》、《沈香亭》、《迴龍記》、《舞霓裳》、《錦繡圖》、《天涯淚》、《青衫濕》、《孝節坊》等九種，《今樂考證》謂《鬧高堂》宜入劇目；莊一拂《古典戲曲存目彙考》將《天涯淚》、《青衫濕》、《節孝坊》亦歸於雜劇；《沈香亭》、《舞霓裳》分別為《長生殿》之初、二稿。

今所留傳之本有雜劇《四嬋娟》，仿徐渭《四聲猿》作，內容分別為「詠雪」（謝道韞事）、「簪花」（衛夫人事）、「鬥茗」（李清照事）、「畫竹」（管道昇事）。傳奇《長生殿》則演唐明皇與楊貴妃事，《長生殿》為本論文所要討論的重要歷史劇，概述如下：

《長生殿》

著錄：《傳奇彙考標目》、《曲海目》、《曲考》、《曲目表》、《今樂考證》、《曲錄》並錄。

版本：1、清康熙刊本

2、暖紅室彙刻傳奇本（初刻本）

3、暖紅室彙刻傳劇本（重刻本）

提要：凡五十齣。演唐明皇、楊貴妃故事，以明皇及貴妃的愛情離合為骨幹，中插入安祿山之亂、郭子儀授命平賊、馬嵬坡殺楊國忠、貴妃賜死，及後來明皇月宮訪貴妃等事，寓有興亡之感。

（二）詩

洪昇曾學詩於王漁洋，深得其精華，當時他以詩名長安，交遊燕集，每白眼踞坐，指古摘今，無不心折。今所傳者，有《稗畦集》、《稗畦續集》，世界書局將此二集附於《孔尚任集》出版。

據劉輝〈洪昇《集外集》－詩文輯佚〉表示游承澤由日本帶回《嘯月樓詩集》的膠卷⑦，此為洪昇早年詩集，對他早年的研究頗為重要，惜筆者未能見到。

洪昇詩名頗高，朱溶於《稗畦集・敘》云：

> 余行天下三十餘年，所見詩不為不多，要其實，與昉思匹敵者蓋少。昉思近體宗少陵，然求少陵一言半辭於其集中不得也。其古詩則高岑，然求高岑一言半辭不得也。盡精肆力，心得其意，而變化無方。其發者流泉，突者峰巒，而幽者春蘭也。其璣琲則燦爛也，其音節和平，金石宣而八音奏也。若鉤繩規矩，則斥候遠而刁斗嚴也。

另一作敘者戴普成亦云：

> 琢雕以為奇，而音節必和；洸洋以自適，而首尾必貫。

他們都是編選洪詩的人，經過細細品評，發出如此贊嘆，則洪昇詩之佳不待言。

（三）詞

《國朝詞綜》卷二謂「有昉思詞二卷，四嬋娟填詞一卷」，那是王昶於嘉慶年間編選，那時還得見此二卷詞，但今已佚。《國朝詞綜》裡，僅錄他一首更漏子，較難看出整體風格。論者認為可能他詞不如詩，數量也少，因此沒有流傳下來。

（四）散曲

毛西河在《長生殿・序》中云：

> 洪君昉思好為詞，以四門弟子遨遊京師。初為《西蜀吟》，既而為大晟樂府，又既而為金、元間人曲子。自散套、雜劇以至院本，每用之作長安往來歌詠酬贈之具。

可見洪昇亦有散套之作，但今流傳下來者亦少，其中好壞高下不一，其評價亦不一。

此外，洪昇有《詩騷韻注》一書，只存殘稿⑧。而所謂《集外集》，是大陸學者將歷年於清人別集、選集、地方志、筆記、詩話中，所有洪昇所作之詩、文、詞、散曲、評等，均輯在一起，編入新訂的《洪昇集》中⑨，此書對洪昇研究當有助益。

綜觀洪昇作品，仍是以詩及戲曲《長生殿》最佳，其中《長生殿》尤佳，常被與孔尚任之

《桃花扇》並舉，有「南洪北孔」之稱⑩。而在清代的曲論家中，對《長生殿》、《桃花扇》的評論也最多，且幾乎都是贊賞之論。

此處，筆者擬對洪昇作《長生殿》的動機及過程，做一番評述。

《長生殿》與《桃花扇》之完成，均經過三次易稿，歷時十多年。《長生殿・例言》云：

> 憶與嚴十定隅皋園，談及開元、天寶事，偶感李白之遇，作《沈香亭》傳奇。客燕臺，亡友毛玉斯謂排場近熟，因去李白，入李泌輔肅宗中興，更名《舞霓裳》，優伶皆內習之。後又念情之所鍾，在帝王家罕有，馬嵬之變，已違夙誓，而唐人有玉妃歸蓬萊仙院，明皇遊月宮之說，因合用之，專寫釵合情緣，以《長生殿》題名，諸同人頗賞之。

觀此〈例言〉，可知洪昇起始的動機並非要完成一部歷史鉅著，而是友朋輩談古說今的當兒，他對李白一生的遭遇，有著深刻的感受，所以著成《沈香亭》傳奇⑪。其內容多少有藉他人酒杯，澆自己心中塊壘之意，後因朋友毛玉斯覺得排場近於熟套，所以他把李白這一角色去掉，編入李泌輔肅宗中興的事，並更名《舞霓裳》。這是一個很大的轉換，但可以看出洪昇並不堅持什麼，他比較顧慮的是搬演的效果。再後來他念及「情」之所鍾，在帝王家是異數，所以拈出「情」為主軸，將楊妃與明皇的故事，透過優美浪漫的手法來寫，終於成為《長生殿》這一部長篇鉅著。由於洪昇所側重在明皇與楊妃的愛情，故為求得主角性格上的教化性，他將史傳中關於楊妃污亂的事蹟，加以刪削。因他覺得「若一涉穢亂，恐妨風教」（同見於〈例言〉）。傳奇風教觀也為他所信守。

依洪昇所寫《長生殿•例言》，似乎感覺不出洪昇在早期《沈香亭》的創作時，即有意在其中表現興亡之主題意識，然而為何由《沈香亭》蛻變而來的《長生殿》，卻有如此明顯的主題意識在其中？張庚、郭漢城的《中國戲曲通史》中說：

> 在創作《長生殿》的過程中，洪昇先以同一題材寫了「偶感李白之遇」的《沈香亭》傳奇，進京之後又改寫為「李泌輔肅宗中興」故事的《舞霓裳》，正是洪昇早期思想狀況在創作上的反映。可是，當現實生活一再使他追求功名的慾望，和以李白自詡那樣的銳氣受嚴重挫傷；他的父親也在政治上受到清政府的迫害，蒙受被誣遣戍的冤獄而致家道衰落之後，洪昇對社會的認識有了明顯的深入思想情感，政治態度也有了相應的變化，不滿現實的傾向有進一步的發展，他創作的視野，也逐漸超出了個人身世的範圍，而涉及到了國事興亡、社會矛盾、歷史變遷、現實政治等領域中來。（頁二—一八一）

這一段話，其實就是將洪昇創作的過程，和他的生命歷程做一番對應看待。吾人但從整個時代的現實情況來考量，發現洪昇所處的是一個複雜的時代。

洪昇與孔尚任一樣，都是出生在清兵南下之時節，那時明祚已奄奄一息，他們是在清廷的政權下長大。只是遺民尚多，遺民們對明廷仍抱著濃厚的情感，因此洪昇他們這一輩人，可以說是處在新舊時代的接泊處，他們所接受之思想薰陶是複雜的，由於正當鼎革之際，因抉擇不同而有極迥異的價值觀，遺民們仍心存明室，甚且有心復明；腆顏新朝的人汲汲於新地位的鑽營。他們自小與遺老們接觸，但他們同時是對前途充滿希望的年輕人。明朝對他們而言，不是可以孕育他們的母體，而他們也不可能像遺老一樣，懷抱著滿腔悲痛隱居林泉，或者對明朝抱有那麼深的情感，因為他們出生時，明朝已是明末幾個皇帝的飄搖時期，而那時，政權日漸趨向鞏固的清朝，正展現一個新時代的活潑氣息。在新時代的空氣裡，彷彿在召喚他們展翅高飛。孟繁樹說：

> 對于洪昇來說，因為在他降生的前一年，清兵已經入關，朱明政權實際上已經宣告結束，所以，當他在漢族知識份子向新的統治集團靠攏時，是沒有背叛前明的思想負擔的。（《洪昇及《長生殿》研究》頁一三）

在那種歧路奔競的年代，新觀念與舊價值正激盪著，對於出生於順治年間的洪昇，就在此兩重價值觀之中成長，故他交遊的人士，不乏朝中大臣，也不乏遺老隱逸之流。然他並未親身經歷「鼎革」，故自小雖仍能親睹遺民們所發抒的黍離之慨，畢竟是有點隔，與清帝國一併成長的他，更大的著眼點是在新朝代的政權下，走知識份子傳統的老路，在功名上求進。尤其不可忽視的是他的岳祖及岳父，均是入清即出仕之人，而他與岳家又有親戚關係，在此種仕宦環境下，他對於仕進的追求相當自然。

康熙八年，康熙到太學釋奠孔子，洪昇寫了一首〈恭遇皇上釋奠先聖敬賦四十韻〉之五言排律（詩收入《嘯月樓集》）。但時運不濟的他，一生奔走，卻始終坎壈。由他的《稗畦集》、《稗畦續集》看來，可以看出他早年常奔波於南北之間，希望能謀得一官半職，此強烈的用世之心卻遭挫敗，詩集中多有飄泊、依人及不遇之感，如〈感懷〉云：

> 坎壈何時盡？飄零轉自傷。一身還故國，八口寄他鄉。……

〈感懷東胡孟綸宮贊〉云：

> 十年彈鋏寄長安，依舊羊裘與鶡冠。冰雪漸知同調少，雲霄仍作故人看。
> 千秋有志蹉跎老，三徑無資出處難。百燭校書誰得似？青綾休道玉堂寒。

〈奉寄少宰李公〉云：

憶到龍門十四年，二毛依舊一青氈。鯉庭又見栽桃李，馬帳虛陪聽管絃。
臥雪荒涼羈北地，望雲辛苦向南天。平生自負羞低首，獨冀山公萬一憐。

〈夜泊〉云：

敗蘆寒雨斷磯邊，夢醒孤舟淚泫然。堂上二人年六十，旅中八口路三千。
謀艱桂玉羞逢世，心怯風波且任天。擾擾半生南又北，未知歸計定何年？

由這些詩不難看出他的初衷，只因淹蹇的命運，不得遂其願，世情冷暖全在心中澱積。他父親受誣而遭遣戍，在他心中更留下傷痕，深刻體會到異族統治的悲哀，慢慢地，他自小所受遺民們的薰陶，漸漸在他心中起作用。他在〈南歸〉詩云：

昔悔離親出，今緣赴難歸。七年悲屺岵，萬死負庭闈。
禍大疑天遠，恩深覺命微。長途四千里，一步一沾衣。（《稗畦集》卷三）

所謂「禍大疑天遠」，可以想見當時他們家人懷抱多麼大的恥辱與憂懼。

洪昇〈燕京客舍生日作〉有句云「母氏懷妊值離亂，夙昔為余道辛苦。」可知在他幼時，他母親對明末戰亂的記憶猶新，不斷對他說起，而他詩作中，也有不少緬懷前朝人物事蹟之作，如〈寓吳門上趙玉峰中丞〉中有「始信前朝海忠介，恩威並著在清貧。」〈東京雜感〉之三有句云「遠望窮高下，孤懷感廢興。白頭遺老在，指點十三陵。」其五有云「至今論將略，尚想戚元戎。」〈毛殿雲齋中讀朱若始先生表忠錄感賦〉有「珍重孤臣裔，名山志可哀。」之句。〈拜柴虎臣先生墓〉云「白楊荒草路，一慟晉遺民。」這些詩句，隱約可看出他的興亡之感，這也是隨著他閱歷愈多，愈能感受到遺民心中的黍離之悲，及異族統治下，漢族人所受到不平等的待遇。待他以明皇、貴妃的故事為主軸時，自然而然就把他滿腔的激憤給編進去了。

但此處筆者想陳述的一個觀念是，洪昇於劇中所表露的黍離之悲，應該是對遺老們心靈的一種詮釋。由於他從小與遺民接觸，對遺民的情感可以捉摸得到。而從另一個角度來看，洪昇對明朝可以沒有思想上的負擔，可是出於漢民族血緣的的情感，在他人生成長過程中，漸漸認識到異族統治上那些高壓及懷柔政策的本質時，他的民族情感會很自然地激發出來。那些感嘆興亡的詩，並非文士的無病呻吟，而是在他思想淬鍊成熟之後，在先民所曾經流血流汗的地方逡巡，印證了遺老口中的「故國」，華夷意識在他心中由模糊而清晰，在他以唐帝國為戲曲架構的時候，那些情感自然地貫串於劇中。這種情況，筆者認為在孔尚任身上也很類似。

當然，《長生殿》的寫作是前有所承，元雜劇中膾炙人口的《梧桐雨》，就成為洪昇很好的借鑑。白樸所處的時代，也正好是蒙古以異族身分入主中原的時代，文士們普遍受到欺壓，憤懣之情也是借戲曲來寄寓，不管是在情節上或是曲文之間，《長生殿》都有承繼《梧桐雨》之處[12]。只是《梧桐雨》因限於雜劇四折之定制，較難發揮，而傳奇數十齣的規模，正好讓洪昇大展身手。

在《長生殿》裡，洪昇寫的是一個多面貌的社會，裡面有王室貴族生活奢靡的表現，有異族入侵的亡國之痛，有忠臣義士對國家的忠貞，有人民生活的疾苦，有男女生死不渝的愛情等等，而洪昇希望此劇能具垂戒作用，他在自序中云：

> 然而樂極哀來，垂戒來世，意即寓焉。且古來逞侈心而窮人欲，禍敗隨之，未有不悔者也。

這不也是針對明朝君臣而言嗎？歷史不斷重演，歷代君王鮮有能從歷史中取得教訓，而避免掉敗亡的命運。

以上由洪昇創作《長生殿》的動機與歷程，構建出該劇內在思想、情感之意涵。以下再就《長生殿》在戲曲上的成就，做一概述。茲以清代以來曲論、筆記為主。

梁廷枏《曲話》云：

錢塘洪昉思昇撰《長生殿》，為千百年來曲中巨擘。以絕好題目，作大文章，學人、才人，一齊俯首。自有此曲，毋論《驚鴻》、《綵毫》空慚形穢，即白仁甫《秋夜梧桐雨》，亦不能穩佔元人詞壇一席矣！……讀至〈彈詞〉第六、七、八、九轉，鐵撥銅琶，悲涼慷慨，字字傾珠玉而出，雖鐵石人不能為之斷腸⑬，為之淚下！筆墨之妙，其感人一至於此，真觀止矣！（卷三）

此人對該劇推崇備至，題目絕好，才調一流，尤其到〈彈詞〉，李龜年唱出興亡之感、黍離之悲，慷慨蒼涼。

陳棟《北涇草堂曲論》云：

國初人才蔚出，即詞曲名家，亦林林焉指不勝屈。必欲于中求出類拔萃，則高莫若東塘，大莫若稗畦，靡旌摩壘，殊難為鼎足之人。

清初曲壇雙璧《長生殿》和《桃花扇》難分軒輊，陳棟兩句話即將其特色點出，所謂「高莫若東塘，大莫若稗畦」，正待知音者意會。

吳梅《霜厓曲跋》云：

蓋歷十餘年，經三易稿而始成，宜其獨擅千秋也。曲成，趙秋谷為之製譜，吳舒鳧為之論文，徐靈昭為之訂律，盡善盡美，傳奇家可謂集大成者矣。（卷二）

以大才調從事傳奇創作者，如湯顯祖、孔尚任等，在曲的格律上都不及洪昇，故吳梅以「盡善盡美」譽之。

當然，曲論家對《長生殿》也有不滿意的地方，如吳梅就說：

> 余謂《長生殿》，取天寶間遺事，收拾殆盡，故上本每多佳製。下半則多由昉思自運，如〈冥追〉、〈尸解〉、〈情悔〉、〈神訴〉諸折，乃至鑿空不實，不如《桃花扇》之句句可作信史者多焉。

此就徵實部分言，不過洪昇自言此劇之作，乃有感於帝王家罕有真情者，故特別著意於明皇與貴妃之情感，以致生前死後均不肯錯過。情與理的人性探索，亦是明清文人傳奇作家所碰觸的主題之一，洪昇此種處理法只是繼湯顯祖《牡丹亭》之精神，有所發揮，且虛靈世界的描寫，對中國觀眾而言並不陌生。

在舞臺表演方面，《長生殿》傳奇一出，一時勾闌競抄習之。如徐珂《曲稗・演長生殿傳奇》云：

《長生殿》傳奇初成，授聚和班演之。聖祖覽之稱善，賜優人白金二十兩，於是諸親王及閣部大臣，凡有宴會，必演此劇，而纏頭之費，較之衡賞且數倍。

演出的費用，有的多得令人咋舌，如任中敏《曲海揚波》云：

洪昉思之《長生殿》，則西山亢氏為寘衣飾器用之費，至費鏹五十萬兩，始得歌喉一囀，座客稱善。同時江淮某大吏，亦演此劇，其門客項生，為之布置，所費亦數十萬。（見《樊榭山房集》）文人寓言，好事者致不惜傾產以點綴之；然則《長生》一曲，貽誤白頭，作者亦可以無憾。（卷一）

《長生殿》一出，論之者爭相評論，優人爭相搬演，造成大轟動，以致當時京中流行「家家收拾起，戶戶不提防」，指的就是《千鍾祿》和《長生殿》⑭。而令此劇更富戲劇性的是一群文人學士為它「斷送功名到白頭」，此件事論者頗多，茲仍舉徐珂《曲稗・演長生殿傳奇》所云：

某日，宴於宣武門外孫公園，名流之在都下者，悉為羅致，不及給諫黃六鴻，黃奏謂皇

> 太后忌辰，設宴樂，為大不敬，請按律治罪。上覽其奏，命下刑部獄，益都趙秋谷對簿自承，經部議革職。一時凡士大夫及諸生除名者幾五十人，秋谷及海寧查夏重，其最著者。後查改名慎行，登第。趙年僅二十八，竟廢置終其身。

當時有人作詩，其中有句「可憐一齣《長生殿》，斷送功名到白頭。」由於此事之轟動，論者紛紛，有人認為清廷忌諱其中對安祿山的咒罵，有影射之意，故加以莫須有的罪名。但也因此讓《長生殿》更膾炙人口，更令人對它的興亡之感起共鳴，這未始不是「失之東隅，收之桑榆」。

宦途原本就是艱險的，何況在異族的統治下，漢族子弟也許受到更多的不平等，空有才華而無法伸展。隨著年歲的增長，隨著仕途的坎壈，他們自小埋下的民族意識種子漸漸萌發，與自己複雜的生命向度結合，遂能寫出批判性強又感人肺腑的時代悲歌。

註釋

① 十子指：陸圻、柴紹炳、孫治、陳廷會、毛先舒、丁澎、沈謙、吳百朋、張丹、虞黃昊等。

② 《稗蛙集・燕京客舍生日作》有「母氏懷妊值離亂，夙昔為余道辛苦」句（卷二），學者認為

此離亂可能是清兵南下之時，因此推論起來，時間差不多。

③ 現存《叢睦汪氏遺書》、《春星堂詩集》卷五《遺稿》詩題為「時玉立生子，余因以蘭孫名之鶴孫，覓得蜀紙求書，嘉其志，遂書之。」蘭下多一「孫」字，劉輝認為這是衍文。但有人卻因此認為此段話的句讀應為「時玉立生子，余因以蘭孫名之，鶴孫覓得蜀紙求書，嘉其志，遂書之。」劉輝又舉出此句讀雖較順，但與事實、情理皆不合，因汪玉立有四子，分別是鶴孫、麒孫、夔孫、鵬孫。

④ 孟繁樹《洪昇及《長生殿》研究》亦主此說。

⑤ 詳細內容可參閱《幼獅學誌》第七卷第二期頁二八。

⑥ 詳細內容可參考《中山學術文化季刊》第三集及《長生殿研究》。

⑦ 原鈔本存於日本，原陸心源藏書，後藏日本靜嘉堂，帶回的膠卷現藏中國社會科學院文學研究所。

⑧ 此書鈔本現存北京圖書館、浙江圖書館。

⑨ 由浙江古籍出版社印行。

⑩ 楊恩壽《詞餘叢話・原文》云：「康熙時，《桃花扇》、《長生殿》先後脫稿，時有『南洪北孔』之稱，其詞氣味濃厚，渾含包孕處蘊藉風流，絕無纖褻輕佻之病。鼎運方新，元音迭

奏，此初唐詩也。」（卷二）

⑪《曲海總目提要》卷一五有《沈香亭》，其下云「明初人作，不知誰筆，其情節與《驚鴻記》相同，而提出李白賦〈沈香亭〉詩以為標目。」下有按語謂「此劇為明雪簑漁隱撰，名里待考。」此本與洪昇《沈香亭》均佚，未知有何關係否？

⑫《長生殿》與《梧桐雨》之承繼關係，可參看曾永義《長生殿研究．長生殿在戲曲文學上的成就》。

⑬此處疑脫一「不」字，應是「雖鐵石人不能不為之斷腸」才能稱前後文之意。

⑭《千鍾戮．慘睹》開頭一句是「收拾起大地山河一擔裝」《長生殿．彈詞》〈南呂一枝花〉開頭一句是「不提防餘年值離亂」，兩句都顯出沈痛之情。

第三節　「義擬春秋」的孔尚任

孔尚任，字聘之，又字季重，號東塘，自稱云亭山人，別署岸堂主人，山東曲阜人，係孔子六十四代孫。他的生年應於順治五年①，卒於康熙五十七年，得年七十一。

孔尚任一生大約亦可分三個時期，一是青年時期，二是出仕時期，三是罷官回鄉時期。茲據陳萬鼐〈孔東塘先生年譜稿〉（中山學術文化集刊第五集）概述如下：

（一）青年時期：

十二歲補諸生末第②，二十二歲貢於國子監，二十五歲卒業於國子監。三十四歲於曲阜東石門山結孤雲草堂隱居。年輕時期的孔尚任，即以博學聞名於鄉里，衍聖公孔毓圻於康熙二十一年，請他出來為衍聖公之妻主持喪禮。同年他被任命撰寫《孔子世家譜》。翌年，他完成《闕里新志》，這一年，他負責挑選七百名鄒魯弟子，教以禮樂，準備孔廟祭典之用。

（二）出仕時期

康熙二十三年，也就是孔尚任三十七歲時，康熙南巡江南一帶，回北京時，路過山東，曾到曲阜祭孔子，孔尚任被薦舉於御前講經，得康熙賞賜，擢拔為國子監博士，感戴之餘，著《出山異數記》以誌之。三十九歲時，奉命佐理工部侍郎孫在豐至江淮疏濬黃河海口。此時期孔尚任廣結友朋，文人、畫家所在多有，相與酬唱，並於各處訪耆老隱逸。四十二歲時，康熙南巡，孔尚任參與迎駕，應制賦詩，並蒙召見賜宴。後清廷有裁撤江淮下河疏濬工事之議，他遂擬於散局時作還朝計，此時遍歷諸地，曾遊金陵舊跡。又過白雲庵訪張道士（後來《桃花扇》中之重要人物），均有詩紀之。

四十三歲還朝，官國子監博士，此時得唐代樂器「小忽雷」。四十七歲遷戶部主事，並譜《小忽雷》傳奇，同時亦創作《桃花扇》傳奇，二劇先後完成。五十三歲時罷官，原因未詳。留京師兩年，方才歸鄉。

（三）歸老時期

這段時期，《桃花扇》上演不休，孔尚任並曾至恒山觀其演出，當場指點。亦曾協助知府劉棨纂修《平陽府志》，也曾到大梁、武昌等地遊歷，後終老於鄉。

孔尚任與洪昇均出生於順治初，同樣的處於新舊時代的交接點上。他儘管也和遺老多有接觸，但在石門山讀書時，就已關心舉子業，表示他亦有奮飛之志。後來他以先師後代，且博通禮樂而受到康熙之賞識與擢拔，對前途他無疑是抱著積極、樂觀的態度。基本上他懷抱有儒家經世濟民的志向，有機會參與治水工事，但官場間的矛盾，治水工事一再遷延，人民生活未能改善，他自己在那幾年官宦生涯中，也受貧受饑③。他的抱負在現實嚴酷的考驗中，產生許多衝突與矛盾，對清廷的情感也時熱時冷。因此我們由他的詩集看，有歌頌康熙的詩作，有與友朋相聚把歡之作，更有許多個人感懷之作；或是訪故老、金陵遺跡的傷時之作，這些詩充分反映他所處時代的複雜性，也反映出他個人內心情感的複雜。因此，反映在《桃花扇》這部作品裡的思想情感，亦充滿矛盾之處。還孔尚任於他所處的時代，實際去理解他的歷史感與存在感也許較能體會作品的內涵。

孔尚任一生中，以罷官問題，最引起學者的爭論。一般論者之看法可分為兩種：

（一）因《桃花扇》之作牴觸時諱而罷官

孔尚任《長留集．放歌贈劉雨峰》云：「命薄忽遭文字憎，緘口金人受誹謗」，又有詩云：「解組全辭形勢路，還卻穩坐太平車。《離騷》惹淚餘身吉，社鼓敲聾老歲華。」（《長留集．容美士司田舜年遣使投詩贊予《桃花扇》傳奇，依韻卻寄》）又〈答僧偉載詩〉云：「送我詩發溫厚情，方外亦懼文字禍」等等。論者謂《離騷》即是指《桃花扇》，況且他還提到「文字禍」這種字眼，因此，很容易讓人聯想《桃花扇》裡寄寓對明室興亡之詠，招來清廷統治者心中的不安，故作者孔尚任被罷官。然而孔尚任有〈和蔡網南贈扇原韻送之南還詩〉之注云：「余被謫疑案，網南頗知，曾贈金慰余。」這個「疑案」就頗令人費解，似乎不單純指因《桃花扇》而罹禍，所以有人懷疑是孔尚任因職務關係，被別人誣為貪污而罷官。

（三）因於戶部主事任內受讒而罷官

劉輝〈試談孔尚任罷官問題〉一文，肯定罷官與《桃花扇》無關，其理由是：

1、吳梅《顧曲麈言．談曲》云：「相傳聖祖最喜此曲，內廷宴集，非此不奏。」孔尚任自已在〈桃花扇本末〉裡提到康熙三十八年，劇初成時，李木庵總憲已索為圍爐下酒之物，還請名噪時流的「金斗班」來演。後孔尚任罷官，李總憲仍招眾觀此劇。那時「翰部臺垣，群公感集」，讓孔尚任獨居上座，極盡優渥，若孔尚任以《桃花扇》而罷官，那麼朝中諸大臣豈敢公然群聚觀劇？何況日後演此劇，幾無虛日，尤其多是王公貴族招演。孔尚任罷官後留京師，仍因此劇而常被權貴邀為座上客，演時他自己也面露得意之色，故以此劇招忌而罷官似乎很難成立。

2、終清之世，《桃花扇》未曾列入禁演的名單之中，不像《長生殿》，在康熙二十八年，曾一度遭禁演，其詩集《稗畦續集》於乾隆時亦曾被列入禁書的名單中（姚覲元《清代禁毀書目四種》），同觀《長生殿》者，甚至斷送一輩子功名。

3、《桃花扇》成書於康熙三十八年，罷官一事在康熙三十九年，很容易令人把罷官和《桃》劇聯想在一起，但孔尚任劇成到罷官之間，其經歷是如此：

康熙三十四年九月　孔尚任由國子監博士遷戶部主事

康熙三十八年三月　孔尚任作〈桃花扇小引〉

六月　《桃花扇》脫稿

秋夕　康熙索《桃花扇》本，遂入內府

康熙三十九年正月　除夕　戶部左侍郎李木庵索閱《桃花扇》
金斗班初演《桃花扇》
三月上旬　孔尚任晉升戶部廣東司員外郎
三月中旬　孔尚任罷官
四月　李木庵招孔尚任觀演《桃花扇》

劉輝認為以此「成書—上演—升官—罷官—上演」的過程，不太可能是因劇而罷官。劉輝條理井然地說明孔尚任罷官不因《桃花扇》的理由，頗有道理。

吳梅有云：「聖祖每至設朝選優諸折，輒皺眉頓足曰：『弘光，弘光，雖欲不亡，其可得乎？往往為之罷酒也。』」（《顧曲麈談・談曲》）可見康熙對於孔尚任能將弘光的昏憒表現透徹，頗為贊賞，也可讓康熙以明朝君臣自取其亡之道，而規避篡奪者的形象。劇中又說康熙二十三年這一年是「堯舜臨軒，禹皋在位；處處四民安樂，年年五穀豐登」，還有種種祥瑞，一副太平盛世的樣子。且劇中多詆毀李自成，稱清兵為大兵，歌頌清廷對明殉皇崇禎的優葬之處。嚴格說起來，《桃花扇》一劇，在字面上較少看到對清廷不利之處，應不至於構成違礙，致令作者罷官。

對於孔尚任罷官問題，劉輝歸因於孔尚任當官的問題，孔尚任自小即愛好古器物之搜藏，一直持續到老，而他在佐理治水時期，算是貧官，平常是沒有多少能力收藏。而據他自己在《享金簿》④，之中的記載，有許多古器物都是在入京後所買，這難免令人懷疑他在戶部主事這種「肥缺」上⑤，獲得多少好處。這是其一，其二是這種官在許多人心目中是「銅山金埒」，孔尚任也被視為「孔方兄」，難免有人要趁機借貸，在錢財周轉上，請他行個方便。他有首詩說：「銅山金埒勢崢嶸，暴富乞兒恬不驚。每日垂鞭歸第邸，有人來看孔方兄。」他自注說：「予畏監倉而得監鑄，免累可已，寒如故也，泛泛者不知，多來稱貸。」（《燕臺雜興》三十首之十七）詩中表白自己的清白，也寫出現實的無奈，他在這種敏感的單位，如果同流合污，當然很容易犯下貪污罪；如果他清白自守，也很容易得罪同僚或有求於他的人，因此，不管他表現如何，都很可能獲罪。

《友聲後集》壬集裡，有一封孔尚任寄張潮的信，中云：「今年在銅臭中，自覺瀟灑，而長安僚友多不相信。」表示他雖自守清風，但很少有人相信。另《友聲新集》卷三，他另致張潮的一封信裡道：「長安名利之藪，為雅俗所共豔者，近乃知者寥寥，交臂道上，不辨何人，則弟之不合時宜也可知矣！」官場原就多趨熱之輩，他換個官做，許多人有求於他，他卻不開方便之門，因此友朋輩也多心起來，所以知交漸少。

劉輝再引孔尚任罷官後，朋輩寫詩送他；離京返里，他們又寫詩送他；當他逝世時，他們也寫詩哀悼。其中有些詩篇可以透露一些他罷官的訊息，如劉中柱〈寄岸堂〉詩有「身當無奈何將隱，事在莫須有更悲」之句；顧彩〈有懷戶部孔東塘〉詩有「朱紱遂因詩酒捐，白簡非有貪饕證」及「白環重賜會有時，湔讒洗毀復待聘」之句；蘇春〈送東塘戶部還山〉有「歸去不須翹首望，長安自古白雲多」等⑥。劉輝認為如果孔尚任是因《桃花扇》中有違礙的地方，遭清廷之諱而去官，則友朋輩應不敢公然指出是「莫須有」之罪，也不敢期勉他「湔讒洗毀復待聘」。如果他因為《桃花扇》遭禍，應不會等待昭雪之日。

孔尚任遭罷官復，還滯留京師二載，希望還有昭雪之日，等到昭雪之望渺茫，才黯然離京。

孔尚任一生著作極多，內容亦頗博洽，今據陳萬鼐《孔東塘先生年譜稿》所輯⑦，選取與本論文所研究主題較有相關者，略加敘述：

1、《出山異數記》

本書內容主要是記康熙到曲阜祭孔子時，孔尚任所受到的恩寵，張潮輯《昭代叢書‧出山異數記題辭》云：「因備知聖朝尊師重道之隆，與君臣遇合之雅，讀之有令人感發而興起者。」此書對康熙之知遇，頗為頌揚。

2、《湖海集》

此集共有詩七卷、文三卷、札三卷，乃孔尚任在淮揚時所作。原刊本藏於江蘇省立圖書館

（十三卷殘本）、國立北平大學圖書館（七卷全本）。民國十六年據十三卷原刊本排印，五十三年世界書局據排印本影印，編入中國文學名著第六集第二十冊，與洪昇《稗畦集》、《稗畦續集》合冊，題曰《孔尚任集》。四十七年，《孔尚任詩集》，五十二年，《孔尚任詩文集》出版，均有該集中之詩。

3、《岸堂稿》

清蔣景祁輯《輦下和鳴集》，收當時都下名詩人之詩凡十三卷，《岸堂稿》一卷，梓於康熙三十一年。此集大約是他康熙二十九年回朝後，二年之間所作。《孔尚任詩文集》嘗收之。

4、《長留集》

此集為《岸堂稿》後二十餘年之生活紀實，為研究孔尚任晚年之重要材料。《孔尚任詩文集》收之。

5、《大忽雷》傳奇

此劇取材自《唐詩紀事》，傳陳子昂事。現存殘本，附於《小忽雷》後，雖僅數齣，但故事完整。

6、《小忽雷》傳奇

著錄：《傳奇彙考標目》、《曲錄》、《今樂考證》並錄。

版本：康熙鈔本，二卷。

暖紅室刻本，二卷。

提要：此劇取材自《樂府雜錄・琵琶》，記鄭中丞琵琶事，多所添飾，全劇凡四十齣。以梁厚本和鄭盈盈二人的離合為主幹，穿插元和、長慶、太和之間的一些歷史事件，如平淮蔡、甘露之變等，全劇亦有對權奸閹宦的批判。

按此劇由孔尚任填詞，顧彩譜曲。小忽雷相傳為唐韓滉命製之胡琴，有大小二器，孔尚任於北京得之，愛玩不置，遂為之作傳奇。

7、《桃花扇》

著錄：《傳奇彙考標目》、《曲錄》、《今樂考證》並錄。

版本：康熙四十七年刊本，二卷。

康熙介安堂刊本，二卷。

夢鳳樓暖紅室刊本，二卷，二冊。

提要：以侯方域、李香君才子佳人故事為張本，演南明弘光朝史事，作者以嚴謹的態度撰寫，歷時十餘年。對於弘光朝馬士英、阮大鋮弄權，四鎮之間的矛盾，史可法之殉國等有詳實之描寫。

孔尚任在《長留集・燕臺雜興》三十首之二十首云：

> 南部煙花劫後灰，曲終人散老相催。昆山弦索姑蘇口，絕調誰傳《小忽雷》？

其詩有自注云：「余《小忽雷》填詞成，長安傳看，欲付梨園，竟無解音。」這本來沒有問題，可是後來在〈桃花扇本末〉裡，他又說：「前有《小忽雷》傳奇一種，皆顧子天石，代予填詞，予雖稍諳宮調，恐不諧於歌者之口・・」。結果一般人就以為是他們二人合作的，⑧但他們合作的情形如何？劉喜海〈小忽雷記〉云：「夢鶴居士傳聲譜《小忽雷》，四闋」，如此則《小忽雷》大部分還是成於孔尚任之手。梁啟超認為《小忽雷》傳奇的結構和科白由孔尚任作，曲則是他們兩人合作⑨。

我們可以從《小忽雷》、《桃花扇》這兩劇創作的主題思想與結構，發現其間有相當密切的關係。二劇都架構在才子佳人遇合的脈絡上，揭露閹宦權奸對忠良的迫害。孔尚任在未出山之前，即已關心於南明史事，有意要寫一部傳奇，這中間他不斷搜集資料，而遲遲未動手。後來，他因得唐朝樂器「小忽雷」，而為之譜成傳奇，由於兩部戲曲主題相近，故先後完成。梁啟超謂：「云亭作曲，不喜取材於小說，專好把歷史上實人實事，加以點染穿插，令人解頤。這是他一家的作風，特長的技術，在《小忽雷》著手嘗試，到《桃花扇》便完全成熟。」梁啟超且認為《小》劇詞曲之美，實比《桃》劇還勝一籌[10]。儘管梁啟超對《小》劇如此褒獎，並說該劇在當時演唱像很盛行，可是就前〈燕臺雜興〉第二十首詩自註所云「余《小忽雷》填詞成，長安傳看，欲付梨園，竟無解音，後得景雲部始演之。」看來，《小》劇似乎沒有得到多少賞識，而稍後的《桃》劇一出，聲名遂掩過它。這可能與當時遺老尚多，對《桃》劇的人、事、物，都容易有共鳴之感，而且《桃》劇在歷史反思上面，思想更深刻，更具現實性的批判、人性的糾葛等描述。

《桃花扇》與《長生殿》均歷十餘年才完成，茲將其創作動機與過程做番評述。

孔尚任一開始就有意以南明王朝敗亡為背景，來寫一齣戲曲，因此很很注意史料的搜集，其《桃花扇本末》自述：

> 予未仕時，每擬作此傳奇，恐聞見未廣，有乖信史；寤歌之餘，僅畫其輪廓，實未飾其藻采也。然獨好誇於密友曰：「吾有《桃花扇》傳奇，尚秘之枕中」及索米長安，與僚輩飲讌，亦往往及之。又十餘年，興已闌矣，少司農田綸霞先生來京，每見必握手索覽，予不得已，乃挑燈填詞，以塞其求；凡三易稿而書成，蓋己卯之六月也。

孔尚任早有意於此傳奇寫作，但他態度較謹慎，以致僅得輪廓而遲遲未動手，只是常向好友示意，他有一本《桃花扇》秘之枕中。後來為求仕進，在宦海浮沈十多載，原本那個寫傳奇的構想反因謀稻粱而意興闌珊，還好田綸霞信以為他真有此本傳奇，多次索觀，孔尚任不得已，才挑燈填詞，經過三次易稿才成書。整個構想的開始，是在他未仕時，也就是在他三十七歲之前，到書完成，已是他五十二歲的時候，前後至少也有十多年。

在這十多年當中，他生活的閱歷增加了，對於清廷統治下的王朝，也有更深切的了解，同樣仕途的坎坷，也許更加深他存在的感受，當他反思歷史，不禁激起作史的使命感。對於南明史事，他的資料來源，不只是書本上的，還有親身經歷者所目睹之事，故更為真實。《桃花扇本末》裡說：

> 族兄方訓公，崇禎末為南部曹；予舅翁秦光儀先生，其姻婭也，避亂依之，羈棲三載，得弘光遺事甚悉；旋里後數數為予言之，證以諸家稗記，無弗同者，蓋實錄也。

此相當於我們今日所謂的口傳文獻，彌足珍貴。除此之外，孔尚任還到許多故舊遺跡去實地考察，並訪問當地耆老，寫下不少富興亡之感的詩篇。其《湖海集》中有〈過明太祖故宮〉（卷七）：

匆忙又散一盤棋，騎馬來看舊殿基。夕陽偏逢鴉點點，秋風只少黍離離。
門通大內紅牆短，橋對中街玉柱欹。最是居民無感慨，蝸廬僭用瓦琉璃。

一個王朝像棋局般散了，所有的繁華都歸於空，卻是那無知的平民，撿著宮中的琉璃瓦，蓋在自家的屋頂。這和「舊時王謝堂前燕，飛入尋常百姓家」有異曲同工之悲涼吧！又有〈拜明孝陵〉詩二首云（卷七）：

夕陽紅樹間青苔，點染鍾山土一堆。厚道群瞻今主拜，酸心稍有舊臣來。
石麟礙路埋榛草，玉殿存爐化紙灰。賴有白頭中使在，秋晴不放墓門開。

宋寢齊陵盡野沙，英雄有恨欲如何。寶城石壞狐巢大，龍座金消蝠糞多。
瞻像猶驚神猛氣，禁樵渾榛帝恩波。蕭條異代微臣淚，無故秋風灑玉河。

孔尚任的朋友黃仙裳評此二詩「亡國之遺恨，盛世之恩波，俱能寫出，可作詩史。」身為大清子民，孔尚任不忘在詩中歌頌「厚道群瞻今主拜」，「禁樵渾榛帝恩波」，但難掩那一股悲涼的興亡之感，無怪乎黃氏會說它是「詩史」。

孔尚任曾到白雲菴訪張瑤星道士，說張道士「先生憂世腸，意不在經典。埋名深山巔，窮餓極淹蹇。每夜哭風雷，鬼出神為顯。說向有心人，涕淚胡能免。」張道士以遺民自任，隱居山中，在鬼神世界裡緬懷故國風物。明亡後有不少人歸隱山中，忍受窮窘的生活。孔尚任每到一處，就喜拜訪這些人，和他們聊聊往事，在他仕宦的那些歲月裡，也經歷了不少困窘的景況，他對於遺民們所忍受的苦當更能體會。因此那段時期，他的筆墨雖多用於與人來往酬答，暫將《桃花扇》的寫作擱置一旁，可是那點點滴滴的搜訪與經歷，正孕積在他胸臆，只待時機成熟，即可傾瀉而出，也是在這長遠的孕育之下，他擬作《桃花扇》的輪廓就愈清晰，他的主題意識也愈強化，因此寫成後，他在〈桃花扇小識〉裡說：

> 桃花扇何奇乎？其不奇而奇者，扇面之桃花也；桃花者，美人之血痕也；血痕者守貞待字，碎首淋漓不肯辱於權奸者也；權奸者，魏閹之餘孽也；餘孽者，進聲色，羅貨利，結黨復仇，隳三百年之帝基者也。

由扇面桃花，步步點染，最後逼出權奸結黨營私，惑主於聲色之中，終至亡國敗家的歷史因果，「隳三百年之帝基」這一罪名何其深重，難道只在南明小朝廷這一群權奸頭上嗎？不是，在〈拜方正學先生祠〉詩中，孔尚任沈痛地寫下：

……失聲哭先生，無處覓肝腦。當彼盡命辰，滿胸氣浩浩。

域中誰是君？為誰起詔草？祖靈不憑孫，臣罵即天討。

一死十族夷，萬古倫不倒。秋原草樹黃，宮寢夕陽道。

靖難北還燕，已失明大寶。何待甲申年，眼淚滴遺老。

黃仙裳評此詩「想得到說得出，從來弔正學詩，皆可廢也！」的確，明朝之亡非一朝一夕，因為閹患與明朝相始終，而閹患之兆基即在成祖之時。明太祖立國之初，即鑑於漢唐兩代閹黨為禍，故明令內官不得干預內廷之事⑪。建文帝對內官甚嚴，故燕王興兵時，有內官逃至燕王處暗通京中虛實⑫。成祖以非法手段奪得帝位，內官佔有很大功勞，再加上那時北方諸鎮還多是洪武舊屬，燕王為了控制他們，只有遷都北京，並多用內官，而因此種下閹黨之禍。孔尚任此詩即將明亡之肇基上推至成祖，南明小朝廷有阮大鋮與馬士英狼狽為奸，是魏忠賢與朝奸勾結為惡的延續，也是整個明代閹黨把權後朝政的縮影。所以南明小朝廷之隳敗其實就是有明一代隳敗的縮影，因此孔尚任將南明史事編為戲曲。其〈桃花扇小引〉云：

場上歌舞，局外指點，知三百年之基業，隳於何人？敗於何事？消於何年？歇於何地？不獨令觀者感慨涕零，亦可懲創人心，為末世之一救矣。

由上面的分析可知，孔尚任和洪昇一樣，成長過程非常相似，在新舊時代受不同的價值觀衝擊。在自我追尋中，他們對歷史的觀察更為敏銳，他們反思歷史、批判歷史，在歷史的異動找尋治亂根源。他們借著歷史舞臺的重現，表達自己的創作意識，孔尚任以「異代微臣」自稱，表示他也是肯定清廷政權的統治事實（但不表示他否定清廷的篡奪事實）。但看到蕭條的金陵，他也忍不住留下感懷的淚，這淚有很深的民族情感在。

孔尚任以聖人後裔，又具淵博才學，受康熙特意擢拔，他也意氣風發要有所作為。四十二歲那一年，康熙再次南巡至江南，且再次召見他，他作五首詩來記此事，〈三月三日迎駕至江口蒙召登舟賜御宴一盒恭謝用前韻〉詩云（《湖海集》卷六）：

> 蒲伏迎鑾江水頭，侍臣招手上龍舟。堪憐憔悴巡湖海，又得從容拜晚旒。
> 徹出瓊筵驚滿岸，捧來金碗晃雙眸。三年粗糲中腸慣，飽飫珍饈翻淚流。

詩中充滿被召那種受寵若驚的心情，竟至感動而痛哭流涕。另一首〈送駕至淮上恭賦〉的末聯云「最是光輝人隊裡，龍顏喜顧喚臣名」（同上）這些殊榮，都讓他感戴莫名。但康熙對聖人後裔的尊重，恐怕較多的原因是在於鞏固他統治政權的策略上，因此雖拔擢孔尚任，但並沒有真的適才任用，以致令志氣高昂的孔尚任，漸於生命的困頓中，對其命運的悲劇性有更深的體會。

梁啟超謂劇中老贊禮乃是孔尚任的寫照，在《桃花扇・餘韻》中，孔尚任借〈問蒼天〉發抒他懷才不遇的感慨，他借著自己與福德星君同月同日生的因緣，質問當權者，他說：

貧者貧，富者富，造命奚為？我與爾，較生辰，同月同日；囊無錢，灶斷火，不啻乞兒。六十歲，花甲週，桑榆暮矣；亂離人，太平犬，未有亨期。稱玉斝，坐瓊筵，爾餐我看；誰為靈，誰為蠢，貴賤失宜。臣稽首，叫九閽，開聾啟聵；宣命司，檢祿籍，何故差池？金闕遠，紫宸高，蒼天夢夢；迎神來，送神去，輿馬風馳。……濁享富，清享名，或分兩例；內才多，外財少，應不同規。……神有短，聖有虧，誰能足願？地難填，天難補，造化如斯。釋盡了，胸中愁，欣欣微笑；江自流，雲自卷，我又何疑？

孔尚任在南方治水時，是一貧官，在予朋友的信中，屢屢提及⑬。後來回京擔任國子監博士，亦非重要官吏⑭。那時他年近五十，當年受到康熙拔擢時，他對自己期許頗高，但數年下來，高不成，低不就，所以心中難免有牢騷，就借娛神的〈問蒼天〉來發發滿腹牢騷。蘇崑生聽完直贊他「妙絕！逼真〈離騷〉、〈九歌〉了」表示這首歌與屈原同調，都是芳草反在泥塗，不受賞賜之意。此乃孔尚任之心聲，雖然他最後說：「釋盡了，胸中愁，欣欣微笑；江自流，雲自卷，我又何疑？」似乎豁達了，但他這恐怕也是自我寬慰之詞吧！

就因為他生命的這些特殊境遇，讓他的作品（包括詩文、劇作），既有遺民血淚斑斑的哀思，也有新朝臣子對清廷的歌頌，因此他的作品就具有爭議性，歷來學者的詮釋角度不一，評價亦紛陳。我想理解作者時代與其個人的複雜本質，在解讀作品時，也許比較理想⑮。

以上就作者思想問題，做一評述，下面就論者對《桃花扇》的評價，做一簡述：吳梅對《桃花扇》推崇頗高，《顧曲塵談・製曲・立主腦》云：

> 試觀《桃花扇》，全部記明季時事，頭緒雖多，而繫年記月，通本無一折可刪。且所紀皆是實錄，尤可作南都信史觀。所謂六轡在手，一塵不驚也。余嘗謂《桃花扇》為曲中異軍，亡友黃摩西，以為至言。

《顧曲塵談・製曲・酌事實》云：

> 古今傳奇，用故事之最勝者莫如《桃花扇》，……《桃花扇》所用事實，俱見明季人野史，卷首有考據數十條，東塘已自計明晰矣。抑知記中有纖小科諢，亦皆有所本乎。香君諱名香扇墜，見《板橋雜記》，王鐸楷書《燕子箋》，今藏無錫某宦家。即如阮大鋮之路斃仙霞嶺，藍田叔之寄居媚香樓，亦見《冥報錄》、《南都雜事》，蓋幾幾乎無語

不徵矣！

此二則吳梅著眼於「史」的徵實方面，認為《桃花扇》可作「南都信史」，乃曲中異軍。他又認為劇作「實要實到底，虛要虛到底」，他舉出古今傳奇中，用故事之最勝者莫如《桃花扇》，而用臆說之最勝者莫如《牡丹亭》。其實《桃花扇》亦不盡事實，其點染處亦自不少。

《顧曲麈談・製曲・脫窠臼》云：

《桃花扇》不令生旦團圓，趁中元建醮之際，令生旦各修正果，并云：「家國何在？君父何在？偏是兒女之情，不能割斷！」真足令人猛然警覺而於作者填詞之旨，尤為吻合。又開場副末，不用舊日排場，末後餘韻一折，更覺蒼涼悲壯，試問古今傳奇，從來有此場面乎？特破生旦團圓之成格，東塘所獨創也。

此處乃就劇情的安排而言，一般中國戲曲，以大團圓為常套，其中生旦總是在劇末團圓，而孔尚任不令生旦團圓，在吳梅眼中，是「脫窠臼」之作。

《曲海揚波》卷一有多處引梁啟超之語云：

竊謂孔云亭之《桃花扇》，冠絕前古矣！其事蹟本為數千年歷史上最大關係之事跡，惟此時代，乃能產此文章。雖然，同時代之文家亦多矣，而此蟠天際地之傑構，獨讓云亭，云亭亦可謂時代之驕兒哉！

又云：

《桃花扇》卷首之〈先聲〉一齣，卷末之〈餘韻〉一齣，皆云亭創格，前此未有。亦後人所不能學也，一部極淒慘、極哀豔、極忙亂之書，而以極太平起，以極閑靜、極空曠結，真有華嚴鏡影之觀，非有道士，不能作此結。

又云：

《桃花扇》於種族之戚不敢十分明言，蓋生於專制體下，不得不爾也。然書中固往往不能自制，每一讀之使人生故國之感。

梁啟超較能將《桃花扇》放在大時代的特殊性，及孔尚任個人的思想情感上來談，肯定此劇是一部「冠絕前古」之作。

其它評論如梁梆《曲話》云：

> 《桃花扇》筆意疏爽，寫南朝人物，字字繪影繪聲。至文詞之妙，其豔處似臨風桃蕊，其哀處似著雨梨花，固是一時傑構。然就中亦有未愜人意者：福王三大罪、五不可之議，倡自周鑣、雷演祚，今〈阻奸〉折竟出自史閣部，則與〈設朝〉折大相逕庭，使觀者疑閣部之首鼠兩端矣。

劇中三大罪、五不可是出自侯方域，作者乃為了凸顯侯生之忠憤，非出於史閣部。另梁枘認為加二十一折〈孤吟〉，詞義猶如家門大意，是為蛇足，總屬閒文。而梁啟超卻大加贊賞此折，認為作者有意託老贊禮之口，作極達觀之語，然其外愈達，其內心實愈哀痛、辛酸。

《桃》劇演出之盛，前已有所論及，再就孔尚任自作〈《桃花扇》本末〉云所謂「歲無虛日」；又說楚地之容美，處萬山中，有如與外界隔絕之桃花源，卻也有他的戲上演，可見其流傳之廣。他到恒山，郡太守劉兩峰，特別留他觀賞《桃》劇的演出，他並且當場指點。戲曲的另一半生命要在舞臺上呈現，身為一個劇作家，能於生前看到自己的劇如此盛況，他感到相當滿足。

至於此劇之缺點，亦有多人論及。如吳梅《顧曲麈談・談曲》認為《長生殿》徵實不如《桃花扇》，而宮調諧和，譜法修整，則孔尚任顯在洪昇之下，各有其千秋。他又說原本內府宴集，非《桃花扇》不奏，自《長生殿》出，《桃花扇》之演稍衰⑯。蓋此二劇各擅其場，並為清初傳奇雙璧。

筆者認為「《桃花扇》以氣概雄厚勝」一語（《曲海揚波》卷三引張行《小說閑話》），最能直指《桃》劇之本質，此氣概不可學，要由作者處非常之時代，心中又蘊積非常之學養、思想、情感所發，求諸他人他作，不可得也！

註釋

① 孔尚任《出山異數記》云：「上立簷楹撫視盤螭石柱贊嘆，移時始下階，顧問尚任曰：『爾年幾何？』尚任奏曰：『臣年三十七歲』又曰：『爾去先師幾世？』尚任奏曰：『係先聖六十四代孫。』」康熙於二十三年到曲阜，由此上溯，孔尚任生年當在順治五年。

② 倪世清《世最》輯孔尚任詩前所附小傳云：「尚任幼穎慧，五六齡試以對聯，輒應聲得，遠近驚為神童云。年十二，工詩賦，博典籍。補諸生未第，家築石門山，樂道著書。」

③ 孔尚任有〈典裘〉詩云：「三載一羊裘，朝披夜覆足。毛脫皮尚存，積垢難浣浴。上船復下船，殘書同裹束。較之初得時，倍覺愛護篤。自顧披裘人，不合養群僕。環我索衣裳，燈前苦迫促。抱裘典千錢，割愛亦云毒。囊空此輩歎，那怪上官辱。秋風秋風漸吹霜，羸體何

以住江曲?」他當官三年，竟然落得要典當衣裘，連僕人都環繞著他索衣裳，何況那些上司對他的侮辱呢?黃仙裳批云:「先生三年海濱，堅苦備嘗，他日宰天下，幸勿忘飢寒者。」(《湖海集》卷五)此話不但勸慰他，也是期勉他有機會濟民時，不要忘了飢寒的人。

④ 他曾寫一套散曲敘述他這方面的喜好:「喜的是殘書卷，愛的是古鼎彝，月俸錢支來不勾一朝揮，大海潮，南宋器;世黃玉，漢羌笛;唐羯鼓，斷漆奇;又收得小忽雷，焦桐舊尾。」(見《小忽雷‧博古閒情》)他還將自己的收藏著錄成書，名為《享金簿》。

⑤ 孔尚任此時奉命寶泉局監鑄，寶泉局為鼓鑄錢幣之局，明設於各行省，旋廢;清順治元年，又設直隸戶部，俗稱戶部局，又稱京局。

⑥ 此處所引之詩俱轉引自劉輝〈試談孔尚任罷官問題〉一文。

⑦ 孔尚任之著作，陳萬鼐《孔東塘先生年譜稿》據十六種書目，輯出作品共二十六種:《孔子世家譜》、《出山異數記》、《人瑞錄》、《節序同風錄》、《魯諺》、《律呂管見》、《闕里新志》、《祖庭新記》、《平陽府志》、《會心錄》、《享金簿》、《享金簿摘鈔》、《湖海集》、《岸堂稿》、《長留集》、《鱣堂集》、《石門集》、《岸堂文集》、《介安堂集》、《孔尚任詩》、《孔尚任詩文集》、《宮詞》、《綽約詞》、《桃花扇傳奇》、《小忽雷傳奇》、《大忽雷傳奇》。

⑧清李調元《雨村曲話》云：「顧天臺《小忽雷》傳奇，亦董恒岩筆，董工詞而顧工曲，故為詞家所尚。」此處不但把「天石」誤為「天臺」，且竟將之誤為董恒岩之詞，誤謬至極，不足多論。

⑨顧彩於《桃花扇敘》中云：「猶記歲在甲戌，先生指署齋所懸唐朝樂器小忽雷令余譜之，一時刻燭分箋，疊鼓競吹，覺浩浩落落，如午夜之聯詩。」梁啟超認為很難確指某部分為誰所作。

⑩梁啟超說《小》劇：「他的好處在不事雕琢，純任自然，無一餖飣之句，無一強押之韻，真如彈丸脫手，春鶯囀林，流麗輕圓，令人色授魂與。清朝劇本，總該推他第一了。」

⑪據《明史・太祖本紀》記載：洪武二年，定內侍官制，諭吏部曰：「內臣但備使令毋多人，古來若輩擅權，可為鑑戒。馭之之道，當使之畏法，勿令有功，有功則驕恣。」又洪武五年有「定宦官禁令」，洪武七年有「禁內官預外事，敕諸司毋通內官監文移。」趙翼《二十二史劄記・明代宦官》云：「明祖著令內官，不得與政事，秩不得過四品。」

⑫《明史・成祖本紀》載：「建文三年，中官被黜者來奔，具言京師空虛可取狀。」如此等於鼓勵燕王直取京師，燕王於是決定臨江一決，不復返顧。

⑬孔尚任有〈答黃仙裳〉之書云：「近且一日一餐，親朋僕從，居無食而去無資，僕清夜自思，

生平無大罪戾，乃至作揚州餓殍。」又〈答黃儀通〉之書云：「僕往日以親朋少驗窮，今日以親朋多驗窮，何也？親朋來顧署，無資遺歸，日積日眾，日眾日費，日費日窮，何所抵止，今且停午一餐矣！」（轉引自劉輝《小說戲曲論集》）

⑭ 康熙三十四年，孔尚任曾有信給張潮云：「弟寒氈日久，並不覺苦；非不苦也見大老朝參會議，暴日冒霜，其苦有十倍於弟者，弟每月入衙不過六次，除此皆文酒之會矣！無拘無束，還似揚州一寓公。」《友聲庚集》由此信看，他在朝中地位不甚重要。（轉引自劉輝《小說戲曲論文集》）

⑮ 近代學者，有的對此劇的「愛國主義」觀點做重新調整，如大陸學者，在評價歷史上的人物，有了角度上的歧異，將李自成等一向被視為賊寇的人物，扭轉為所謂揭竿起義的人民英雄，因此對《桃花扇》劇中將李自成的詆毀，視為孔尚任封建思想的敗筆；再加上劇中有對清廷歌頌之處，益使他們對此劇採取不同的看法，典型的代表如劉輝〈《桃花扇》是偉大的愛國主義作品嗎？〉，即將傳統對《桃花扇》的思想評價做一番批判。當然一部作品，在每一個時代，可以有不同的解讀方法，解讀者處於不同時代，有不同的思想背景，有不同的關懷處，對同一作品的歧解可以理解。劉輝於文中也自謂不是以否定《桃花扇》的愛國主義，就全盤否定《桃花扇》。他認為《桃花扇》劇本結構謹嚴，情節迭宕起伏，在戲曲史上有其一

定地位，只是他想把劇中的「糟粕」剔除。

⑯ 按《長生殿》成書於一六八八年，《桃花扇》成書於一六九九年，一六八九年《長生殿》演出致禍，其傳入內府，似應早於《桃花扇》，故吳梅此說值得商榷。

第三章　劇作家之創作意識

每一時代均有其時代課題，而當代人物生活於其間，必能感受其時代課題而思解決之道。明末清初的劇作家在面對時代風暴所糾葛出來的問題時，心中自會有問題意識成型，問題意識引發他們的寫作動機，而他們的寫作動機又常決定作品的主題意識。此時期的劇作家所面對的是諸多複雜的政治及民族問題，如李玉眼見朝綱頹亂，政爭頻仍，後又親歷鼎革始末；洪昇、孔尚任則成長於異族的統治下，他們雖沒有目睹明中葉後政治之紛擾，但自遺民口中，自典籍裡，他們聽到的、看到的也不少，那些政治紛擾及自古以來華夷之辨的觀念，都成為他們創作的主題。

劇作家反思歷史時，對於忠奸有嚴明的分辨。鼎革之後，「忠」的問題更是浮上檯面，因為改朝換代這樣一個慘痛的結果，並非朝夕之間造成，也並非少數人的力量所可以左右，其形成原因在時間上，也許有一段長時間的醞釀期；在人事上，也許由於政治、社會等各方面均出現嚴重的時代問題，這些文人劇作家在懲鑑歷史時，他們知識份子的使命感就凸顯出來。

中國的知識份子，淵源於「士」或「士大夫」階層，自古以來，即有其「以道自任」為使命的傳承。孔子說：「志於道，據於德，依於仁，游於藝。」（〈述而篇〉）「道」是讀書人的一個崇高理想，一個立身的準則，依循這個準則，終身奉行。又說：「人能弘道，非道弘人。」（〈衛靈公篇〉）人做為一個行為主體，他有能力去弘揚「道」，弘揚道的途徑，最直接關係到國家社會的，就是政治的參與了。所以子夏說：「學而優則仕」（〈子張篇〉）。這種「以道自任」的觀念，到了孟子，提出「樂以天下，憂以天下」。宋朝范仲淹將之演伸為「先天下之憂而憂，後天下之樂而樂。」而張載的「為天地立心，為生民立命，為往聖繼絕學，為萬世開太平。」更將知識份子的使命說得非常具體。因此國家政治不清明，局勢動盪不安的時候，知識份子因其使命感的趨策，總會挺身而出，希望力挽狂瀾。處在那種歷史情境中，知識份子對社會有深深的關切。這種關切讓他們產生嚴肅的使命感，在政治與社會現狀無法令人滿足的情況下，他們只有借其他管道來發抒其「弘道」之理想。

中國知識份子的文化精神取向，是偏向於道德的成就而非知識的成就①，因此使中國知識份子的才智，常做為變亂是非的價值判斷標準。知識份子，一般而言是社會上的精英份子，對社會具有一定的功能。葉啟政在《社會、文化和知識份子》一書中提到：「大體而言，知識份子和社會之間的關係，在本質上，是經由文化象徵及其展現的社會形式來相互掛鉤的。」他認為曼海姆對知識份子的定義，最能傳達此種意思，曼海姆說：「知識份子乃是一群人，其特殊的任務是為其存在之社會提供關於世界的解釋。」這也就是說，知識份子的任務是透過其文化象徵，來為他們所存在的社會提出整體世界的解釋。這就牽涉到知識份子的世界觀，及其所運用的文化象徵，在社會角色的本質上，知識份子被賦予文化象徵之建構，修飾、詮釋和批判等使命。政治也是文化層面的一環，中國知識份子與政治的關係一向密切，知識份子在社會上不但扮演「觀念人」的角色，同時也是「行動人」。尤其是在政治文化激盪的時期，知識份子的使命感，常有具體的實踐性②。劇作家的實踐即落實在其劇作之中，以其主動、關懷歷史的創作意識，企圖為時代的動盪，盡其知識份子批判與詮釋等使命。

在李玉等人的作品中，發現他們以道德性的價值判斷為基準，對歷史事件及歷史人物做批判，其創作意識可以歸納為：一、於教化觀中凸顯「嚴辨忠奸」之創作意識；二、「援史入劇，以劇為史」之創作意識。

第一節　於教化觀中凸顯「嚴辨忠奸」之創作意識

一、傳奇普遍存在的教化觀念

高明《琵琶記》第一折〈水調歌頭〉云：「今來古往，其間故事幾多般，少甚佳人才子，也有神仙幽怪，瑣碎不堪觀。正是：不關風化體，縱好也徒然。」此句「不關風化體，縱好也徒然」像一帖法力無邊的宣言，緊緊地扣住文人的心，無論是才子佳人、忠義、神怪等傳奇，均隱然將此宣言視為典範，宣揚傳統忠孝節義的精神。基於此種教忠教孝的觀念，高明將原本戲文裡那位貪求富貴，置家鄉父母妻子於不顧的蔡伯喈，一變而為傳奇中那位「全忠全孝蔡伯喈」③。

古時貧寒的文士要出人頭地，只有寒窗苦讀，以求取功名，一旦功名有成，即如鯉魚躍龍門般，集富貴於一身。此時意志較不堅定者，常因乍來的榮顯而有意忘掉貧賤的出身，那些屬於以往貧賤世界的人與事，亦常成為他遺棄的一部份。就整個社會心理來說，此應為可能發生之現象，民間戲文《趙貞女蔡二郎》的內容，極有可能接近故事的原型，被人們以真實面貌編為戲曲，故蔡伯喈的下場「為暴雷震死」④，這多少已加入群眾希望他「惡有惡報」的心態。因為真實情況中，此類人物可能一輩子享盡富貴榮華，人們奈何不了他，只有靠天給予處分。如此才能大快人心，沈璟所編《增訂南九宮曲譜》卷四〈刷子序〉云：

> 書生負心：叔文翫月，謀害蘭英；張協身榮，將貧女頓忘初恩，無情李勉把韓妻鞭死；王魁負倡女亡身，嘆古今，歡喜冤家，繼著鶯燕爭春。

此類社會寫實劇，具有其社會背景，即通過科舉制度，朝廷的權力結構重新組合，新貴與舊勢力聯姻做為政治上有利的籌碼，借以鞏固自己的地位。而家鄉貧賤時所娶的糟糠之妻，此時只有被犧牲的命運了。此類戲文，如《趙貞女蔡二郎》與《王魁負桂英》，均被徐渭在《南詞敘錄・宋元舊篇》駁斥為「俚俗妄作」。按徐渭謂高明「惜伯喈之被謗，乃作《琵琶記》雪之，用清麗之詞，一洗作者之陋……」，則徐渭所謂「俚俗妄作」，應兼指曲詞與內容而言，由此亦可見一般文人頗難接受那種不圓滿的結局。

高明揭起「教化」旗幟，他率先身體力行，重新塑造蔡伯喈，欲使之全忠全孝。可惜此一扭轉並未成功，反使蔡伯喈失去舞臺生命，成為一懦弱之傀儡人物，全本《琵琶記》中，並未凸顯其忠孝之舉，在此教化意識鮮明的情況下改動，模糊了蔡伯喈的個性表現。但因詞采清麗動人，又符合人們喜歡「大團圓」的心理，《琵琶記》在傳奇裡立起「典範」作用⑤。

景泰、弘治間，大學士邱濬的《伍倫全備記》更是頂著「倫理」的大招牌，他在首齣「副末開場」裡說：

【鷓鴣天】書會誰將雜曲編，南腔北曲兩皆全，若於倫理無關緊，縱是新奇不足傳。風月好，物華鮮，萬方人樂太平年。今宵搬演新編記，要使人心忽惕然。

【臨江仙】每見世人搬雜劇，無端誣賴前賢。伯喈負屈十朋冤，九原如可作，怒氣定沖

天。這本《伍倫全備記》，分明假托楊傳，一場戲裡五倫全，備他時世曲，
寓我聖賢言⑥。

此種觀點，不正是高明「不關風化體，縱好也徒然」的延伸嗎？明代曲論家論曲，多能就戲曲之詞曲及內容著眼，甚至也注意到搬演效果，如王世貞在《曲藻》裡評《拜月亭》說：

> 中間雖有佳曲，然無詞家大學問，一短也；既無風情，又無裨風教，二短也；歌演終場，不能使人墮淚，三短也。

他接著又說：「《伍倫全備》是文莊元老大儒之作，不免腐爛。」
呂天成《曲品》也舉出他舅祖孫司馬對南劇的評判標準：

> 一要事佳，二要關目好，三要搬出來好，四要按宮調、協音律，五要使人易曉，六要詞采，七要善敷衍，八要角色派得勻妥，九要脫套，十要合世情、關風化。（《曲品》卷下序）

他還指出，只要能包含其中四、五項，就可算是傳奇中的翹楚了。他依此將舊傳奇分為「神

品」、「妙品」、「能品」、「具品」四等，而《伍倫全備》被置於「具品」之末，評語是「大老手筆，稍近腐」。

沈德符《顧曲雜言‧邱文莊填詞》條說：

> 邱文莊淹博，本朝鮮儷，而行文拖沓，不為後學所式；至填詞，尤非當行，今《伍倫全備》是其手筆，亦俚淺甚矣。

祁彪佳《遠山堂曲品》則謂之：

> 一記中盡述五倫，非酸則腐矣；乃能華實並茂，自是大老手筆

祁氏對其文詞尚為推崇，然於其思想內容，不無批評。

以上諸家對《伍倫全備》之批評，或就其詞曲，或就其內容，除祁彪佳尚肯定其「華實並茂，自是大老手筆」之外，大都說它非酸即腐，曲論家並非不注重風教，但邱濬在《伍倫全備》裡所刻意表現的教化觀，反而得不到高的評價，可謂弄巧成拙。不過《伍倫全備》也並非全無價值，因為在戲曲長流裡，它的意義漸漸呈顯，日人青木正兒就整個傳奇發展史來看，說此劇「在文學上雖無可取，然觀乎道學先生亦染筆為南戲，足窺當時之好尚，可謂南戲益將興盛之兆在此

也。」（《中國近世戲曲史》）這種批評頗為公允，羅錦堂《錦堂論曲‧伍倫全備與紫香囊的關係》裡也說「邱氏此作，縱使藝術的成就很低微，但對於戲曲價值的認識與提倡，卻是值得我們注意的；尤其在文學演進的過程上，更是不容忽視的問題。」今日我們研究古典戲曲作品不該囿於某個角度，而應透過各種視野，給予適當的評價。在整個傳奇史的發展來看，《伍倫全備》對傳奇教化觀具有承先啟後的過渡作用。

明初對於演戲有諸多限制，例如《大明律》規定：

> 凡樂人搬做雜劇戲文，不許裝扮歷代帝王后妃、忠臣烈士、先聖先賢像，違者杖一百；官民之家，容令裝扮者同罪[7]。

如此禁止，對戲曲無異上了手鐐腳銬，影響其內容之創作自由，又因洪武曾對高明《琵琶記》加以贊賞，無形中助長教化戲的成長。成祖永樂九年七月一日又下一道更明確的律令：

> 今後平民倡優裝扮雜劇，除依律神仙道扮、義夫節婦、孝子順孫勸人為善及歡樂太平不禁外，但有褻瀆帝王聖賢之詞曲、駕頭雜劇，非律所該載者，敢有收藏傳誦、印賣，一時拿送法司究治，奉旨。但這等詞曲出榜後，限他五日，都要乾淨，將赴官燒燬了。敢

有收藏的，全家殺了⑧。

原本俚俗的南戲，前有文士高明提倡，後有大學士邱濬響應，再加上朝廷對戲曲的態度，教化戲風雲際會，無怪乎漪歟盛歟，蔚為泱泱大國！以後的佳人才子戲，也多附儷於教忠教孝的主題意識下。當然，一般社會大眾的心理反映亦助長此風氣，因為戲曲的演出，需要觀眾的支持，而傳統道德觀念的影響下，人民對於善惡的判斷也有一個基準線。教忠教孝的劇目，頗合民間胃口，因此能廣為流傳。

其後，自稱為「伍倫新傳」的邵燦《香囊記》，更將戲曲視為宣揚倫理道德的教科書一般，其第一齣〈家門〉下場詩云：

賢德母慈能教子，貞烈婦孝不遺親。王侍御捨生死友，張狀元使節忘身。

最後一齣終場詩云：

忠臣孝子重綱常，慈母貞妻德允臧。兄弟愛恭朋友義，天書旌異有輝光。

前後呼應，全本《香囊記》不出此忠孝節義思想。

王陽明《傳習錄》云：

> 今要民俗反樸還淳，取今之戲子，將妖淫詞調俱去了，只取忠臣孝子故事，使愚俗百姓人人易曉，無意中感激他良知來，卻於風化有益。

一代理學大師對戲曲的觀念如此，則教化觀之深入人心可知。

後來湯顯祖《牡丹亭》雖以杜麗娘追求自由愛情為主，且成為傳奇經典之作，在當時引起極大迴響，讓人在禮教束縛中，正視「情」的重要性。其〈牡丹亭記題詞〉云：

> 如麗娘者，乃可謂之有情人耳，情不知所起，一往而深，生者可以死，死可以生……嗟夫人世之事，非人世所可盡，自非通人，恒以理相格耳。第云理之所必無，安知情之所必邪！（《湯顯祖集》卷三三）

此種重情的觀念，可惜在後來的才子佳人劇，又走回情與理統一、和諧的老路，終又落入正義與邪惡的衝突上⑨。

二、於教化觀中凸顯「嚴辨忠奸」之意識

一般傳奇劇本，大多符合教忠教孝的框架，而明清具歷史反思劇的教化精神，因作者對政

治的批判色彩濃厚，故較集中地凝聚於「忠奸之辨」，從明代第一部具時事特色的劇作——《鳴鳳記》開始，此種傾向即至為鮮明。愈到後來，愈見明顯。

當時所謂忠，主要指的是臣道之忠，亦即對君主絕對的忠。《鳴鳳記》主線以抨擊嚴嵩、嚴世蕃父子當權，殘害忠良為主線。劇中對嚴嵩父子醜陋貪狠之弄權手段，極盡描寫之能事，而任由嚴氏父子如此做大的世宗，在忠良臣子們的心中，卻不失聖明，如第十四折〈燈前修本〉楊繼盛云：

> 我楊繼盛向為諫阻馬市，謫貶萬里邊城。今因仇賊奸謀敗露，欽陞孤臣為兵部武選司員外郎之職。竊喜不死逆鸞之手，以為萬幸，而又轉遷如此之速，則自今以往之年，皆聖上再生之身，自今以往之官，皆聖上特賜之恩也，既以感激天恩，敢不捨身圖報？

其實楊繼盛亦知世宗之專任權奸，但以為臣之節，他只含蓄地說「嘆神龍暫居涸藪，萬里孤臣似風飄柳。」（第十一折）他「有朝感悟天王聖，把那誤國奸臣一掃清。」（同前）楊繼盛之所以一再上本，不畏生死，即在於他有「為臣死忠，乃我之分」，目的就是要「感悟君心」，來「剪除逆賊」（俱見第十四折）。他自知上本禍福難測，可是他「一則要報皇上再生之恩，二則要展平生忠義之氣，三則要與四海萬民除害，四則要與忠臣義士雪冤。」君恩在他心目中，總是排第一，「君為臣綱」的傳統觀念，牢牢地根植於他心中，其忠君心態昭昭。

梁辰魚在《浣紗記》中，借范蠡之口云「邦家多故，廟乏善策。外有強鄰，正君子惕厲之時，人臣幹蠱之日。」（〈遊春〉）邦家多難之時，知識分子有其不可推卸的責任感，令其投身救世之工作。而所謂救世工作，首先得「在其位」，方能「謀其政」，欲在其位，則需將一己生命奉獻給朝廷，公而忘私，因此范蠡將與他有婚盟的西施，送入吳宮，為的是迷惑吳王，好讓越王有機復仇。此將男女私情擴為國家大愛的原動力，乃「忠君」觀念的延伸。

李漁《閒情偶記・戒諷刺》云：

> 竊怪傳奇一書，昔人以代木鐸，因愚夫愚婦，識字知書者少，勸使為善，誡勿惡其道無由，故設此種文詞，借優人說法，與大眾齊聽，謂善者如此收場，不善者如此結果，使人知所趨避，是藥人壽世之方，救苦弭災之具也。（卷一）

此段話說明戲曲的「教化」作用，因古代教育不普及，對不識字的匹夫匹婦進行教忠教孝，最直接有效的方法就是利用戲曲的表演活動。這種普遍的集會場所最適合進行群眾教育，而戲曲透過「優人」扮演各種人物，搬演人世活動，在潛移默化中，寓教於樂。因此戲曲作家在創作時，自然而然想以戲曲代替「木鐸」，有意識、有目的地要對社會大眾進行勸善誡惡的教化功能。

明末清初，由於時代變革，「嚴辨忠奸」的精神成為此類劇作中相當強調的主題。

李玉生當明末，明末亡時，他的仕途並不順利。明亡後，他更絕意仕進，吳偉業說他「以十郎之才調，效耆卿之填詞，所著傳奇數十種，即當場之歌呼笑罵，以寓顯微闡幽之旨。忠孝節烈，有美斯彰，無微不著。」有明至清的傳奇作家當中，歷史劇數量最多的當屬李玉，李玉的生平因資料闕如，故較難由其生命之歷程來看他創作歷史劇的動機，但他為蘇州人，蘇州本為崑曲之故鄉，他所處的時期，又正好是明代崑曲最輝煌的時期，和他一起從事戲曲創作的作家很多。他們隱然成為一個創作團體，常共同研究切磋，有些劇目甚且是由數人通力完成[10]。因此，可由這一批蘇州作家的作品，看出他們主題的選取，這一批劇作家，現在知道的還有朱佐朝、朱素臣兄弟、葉時章、邱園、張大復、畢魏等，他們都是沒有赴試過的布衣之士，平日以作曲供演出，作品都頗受歡迎[11]，寫下刻繪忠臣烈士、義婦節夫等劇本，其中有相當大的程度寄寓亡國之痛。

一般而言，劇作家常把朝綱的紊亂，視為是一批奸邪組成的惡勢力在為非作歹，而忠貞勢力與奸邪勢力的對抗，總是忠臣受陷，受盡各種誣枉苦楚，最後才得雪清，剷除惡勢力，讓朝綱恢復穩定狀態。

郭英德《明清文人傳奇研究》第四章講述明清文人創作方法時，曾提到他們「諷諭性」的特徵，其諷諭內容有二：一是對現實社會人生的批判或懲戒，一是對理想社會人生的嚮往與追求，且這兩者往往在同一部作品裡出現。如《鳴鳳記》、《清忠譜》等政治批判性較濃的劇，特別凸顯出對權臣閹黨亂政亡國的批判，並伴之以對忠臣活政救國的熱情歌頌。郭英德更進一步指出，劇作家不管是對現實人生的批判或對理想人生的追求，都力圖採取一種凌駕於現世之上的道德態勢，那種道德尺度具有濃厚中國傳統思維的特色，即以人為中心，以人際關係為主題，以倫理學為主導，一切思想理論都以政治倫理為始點和指歸，那麼以此種道德指歸所創作的戲曲中，他們所選擇的典型人物，也往往是能表現此道德內涵的人物，如忠臣、義士、孝子、賢婦等等，至於他們所揭示和肯定的倫常則是三綱、五常的表現，所實現的人格特質則是盡忠、至孝、殉節、盡義等。（頁一二四）

郭英德歸納以此道德態勢創作傳奇，造成兩種結果：（頁一二五）

（一）明清文人傳奇作家總是自覺或不自覺地以傳奇作為道德教化的工具，力圖通過傳奇的創作和演出，感化或勸懲人心，達到風俗淳厚的理想境地。

（二）明清文人傳奇作家在傳奇創作中，總是自覺或不自覺地從具體的事實描述上升到抽象的歷史概括，玩味歷史和人生的深永涵蘊，表現出強烈的歷史意識。

由於明清文人傳奇普遍表現對教化觀的的重視，表現在此類具歷史反思之劇中，尤其強調

「嚴辨忠奸」的道德取向，再由於他們強烈的歷史意識，就明末清初的歷史劇作者而言，由於他們所處時代的關係，他們在作品裡表現強烈的反省意識。他們以政治為中心，一方面力圖透過某一片段歷史，探求歷史演變的規律和真諦；或者力圖透過現實社會政治問題的思考，探索如何維繫一個長治久安的封建社會，此歷史文化的觀照，都表現出他們對時代的關懷與批判。

一個王朝由極盛而漸衰，甚至由漸衰而敗亡，其原因何在？這是劇作家要思考的一個問題。他們採取主動而自覺的探索意識，在歷史裡抉幽發微，最後他們歸納出兩股力量，此兩股力量互相抗衡，演變成歷史的治亂興衰。此兩股力量可以大略歸為：一是顛覆的力量，二是穩定的力量。前者來自權臣閹宦的亂政，或來自外來篡奪者的攻掠等等；後者則來自忠臣義士等對邦國之忠貞，這些人無疑是綱常的實踐者，他們對邦國具有穩定力量，而帝王之表現對王朝隆衰亦具有相當關鍵的力量，雄才大略的帝王，無疑具有穩定的力量。但若是苟且淫逸的帝王，則會成為王朝顛覆的力量之一，因為帝王的荒淫、庸懦，予權奸可乘之機，導致邦國走上毀滅之途。這一類型的帝王，也是劇作家所要批判的人物，只是傳統對帝王之尊，劇作家對各種人物的表現不一樣。一般而言，對權奸閹宦總是採取較直接，露骨的表現手法，對帝王則採取較含蓄的表現，甚至將所有罪過諉於權奸身上。這在對當朝帝王時尤其避諱，如李玉的作品，即有此種色彩（下章將詳述）。

由高明《琵琶記》為傳奇立起「教化觀」的典範，《鳴鳳記》、《浣紗記》二歷史劇承繼其教化觀，但在邦國命運一步步走向敗亡時，以批判、反思為基調的作品，就漸漸披上「嚴辨忠奸」的濃厚色調。職是之故，劇作家對道德觀念的強調，在人物的塑造上，有「扁形人物」大量出現的現象。

何謂「扁形人物」？這是英國小說家福斯特在《小說面面觀・人物》⑫中提出來的，福斯特將人物分為「扁形人物」和「圓形人物」兩種類型，張德林對此兩種類型人物做進一步解說⑬，其中扁形人物的特徵如下：

> 扁形人物的塑造，多出於作家某種思想觀念，人物自身的素質或特性一般都較簡單，幾乎一望而知，扁形人物大體有兩個審美特徵：人物個性單一，或趨向類型化；藝術描述誇張成分較濃，或趨向漫畫化。正因為這樣，扁平人物的身上特點鮮明，往往可用一句話或一個短語來概括。比如諸葛亮是「智慧的化身」，關羽是「義勇雙全」，武大郎是「三寸丁谷樹皮，外醜內美，心地善良的卑微小人物」等等。
>
> 這種人物一出場，就很容易被認出來，其缺點是人物性格固定化、模式化，始終如一，沒有發展變化，缺乏性格深度。國古典小說、戲曲裡，大量存在這種人物。

人性中，有光明的一面，有黑暗的一面，劇作家集中焦點於其所取樣的歷史人物身上，在「嚴辨忠奸」的創作意識下，其對人性的關懷也常扣緊人在面對歷史變動中所展現的忠義問題。此種關懷對他們在角色的人性觀察中，具有制約作用，人性幽微，劇中人物的人性表現，往往被劇作家賦予道德性的人格特質[14]，在道德意識的指歸下，劇作家常在角色的塑造當中，表現出對人性黑暗面的唾棄，以及人性光明面的頌揚。如此忠義人物與奸惡人物的性格，很明顯地成為善惡兩大壁壘，劇作家對這些人物的性格化約至如此單純的二分法，可能來自：

（一）歷史對歷史人物固有的評價框限

此類劇作以真實的歷史人物為主軸，這些人物在歷史上幾乎都有一定的評價，傳統史傳的撰寫原就偏向事功的描述，如此很容易將歷史人物做單面向的評定，他們常被固定在某種類型裡，如岳飛、文天祥、史可法等人，都是忠臣的典型；而秦檜、嚴嵩、魏忠賢等，都是奸臣的典型[15]。再說一般流行於民間的民俗文化活動，如說書、戲曲表演等，也常將歷史人物框限於單純的面向。就拿演戲來說，觀眾直接的判斷常陷於「這是好人」，或「這是壞人」的簡單二分法中，民眾心中的道德意識，令他們對舞臺上的人物貼上善惡的標籤。身為一個劇作家，一方面受史傳影響，一方面受民眾心理的影響，在他下筆時，就容易將劇中人物一剖為二，成為壁壘分明的善惡兩端。

（二）劇作家個人創作的主題意識之投射

劇作家創作時，常有其中心主旨在，當他創作一部戲時，他會在劇中滲透他個人的思想，發表他個人對人生或人性的觀點。他有所褒揚，有所貶抑，這都得透過劇中人物來表現，那麼「扁形人物」最適合成為他發揮。「扁形人物」所具有的鮮明特點，很容易直接點出他所要表達的觀點，而「扁形人物」所特有誇張式的成分，又特別具有感染性。中國戲曲原本就多附麗於忠孝節義等道德架構上，戲中的衝突往往來自善惡兩方勢力的對抗，李玉等人生當明末清初，在忠孝節義的道德意識上，又特別凸顯「忠」的重要性。因此在人物的造型上，以忠奸為對比的寫法更足以表達他們的創作旨趣，在創作主題意識的投射下，劇作家有時會改變史傳人物的本來面目，賦予歷史人物一個單一的性格表現⑯。

（三）中國戲曲中角色類型化的因素

生、旦、淨、丑等角色，經過戲曲長期的演變，有類型化的現象，因此當劇作家在角色設定時，即以類型化了的角色特性為參考，故容易有扁形人物的特性。

由於這三種原因，劇作家較少去描述劇中人物個人心性的衝突與掙扎，而較多在集體社會道德如忠孝節義等外顯性行為上著墨。因此忠義的人物或奸惡的人物，都有相當近似的模式，不管任何時代的任何人，只要是忠義的人物，即可套上忠義的模式；同樣的，奸惡的人物就可以套上奸惡的模式，在他們被揀擇後再被壓縮後所顯出的人性特質，是非常單一、扁平的呈現，只要他們一出場，觀眾馬上可以將他們歸納到好人或壞人的陣營。

李玉、洪昇、孔尚任他們鑑於明朝敗亡，在反思歷史的時候，他們或要學《春秋》之義旨，或要為「詞場之正史」，或要用以「垂戒後世」，在創作時都具有強烈的道德意識。尤其是忠義觀的強調，更使忠奸人物的鮮明個性表現得更明顯，也更兩極化。試看下列這些人物出場時的自剖，即可知其性格特質：

《牛頭山》第二齣岳飛自謂：

忠孝根心，義勇蓋世。

《兩鬚眉・敘別》黃禹金自謂：

性稟豪英，志期遠大，讀書子夜惟耽忠孝節義篇；倚劍秋空，儘多慷慨悲歌之致。

《清忠譜・傲雪》周順昌自謂：

忠孝自根心，君親魂夢牽。一身輕似葉，所重全名節。

《長生殿・疑讖》郭子儀自謂：

學成韜略，腹滿經綸，要思量做一個頂天立地的男兒，幹一樁定國安邦的事業。

《長生殿・賄權》楊國忠自謂：

窮奢極慾，無非行樂及時；納賄招權，真個回天有力

《一捧雪・婁賄》嚴世蕃自謂：

富堪敵國，力可回天，文武官僚盡供驅使，生殺予奪俱屬操持。

《牛頭山》第六齣杜充自謂：

生平使乖，心如蜂蠆，高官稱懷，威風天大，愁只愁功城尷尬，何時得賺足錢財？

《萬里圓》第四齣馬士英自謂：

龍班首相，權柄惟握，富貴尊榮安享，中興事再商量。

對於忠臣，幾乎可以用「忠孝根心，義勇雙全」來概括；而奸臣則可用「利祿薰心，弄權使奸」來概括。且在戲中，他們的行為也和他們的觀念一致，忠者恒忠，奸者恒奸。如此兩極化的表露，讓這些人物符合福斯特所說「扁形人物」的造型，他們是在劇作家特有的思想觀念下塑造出來的。此種單一化的人格特質是否能忠實反映人性？事實上劇中人物反映出來的人性，已經被塗抹上濃厚的道德色彩，他們原本複雜的人性，彷彿被一副面具給遮掩住，顯現在眾人面前的，就成了單純的行為特質。

劇作家對忠奸人物的形象強化，不只借人物上場的自剖，讓人一目了然，也常借劇中說書或演戲活動來表現。如《清忠譜・書鬧》一折，講的是徽宗朝抗金兵的事⑰。當說書人講到童貫掌兵，而忠臣韓世忠受囚時，臺下的顏佩韋聽不下惡人得逞的情節，鬧起書場，要打說書人。這種情況，在看戲時也常有，看戲的人如果太入戲，認假為真，義憤一起，恨不得上戲臺手刃演奸臣的人。而這也反映一般民眾對奸臣的怨恨，對忠臣的景仰。李玉在此處間接寫出顏佩韋那種疾惡如仇的精神，為顏在周順昌被逮時所發的不平之氣，做一伏筆。

《桃花扇》中的人物柳敬亭是善說書者，孔尚任當然會在劇中讓他表現一番，據張岱說柳敬亭最善於說《水滸》⑱，《水滸》中的忠義人物很多，由他講來，必定精采。可是孔尚任讓他在劇中說《論語・微子篇》「太師摯適齊」那一章，那時魯道衰微，魯三家權勢最大，僭竊禮儀，經孔子一番解說，樂官們悔恨交集，各散他方而去。所以柳敬亭說：「自古聖人手段能，他會呼風喚雨，撒豆成兵，見一夥亂臣無禮教歌舞，使了個些小方法，弄的他精打精，正排著低品走狗奴才隊，都做了高節清風大英雄。」（〈聽稗〉）這正是柳敬亭自己的寫照，當時局勢紛亂，許多人搖擺不定，四處觀望，哪裡有好處，就想往哪裡去。能像柳敬亭這樣以高潔自許，即使一時投錯了主子，也能知所改進，進而為正義獻出力量的人，大概不多。因此孔尚任的筆下，他成為忠義的好典範。

《一捧雪》則借一齣戲中戲來諷刺貪求富貴而忘恩負義的人，那種人個性卑劣，就像戲中開場所云：「世路嶮巇恩作怨，人情反覆德成仇，好把中山狼著眼」。《一捧雪》中正有行徑像中山狼的人物湯勤，那時嚴世蕃作東，宴請莫懷古看戲，湯勤也在一旁做陪，中山狼即是湯勤未來的寫照。湯勤首次見到嚴世蕃即「跪門膝行叩頭」，向嚴世蕃說：「門下犬馬湯勤叩見」，已經是一副趨仰的嘴臉。劇中東郭先生說：「眼腦真饞劣，心腸忒魅魎，逞狼心便忘卻顛和躓，恣狼貪不記著恩和義，肆狼吞怎容得天和地？」（〈婪賄〉）暗示這種人不會有好下場。可是湯勤看了並未有所警惕，反而一步步走上中山狼的行徑，最後落得被殺的下場。這種貪鄙的人性，是劇作家實際觀察所得，應普遍存在於趨名逐利的社會上，劇作家以此反映社會風氣之敗壞。

就整個時代的社會群眾心理來說，人格特質被歸於扁形人物的忠義人物，在當時民眾的心目中，是善的化身，是美的極致。不分貧富貴賤，只要他們存有一些人性上值得宣揚的質性，都被推崇、敬仰，像《清忠譜》裡的五義人，都是些市井小民，只因忠義之一念，讓他們勇於挺身出來發出正義的呼聲。他們雖然失敗，但他們「為正義成仁」的精神，卻煥發千古，值得蘇州人民為他們造墓紀念。

同樣的，《桃花扇》中，李香君為舊院妓女，柳敬亭、蘇崑生為江湖藝人，通過孔尚任藝術的形象化，強調他們不貪求富貴，又知敬重忠良，勇於與權奸對抗的精神，而得到世人的贊嘆。

談到岳飛、史可法等忠臣，沒有不為他們的報國心所感動，他們已經塑立起一種典型、一種標竿，在紛亂的局勢中，更能顯出他們的風範。

註釋

① 見徐復觀〈中國知識份子的歷史性格和歷史命運〉一文。徐復觀認為中國知識份子的成就，是在行為而不在知識，缺乏「為知識而知識」的傳統，故他覺得將這一群類的人呼為「知識份子」不甚妥當，而應直呼為「讀書人」。但筆者認為西方知識份子亦非完全「為知識而知識」，他們亦有對現實社會批判的特質，故認為知識份子用在中國的讀書人身上，有其意義在。

② 參見葉啟政《社會、文化和知識份子》頁九一。

③ 高明《琵琶記》的題目為「極富極貴牛丞相，施仁施義張廣才。有貞有烈趙貞女，全忠全孝蔡伯喈。」

④ 見徐渭《南詞敘錄•宋元舊篇•趙貞女蔡二郎》條。

⑤ 典範是由孔恩提出來的，余英時〈近代紅學的發展與紅學革命〉一文中有言：「簡單地說，

「典範」可以有廣狹二義：廣義的「典範」指一門學科研究中的全套信仰價值和技術，因此又可稱為「學科的型範」；狹義的「典範」則指一門科學在常態情形下所共同遵奉的楷模，這個狹義的「典範」，也是「學科的型範」中的一個組成部份，但卻是最重要、最中心的部份。（《歷史與思想》頁三八三）

⑥ 轉引自葉長海《中國戲劇學史稿》頁一〇八。

⑦ 明顧起元《客坐贅語》卷十〈國初榜文〉。

⑧ 同⑦。

⑨ 郭英德《明清文人傳奇研究》言：「《牡丹亭》的偉大之處在於，它從附著於外在制度的衝突，深入到植根於主體意識的衝突，第一次深刻地展示了愛情作為人的自然本性，與束縛人們身心的封建社會倫理道德觀念的衝突，即情與理的衝突，這實質上是自然的、正常的、完善的人性與倫理化的、扭曲的、異化的人性的衝突；晚明清初才子、佳人戲曲小說則力圖把情與禮、情與理、情與性等統一起來，化合為一，追求精神上的和諧，著力表現愛情同社會邪惡勢力的衝突。」（頁四九）

⑩ 如《清忠譜》卷首有「蘇門嘯侶李元玉甫著，同里畢魏萬後、葉時章雉斐、朱𣽎素臣仝編」之字樣。《四大慶》是朱佐朝、朱素臣、葉時章和邱園四人共同創作等。

⑪ 明末徐樹丕說：「四方歌者皆宗吳門，不惜千里，重資致之，以教其伶妓，然終不及吳人遠甚。」轉引自朱承樸、曾慶全《明清傳奇概說》。

⑫ 福斯特此書就小說的七個層面—故事、人物、情節、幻想、預言、圖式、節奏來談，其中人物分為上下兩章，扁形人物與圓形人物的提出在下章，福斯特是針對小說人物來說。但此觀念也普遍用在戲劇的討論上，「扁形人物」有人翻譯成「扁平人物」，此處為強調其類型之不同，故取「扁形人物」。

⑬ 見〈論圓形人物與扁形人物—小說藝術論〉，《文藝理論研究》一九九二年第六期。張德林說「圓形人物」，要求作家對他們做出全方位、多側面、多視角的藝術審視和人格刻畫。總體說，圓形人物也有兩大審美特徵：性格是豐富、複雜的，不是簡單一目了然的；性格是發展變化的，不是凝固不變的，這人物一出場，會為觀者帶來新鮮感。其性格之形成與發展，與人物自身的質的規定性，以及人物與社會歷史的碰撞所生發的行動、思想、語言、心理的行變有密切關係。

⑭ 周英雄《小說‧歷史‧心理‧人物》中說：「從社會科學的觀點來說，人格指的乃是個人知性、感性與意志的總和，這項總和賦予個人獨特的個性，令他與別人有所差異。當然，這種定義顯西方個人主義為出發點，側重的是個人人格。」（頁一五六）本文所指人格特質是在

某種歷史情境中，歷史人物因相同的道德意識交相影響，所產生較具體性的人格特質。

⑮ 史傳對歷史人物的評價，其公正性有時也會受到質疑，例如嚴嵩，在《明史・嚴嵩傳》裡，史家對他崛起於諂媚，擅權後與其子嚴世蕃及一批奸黨陷害忠良，積聚財貨，到最後獲罪破敗止，寫得相當詳盡，由傳中看來，他幾乎是大奸大惡之人。但李焯然在〈從《鳴鳳記》談到嚴嵩的評價問題〉見《明史散論》）中，企圖擺脫《鳴鳳記》對嚴嵩的批判角度，而由嚴嵩的交遊、詩文，當時官僚體系的權力衝突，及嚴嵩的《嘉靖奏對錄》等考查，對嚴嵩有重新的評價。

⑯ 《鳴鳳記》是傳奇中批判時事的開山祖之作，在這一齣戲中，就是以忠奸兩種勢力的衝突為主線，其中嚴嵩父子及其黨羽代表惡勢力的一邊，夏言、曾銑、楊繼盛、鄒應龍等代表正義的一邊。劇作家將那些人物分為兩大陣營，忠與奸的形象塑造得很鮮明，完全抹去了他們個人在生命上的其它表現，例如代表正義這一方的夏言，他與嚴嵩相互傾軋，任何一方得勢，則盡斥另一方之人，可知夏言之私心用事。史傳又載夏言「久貴用事，家富厚，服用豪侈，多通問遺。」後來失勢，久不受召，遇元旦，聖壽必上表賀，稱草土臣。綜觀夏言一生，多在邀帝之寵，多位權臣有過相互傾軋之事。當皇帝感覺到嚴嵩貪恣時，復重用夏言，夏言盡逐嚴嵩所引用私人，那時士大夫多怨嚴嵩貪忮，因此夏言能壓制嚴嵩，令人稱快，但得勢

的夏言，所斥逐之人並不盡當。《明史・夏言傳》云：「言以廢棄久，務張權，文選郎高簡之戍、唐龍、許成名、崔桐、王用賓、黄佐之罷，王杲、王暐、孫繼魯之獄，皆言主之，貴州巡撫王學益、山東巡撫何鰲為言官論劾，輒擬旨逮。龍故與嵩善，暐事牽世蕃，其他所譴逐不盡當，朝士仄目。」（卷一九六）但在《鳴鳳記》作者手中，將劇中人物性格「扁平化」，遂很難透顯真正的人性所在，有的只是劇作家加諸人物身上的道德標簽。到明末，清初的歷史劇，由於劇作家對忠義的強調愈烈，故人物的忠奸安排愈趨兩極化。

⑰ 說書人開講時云：「徽宗無道坐龍亭，宋室乾坤不太平。蔡京王黼真奸相，楊戩高俅兩賊臣。朱勔弄權花石運，童貫稱王掌大兵。金兵百萬雄師至，萬里江山一旦傾。」其内容也是繞著權臣當道而言。

⑱ 《張岱詩文集・柳麻子說書》云：「勾勒《水滸》更神奇，耐庵咋指貫中嚇」，而其《陶庵夢憶・柳敬亭說書》中記柳敬亭說〈景陽岡武松打虎〉，有聲有色，可見其絕妙。

第二節 「援史入劇，以劇為史」的創作意識

人存在於歷史當中，對於自我與外在世界，有其互動關係，這些互動關係，可能因時勢及個人存在感之異而有不同程度的變異。一般說來，處在歷史變革中的人們，對歷史挪移的腳步，會有更敏銳的感覺，此乃因動盪不安的生活，改變了生命軌跡的常態，原本設定好的人生路程，可能因局勢之動盪而投入許多未知的變數，個人的前途，國家的命脈，也都在此未知的變數當中。未知的變數讓人們有極強烈的不安定感，那種不安定感成為人們思考的動力，他們的思考會伸向過去未來，甚至他們會感受到自己站在歷史的轉捩點上，正用自己的生命寫一頁重要的歷史。

本文討論的對象設定在明末清初三位劇作家的歷史劇，他們的創作意識，除上節所述，於教化觀中凸顯嚴辨忠奸之外，很明顯地也有「援史入劇，以劇為史」的傾向。這種情況可以由下面三個思考點來理解，一是劇作家對「史」的使命感。人存在於歷史變革中，感受到自己的命脈與整體人群社會的命脈一起流動著，於是他們對歷史產生普遍的關懷，那種普遍的關懷激發他們歷史的自覺意識，通過對歷史之關懷、省思，從中透露出對自我生存處境的觀照。二是戲曲敷演史事的優位性。因為戲曲舞臺在重塑歷史舞臺方面，具有優位性；劇作家有模擬歷史的優位性，進一步他們也可以透過戲曲的藝術特性來創造歷史；而自古以來俳優傳統在嬉笑怒罵中，也具有「談言微中」的優位性。戲曲文類的優位性使劇作家不僅援史入劇，也隱然以劇為史，經過重塑的歷史，已包含劇作家個人的思想情感在內。三是戲曲對於歷史文化的觀照，在人與史的互動關係密切的情況之下，有人直接致力於史的撰述（詳後），劇作家則喜援史入劇，透過劇作來呈現史的風貌，而他們更大的企圖心是要透過劇作來發抒對歷史的觀感，透過人與史、史與劇兩種互動關係的交叉作用，筆者試圖由「詩史」的模式，提出「劇史」的觀念。所謂「劇史」，即是劇作者通過其劇作，對某一階段之歷史文化呈顯其價值批判，本節即擬由此三個思考點做一番探討。

一、劇作家對「史」的使命感

明朝中葉以後，一般士大夫有言本朝掌故的習慣，據金毓黻云：「到明朝中葉，士大夫喜言本朝掌故，私家作史之風又盛，如朱國楨之《明史概》、鄧元錫之《明書》、陳建之《皇明通記》、王世貞之《弇州史料》、談遷之《國榷》，皆撰於明亡之前。」（《中國史學史》，頁一三四）可見當時撰史風氣之盛，究其原因，與當時政治上官僚體制腐敗，及工商業漸次蓬勃有關，由於政治上政治官僚體系腐敗，人的歷史存在感較為深刻，而社會上資源的改變，正好提供人們於反思之餘，有撰述的空間。所謂社會資源，是指明末刻書業異常之盛，私家藏書豐富，即使是存於大內的諸皇實錄，也因閣臣借修撰之便而得以抄錄流傳於外。喜言本朝掌故的士大夫，當然樂於投注財力與精力，致力於史事傳鈔或刻印的工作，間接促使史書撰述的社會資源更豐富，讓有心治史的人有所憑借。此種重史之風也表現在劇作上，劇作家由劇來反映時代精神。

李玉生當明末，亦親歷明敗亡之始末，他原就善於戲曲之作，故明亡後，他更著意於歷史事蹟，因而在編寫時，也以作史的態度自居。他在《清忠譜・譜概・滿庭芳》裡云：

> 《清忠譜》，詞場正史，千載口碑香。

我們很明顯地看出，他撰寫《清忠譜》，有很強烈的寫「史」意識，所謂「詞場正史」，正是他自居於一個史家的地位，要透過傳奇手法讓那些歷史人物現身說法，以達到「正史」的效用。

吳梅《中國戲曲概論・清人傳奇》云：「二家（指孔尚任、洪昇）既出，於是詞人各以徵實為尚，不復為鑿空之談。」（卷下）其實由李玉的創作意識來看，已是有自覺地以「作史」的態度從事曲的創作，李玉的朋友吳梅村已看出他的意旨，所以為之作序云：「李子玄玉所作《清忠譜》，最為晚出，獨以文肅與公相映發，而事俱按實。其言亦雅馴，雖云填詞，目之信史可也。」吳梅村直拈「信史」二字許之，肯定李玉此劇所富有的褒貶之義。

在亂世中的人，往往會用比較嚴肅的態度去面對歷史，也許他們意識到自己扮演的不只是歷史洪流中的「過客角色」，也是那一時期歷史的「見證角色」。此種「見證角色」激起他們的使命感，覺得對歷史應該有所保存，保存的途徑因人而異。身為劇作家，李玉就選取他最熟悉的文學形式，要為時代留下一鱗半爪，李玉所取材於歷史故事者，除《牛頭山》演岳飛事；《眉山秀》演蘇軾父子兄妹事之外，餘皆是明朝當代事，如《一捧雪》敘嚴世蕃不法之事；《千鍾祿》演建文皇帝之事；《兩鬚眉》演黃禹金及其妻退敵之事；《清忠譜》演周順昌及五義人之事；《萬里圓》演黃向堅萬里尋父事；已佚的《萬民安》，在《曲海總目提要》有著錄，是演明末蘇州織工葛成之事，尤其愈是接近他所處的時代，其所敷演的傳奇，就愈接近史實。如他的代表作《清忠譜》，幾乎與《明史．周順昌傳》完全相合，周順昌是李玉故鄉的前輩，屬東林黨。

明末的政治環境，黨爭甚為嚴重，主要來自東林和閹黨的政爭，而代表東林黨的是在野的知識份子。據《明史．顧憲成傳》所記載，顧憲成因事削籍歸里，他的故居有宋楊時講道的東林書院，他就和弟弟顧允成倡議修葺，得到有司贊同而營構。落成後，和一批志同道和的人如高攀龍、錢一本、薛敷教等講學於其中。那時候風氣漸開，吸引不少人注意，於是一些「抱道忤時，退處林野」的士大夫，都聞風響附。顧憲成又主張「官輦轂，志不在君父，官封疆，志不在民生，居水邊林下，志不在世道，君子無取焉。」這種不管在朝在野都該關心國事民生的主張，在當時很受到一般知識份子的附和，因此在他們講習之餘，往往也諷議朝政、裁量人物，頗有「清議」之風。由此，一般知識份子對政治民生也多有關注之處，他們化理念為行動，在現實政治上貫徹他們的主張。

萬曆二十四年開始，神宗先後以採礦、徵稅為由，派遣宦官到各地擔任礦監稅使，從此流毒遍天下。趙翼《廿二史箚記・萬曆中礦稅之害》云「大璫小璫，縱横繹騷，吸髓飲血，天下咸被其害矣！」（卷三十五）當時東林黨人，有些正好擔任地方官員，可以直接挫稅璫之勢，周順昌就是其中一個。史傳說他「剛方貞介，疾惡如讎」，他在福州任推官時，曾直接與稅監高寀發生衝突。他捕治稅監高寀爪牙，不少寬假，當然與稅璫抗衡者，不盡是東林黨人，只是因為東林黨在當時代表與閹黨抗爭的一股清流，他們的政績，代表知識份子在惡劣的政治環境中，一種有擔當的風範。李玉在明末亡時，可能因身世關係，無法在政治上一展抱負，故對東林黨人一向甚為敬仰，編戲曲時，自然而然盡心雕鏤此類人物於劇中。

此外，李玉在《千鍾祿・團圓・普天樂》中云：

> 詞填往事神悲壯，描寫忠臣生氣莽，休錯認野老無稽稗史荒。

建文帝出亡或自焚於宮中，一直是歷史疑案，當時許多野史都指證歷歷，認為建文帝確實出亡。谷應泰的《明史記事本末》亦作如此說法。李玉對建文帝採取同情的筆法，所以譜《千鍾祿》時，即取建文出亡的說法，希望大家不要把《千鍾錄》當成無稽稗史那麼荒謬。換句話說，即使像《千鍾祿》這種可能與史實不合的傳奇，他仍肯定它具有「詞場正史」的意義。因為他譜

《千鍾祿》，亦有其寓意（詳第四章第二節）。

或許有人會對李玉把傳統衛道之士認為「小道」的戲曲，戴上「史」的高帽的觀念大不以為然，但明中葉李卓吾即對戲曲有頗高的評價，李卓吾的觀點，在當時的影響甚大。他的弟子袁氏兄弟，即較能正視小說、戲曲、民歌等通俗文學的價值了。另外，余英時在〈明清變遷時期社會與文化的轉變〉①中的某些陳述，可以對李玉的觀點做一個補充。余英時跳開政治圈圈，不再以「滿清入關」做為明清之際社會文化變遷的詮釋路線，在這篇論文中，他著眼於晚明一個非常具有意義的社會轉變，那就是「士」與「商」的互動關係。他從方志、族譜、文集、筆記等資料中，找到許多例子，來解釋十六世紀時，士人階層與商人階層的傳統界線已經變得非常模糊，有由士轉為商，也有由商轉為士的例子，也就是說這兩種社會階層有新的關係與聯繫。在這一層社會的時代意義上來講，一個重要的現象就是知識份子開始主動參與所謂的通俗文化，其中小說、戲曲的興起，是其中一種文化轉變的現象。小說戲曲原本就植根於民眾的娛樂性上，後來由於商業的發達，士人階層與商人階層又有互相滲透的現象，「文人小說傳奇」的出現，表示知識份子參與創作傳奇的現象很普遍。在這種情況下，戲曲的領域可能被開拓，而被賦予文化層面的反省，這種文化現象應可以理解。特別是明末清初，劇作家以知識份子對時代反思後的沈痛感，以作史的態度來創作，是對時代的一種詮釋方式。

洪昇雖未標榜作史之名，但他在自序中云「垂戒來世」，亦取史殷鑑之意。孔尚任〈桃花扇小引〉更將戲曲的義旨與史書做一結合，他說：

傳奇雖小道，凡詩賦、詞曲、四六、小說家，無體不備，至於摹寫鬚眉，染景物，乃兼畫苑矣。其旨趣實本於三百篇，而義則《春秋》，用筆行文，又左國、太史公也，於以警世易俗，贊聖道而輔王化，最近且切。

孔尚任這篇宣言，恐怕是戲曲作品中，最正式將「傳奇」與「史」相提並論的文字。首先，他認為傳奇可以包羅萬象，幾乎將歷來各種文學的體式都網羅進去，甚至繪畫藝術都含融了，傳奇含融各種文學體式，不但是形式上的含融，在內涵上也含融了。因此他進一步提出傳奇的旨趣本於三百篇，可以興、觀、群、怨；而其義旨，可以和《春秋》比美。司馬遷《史記・自序》言：「夫春秋，上明三王之道，下辨人事之紀；別嫌疑、明是非、定猶豫；善善惡惡、賢賢賤不肖；存亡國、繼絕世，補弊起廢，王道之大者。」據司馬遷所言，春秋的作用不小，然最為人稱道的是具有褒貶的價值判斷在內；至於傳奇的筆法，則又與《國語》、《左傳》、《史記》等史著同，肯定傳奇在警世易俗，贊聖道而輔王化的功用，具有「最近且切」的特質。姚華《曲海一勺・駢史》，說雜劇傳奇：

事與情相生，文與筆互足。選材則群策群力，陳義則大言小言。

又說：

雜劇已工於傳神，傳奇尤善於寫照。……考雜劇傳奇所標題目，或命曰記，或名曰傳，其次曰譜，其次曰圖，史職自居，何關附會！雖徵之古人，或張冠而李戴，而按之世態，則形贈而影答，跡若誣於稗官，實則信於正史。良由好惡，非一人之私；等是述作，為百世之業。故能寫德模音，雕文鏤質，如將泥以覆印，譬以鏡而照心，潤色為工，比物生象。一代之文章炳焉，九鼎之神奸盡矣，使孔門用曲，則雜劇公穀，傳奇盲左。

這些話，等於是將孔尚任的話加以引申，所謂「傳神」、「寫照」，即孔尚任所言「兼畫苑」之意。姚華雜劇傳奇並舉，直言劇作家喜以「記」、「傳」、「譜」、「圖」為標目，實則在創作之時，即以「史職自居」、因此「陳義則大言小言」，可與《公穀》、《左傳》並比，具有歷代史著對於現實批判的特色。

孔尚任赤裸裸地將自己的作劇態度表白，也進一步將傳奇的地位提升至具有「史」的功能。

當然，不是所有的戲曲作品都具有此種功能，而是孔尚任在選材時，已做了揀選的工作，他選擇實際歷史舞臺才上演過的一段史事，那段史事是明朝敗亡的一個縮影。他生在遺民欷噓之聲尚濃的時代，知道在強敵壓境之時，南明君主仍溺於歡歌樂舞之中，身旁的臣子不過是閹黨遺流，僅圖及身之榮貴，在外的將士多不用命，如此政權，似乎不可逃於敗亡的命運，以致他們新生的一代，在異族統治下，雖有心要經國治世，卻免不了受異族統治階層的差別待遇。民族悲劇感讓他對自己身處的時代，有特別的感受，因此，他效法司馬遷，實際到那一個舞臺的遺址去憑弔，並訪耆宿故老，親身去感受那一時代的種種激盪，無限興亡之感遂盡陳於《桃花扇》。故孔尚任在創作《桃花扇》時，恐怕是以史家自居吧！

二、戲曲敷演史事的優位性

在劇與史的互動關係上，我們要特別強調的是戲曲在敷演史事的優位性，這種優位性可由三方面來理解：

（一）、戲曲舞臺重塑歷史舞臺的優位性

在所有文類中，戲曲與其它文類有一些基本的不同，這些不同點讓戲曲在重塑歷史舞臺時，具有其它文類所沒有的優位性。就詩詞而言，主要功能是發抒個人的情感，即使敘事、詠物，作者也多以第三者的口吻來敘述。至於賦，可以設定角色進行答問，與戲曲的角色設定有相似之

處，但其角色不夠多樣化，情節也較簡單，容後文詳述。小說有情節的推衍，有角色的分化，在敷衍史事當然也可以有相當程度的表現，但它缺乏舞臺上的表現，僅限於案頭閱讀，或者由一說書人以書中各種人物的口吻表演出來，仍有其局限性。又如明清之際的小說，尤其是所謂的「時事小說」，也和當時的戲曲一樣，自萬曆朝後一時蝟興，敷演明代各君主在位時所發生的大事。降至明末，時事小說所寫的內容，幾乎是眼前事，如敘述明與滿洲戰事的：如《遼東傳》、《遼海丹忠錄》、《近報叢譚平虜傳》等；有敘述魏閹亂政的：如《魏忠賢小說斥奸書》、《警世陰陽夢》、《皇明中興聖烈傳》、《檮杌閒評》等；有敘述流寇的，如《勦闖通俗小說》、《樵史演義》、《新世弘勳》（即《順治過江》）等，很實際地反映當時的歷史文化現象。此類小說在大眾傳播並不普遍的明末，頗具新聞性價值，但作者為了取信於人，大量採用詔令、尺牘和邸報等，由於成書較快，在寫作技巧上難免粗糙，寫作的意識上，也難免因作者個人的好惡而多訾罵之語。所以新聞的時效性一過，那些為滿足當時人了解時事所堆砌的資料，反而成為全書的敗筆。清初，這些小說因大部分被清廷視為「違礙」而遭禁，流傳下來的比較少，有幸流傳下來的，如《明珠緣》，是由《檮杌閒評》改寫，因其寫作立場轉為以認同清朝為主，且寫作技巧已有所講究，故得以保留②。因此，能再現人世活動，重塑歷史舞臺的最佳文類，不得不歸於戲曲。

戲曲舞臺在重塑歷史舞臺時，主要是基於「模擬」這一概念。所謂「人生如戲，戲如人生」，在拉丁語裡，有「世界即劇場」，我國古時亦有「乾坤一戲場」之說。簡言之，戲曲舞臺是一個具體而微的歷史舞臺，歷史這個人生的大舞臺，涵概生、老、病、死之自然循環，也錯綜著人與人之間的悲、歡、離、合，而愛情與戰爭等震撼人心的事件，更常穿插在歷史舞臺上。戲曲舞臺就是要將這些錯綜複雜且不斷上演的實際情節，濃縮到一定的時空之中來表現，透過表演的藝術，重塑特定時代中，人物的思想語言及其風俗文化等，以真實的人物，模擬當時的一切狀況，令人有身歷其境之感。戲曲在文學體式的優位性，可歸納為以下各點：

1、具有發展性的故事情節

姚一葦《戲劇原理》裡為戲劇下一個通俗的定義說：

> 一部戲劇，是設計由演員在舞臺上，當著觀眾表演的一個故事③。

這裡所謂「故事」，就是戲劇中的情節，此故事情節亦如現實人生一般，具有「發展性」，令人很想知道下面可能發生的事情。此一「發展」的觀念，具有幾個基本原則，即故事由一個中心發展出來的，這一個中心，可能是一個個人，也可以是一個家族，所有的事件均圍繞著中心而發展④。在時間上，故事的發展有其順序，一般而言，整個事件是向前發展的，若有倒轉的情況，也只是插入的部分。故事的發展會形成一定的秩序，即建立起「開始─中間─結束」的秩序。故事的發展有其邏輯關係，即有其因果關係⑤。戲劇之所以吸引人，情節發展佔有很大因素，劇中人與人、人與事之間，不斷地衍化，有人性光明面或黑暗面的衝突，有命運作弄人的無奈，有苦盡甘來的歡愉等，在在吸引住觀眾的情緒。

2、具有多樣化的角色

演員所扮演的角色，隨戲劇的發展而日益多樣化，以傳奇言，就有生、旦、淨、丑、外、貼、末等角色，角色分化愈多，就愈切近現實人生複雜的人際關係，愈能完整地表現出一段完整的歷史。戲曲舞臺無異是社會的一個縮影，可以看到各種人物的面目，古人說「一種米養百種人」，諸種忠奸善惡的象徵，可藉舞臺人物來表現。演員可藉其演技，將劇中人物演得入木三分，忠孝節義的善良人物，令人敬仰有加；奸慝醜惡的小人，令人咬牙切齒，必欲除之而後快⑥。在這多樣化的角色中，每個角色都有恰如其分地安排，演員對於自己所扮演的角色，要有充分的認識，並盡量把那個角色的特性表現出來。侯方域〈馬伶傳〉中的演員馬伶，在扮演嚴嵩時輸給李伶，他憤而投到和嚴嵩相類的顧秉謙門下三年，日日揣摩顧的言行舉止，到能夠收放自如時，才回到梨園，向李伶挑戰，終於技掩李伶。演員這種專業精神，使戲曲舞臺在重塑歷史舞臺時，具有很大的真實性。

3、透過藝術形象表現

中國戲曲透過唱、念、做、打現在觀眾眼前。唱指歌唱，念指具有音樂性的念白，做指舞蹈化的形體動作，打指武術和翻跌的技藝。這四種基本功除了演員千錘百鍊的技巧外，更重要的是要能表達出角色的情感與心理狀態，它們的結合構成戲曲所能表現的綜合性與立體感，透過此藝術形象的表現，舞臺成為一個微型的歷史空間，觀眾置身於此歷史空間中，隨著舞臺上角色人物的悲歡而悲歡，時空的穿梭感令他們幾不知今夕何夕。這種能讓觀眾悠遊於異時異代的表現形式。其優位性不言可喻。

4、能真實地反映時代之社會文化特色

劇作家以戲曲再現人世活動，透過演員逼真地擬況劇中人物所處時代的語言、風俗等文化習性，如此相當程度地反映與保存時代之社會文化特色，如傳奇中常有說書的民間文藝，可以了解當時人民的娛樂情況；劇中也常表現人民的信仰觀念、人生觀念等等，後人觀劇可以重見先民的生活狀況，及獲取先民在處理事故的智慧等等，對於民族文化的傳承具有極大的功勞。

(二)、劇作家模擬歷史與再創歷史的優位性

前一小節提到戲曲舞臺基於「模擬」，具有重塑歷史舞臺的優位性，此處再加以申論。對於戲劇起源的理論，最早且深具影響力的觀點，即是古希臘哲學家亞里斯多德所提出的「模擬說」[7]。亞氏在《詩學》第一章裡說：「敘事詩與悲劇，以及喜劇、酒神頌，和大部分的豎笛樂和豎

琴樂，大體言之，均屬模擬之模式，但同時它們在三方面有所區別：或為不同種類的媒介物，或為不同的對象，或為不同的模擬的樣式。」（姚一葦《詩學箋註》頁三一）姚一葦在箋中特別將亞氏有關「模擬」的觀念界定為：

1、模擬非單純之相似。

2、模擬非只是來自外在的世界，亦來自藝術家的內在的世界，包括藝術家自身的思想、情感，他的心靈活動與理想。

3、模擬的活動非只是臨摹的活動，更重要的是創造的活動（前揭書，頁三四）。

由姚箋可知模擬非只是表層的相似，它還有深層的含意。在「模擬」活動中，藝術家的思想、感情與創造力，佔有很重要的地位，經過劇作家的安排，戲曲舞臺並非歷史舞臺的原版重現，而是滲入劇作家個人的思想、情感，因此它一方面是「模擬」，一方面卻也是「創造」。德國哲學家恩斯特．卡西勒說：「即使最徹底的摹仿說，也不想把藝術品限制在對實在的純粹機械的複寫上，所有的摹仿說都不得不在某種程度上為藝術家的創造性留出餘地⑧。」劇作家以史實為舖展的核心，再利用他個人對歷史的理解進行加工，劇作家有他個人的存在感，因此他在處理歷史素材時，已有他個人對歷史的一套解讀觀念。這套解讀觀念，在他進行藝術創作時，就成了他延展開來的創造空間，劇作家的目的若只是史實的複寫，那麼等於是在寫一部通俗的歷史，恐怕很難引起社會大眾的興趣。

一般戲曲，即使人物、情節都是虛構的，也大致不會背離人生的一些基本律則，因此能引起人們共鳴。此類具歷史反思主題的劇以史實為核心，擷取歷史上曾經存在過的人物，曾經發生過的事件，前提是「信而有徵」，這就使得它在劇與史的互動關係上，比其他神道劇、風月劇都來得密切。大時代有大時代的主題，此類劇大量出現於歷史文化激盪期，即有其時代思潮為背景，不只是劇作家對史有深切感受，一般社會大眾對史也有亟欲了解的心態。劇作家援史入劇，以劇為史，滿足了社會大眾的求知心態。大明帝國三百年基業何以崩裂？這是許多人心中的疑問，劇作家創作了雅俗共賞的劇作，或許即試圖在提供一部分答案，或者提供大家一個思考的方向。

就前面所言「人生如戲，戲如人生」，在戲寫人生的過程中，劇作家採取了模擬的手法，而歷史是人生的一部分，在劇作家寫此類劇時，就牽涉到「歷史之真」與「文學之真」的問題，亞里斯多德《詩學》說：

> 歷史家所描述者為已發生之事，而詩人所描述者為可能發生之事，故詩比歷史更哲學與更莊重。（第九章）

如果劇作家要忠於歷史之真，那麼他們可以直接從事歷史的寫作，而不必透過戲曲這種文類來表現。然劇作家又明白揭示自己以作史的心態來寫劇，那麼就必須在「歷史之真」與「文學之真」間，做一番取捨。就亞氏所說，歷史家描述的是已經發生過，不可移易的事情，詩人卻可以憑自己的想像，描述可能發生的事情。因為詩人有更哲學與更莊重的使命，他們想探討不只是歷史的因果關係，他們更想深入歷史的底層去探討人生內部所含概的諸多問題。劇作家站在詩人的立場，他們選取的雖是一段已發生過的事實，但他們有時捨「歷史之真」而就「文學之真」，在那一件史事的大架構下，他們滲入自己的感情、思想，描述出來的是可能發生的事，這種傾向於「文學之真」的表現，更能符合於人們的期盼。

劇作家模仿歷史，卻又透過藝術的形式創造歷史，如李玉在《清忠譜》為了凸顯周順昌「剛介不阿，嫉惡如仇」的個性，利用小人在各處為魏閹建生祠這件史實，穿插周順昌罵祠的忠正形象。事實上，蘇州建生祠時，周順昌已亡故，於理不可能有〈罵像〉的情景，但在劇作家創造的空間裡，這種情節可以存在。諸如此類，劇作家重塑歷史舞臺時，利用戲曲舞臺的特性，將歷史做一些轉換，此「援史入劇，以劇為史」的現象，在劇中處處可見，使劇與史的互動更具另一層意義了。

（三）、自古以來俳優插科打諢的優位性

在戲曲尚未成型的時候，出現了一批在貴族身邊提供聲色之娛的人物—優，也稱為俳優或倡優。《國語・鄭語・史伯為桓公論興衰》中記載：「侏儒、戚施，實在御側，近頑童也。」韋昭注：「侏儒、戚施，皆優笑之人。」所謂侏儒、戚施這類優笑的人，就是當時的俳優。《國語・晉語・驪姬譖殺太子申生》中，優施自言：「我優也，言無郵。」韋昭注：「郵，過也。」也就是說，優施以「優」之身份，可以享有言論上相當大的自由，有如今日之「言論豁免權」。依此傳統，俳優具有「言無郵」的自由。

《史記・滑稽列傳》記載優孟扮孫叔敖一段故事，大意謂孫叔敖死後，其子貧無以立錐，求救於優孟。優孟即假扮孫叔敖，說於楚王前，後來楚王賞賜孫叔敖之子。這一段記載可以看出，俳優具有很高的模仿能力，優孟模仿孫叔敖維妙維肖，以致楚王及其左右，都難以辨別真假。俳優利用他們這個特性，代他所扮演的人發言，具有很高的感染力，能感動人。〈滑稽列傳〉另外提到秦優旃，他是倡侏儒，司馬遷說他「善為笑言，然合於大道。」秦始皇曾想擴大苑囿，他說：「善，多縱禽獸於其中，寇從東來，令麋鹿觸之足矣！」秦始皇因此而打消念頭。

余英時說：「俳優在社會上沒有固定的位分，他們上不屬於統治階級，下不屬於被統治階級；既在社會秩序之內，又復能置身其外，所以他們可以肆無忌憚地利用插科打諢的方式說真話，譏刺君主⑨。」古時俳優在社會階層中，很難被歸類，他們竟日陪侍在君王之側，可是不屬於統治階層者；他們也異於民間被統治階層者，他們又可以暫時隱藏自己的真實身份而扮演別人，能置身於社會秩序之外，享有「言無郵」的自由，歷史上記載不少俳優利用他們插科打諢的優位，對上位者進行諷諭，或對使勢欺人的權貴進行譏刺，如《霏雪錄》云：

宋高宗時，饔人瀹餛飩不熟，下大理寺。優人扮兩士人相貌，各問其年，一曰甲子生，一曰丙子生。優人曰：「此二人皆合下大理。」高宗問故，對曰：「餃子餅子皆生，與餛飩不同者同罪耳。」上大笑，赦原饔人。（焦循《劇說》卷一引）

由於優人善於運用同音字，演出這一段小故事，免了兩個饔人的罪。又谷應泰《明史紀事本末．汪直用事》云：

汪直用事久，權傾中外，天下凜凜。有中官阿丑善詼諧，恒於上前作院本，頗有譎諫風。一日，丑作醉者酗酒狀，前遣人佯曰：「某官至。」酗罵如故，又曰：「駕至。」酗亦如故。曰：「汪太監來。」醉者驚迫帖然，旁一人曰：「駕至不懼而懼汪太監何也？」曰：「吾知有汪太監，不知有天子。」（卷三七）

谷應泰給予阿丑極高評價說：「阿丑詼諧，悟主談笑，除姦覃懷，乃心王室，倚毗正人。夫亦寺人女子之流，于優孟之智也，與談言微中說人主者，又何可不察也。」當時汪直勢盛，阿丑不附和他，反而冒生命危險進行譏刺，以提醒皇上注意，終於令汪直勢衰，所以谷應泰說他具有「淳于優孟之智」。俳優此種寓譏諷於插科打諢的優位功能，正可以讓知識份子發揮而達到「諷諫」的目的，知識份子在利用俳優特性的途徑，約有兩種：

1、自身類於俳優

余英時認為俳優的滑稽傳統對中國知識份子也有影響[10]，他認為司馬遷在〈報任安書〉中說「僕之先人非有剖符丹書之功，文史星曆近乎卜祝之間，固主上所戲弄，倡優畜之，流俗之所輕也。」可見司馬遷自覺得當時的文史專家，也不過和君王身邊的倡優差不多，是主上可以隨意戲弄的對象。司馬遷個人身受宮刑，心情上也許較有身世之感，但多少也反映當時文史星曆家在帝王心目中的地位。

《史記‧滑稽列傳》中謂淳于髡「滑稽多辯」，《史記‧孟子荀卿列傳》又說他「博聞強記，學無所主，其諫說，慕晏嬰之為人也，然而承意觀色為務。」此「承意觀色為務」表示他很會察顏觀色，利用適當時機發揮他的聰明才智，司馬遷立〈滑稽列傳〉說：「天道恢恢，豈不大哉！談言微中，亦可以解紛。」淳于髡以隱語、喻語等勸諫齊王，司馬遷將他列在〈滑稽列傳〉，和楚之優孟，秦之優旃一起，即有其深意。

此外，漢武帝時的東方朔，自身亦類於俳優，《漢書‧東方朔傳贊》曰：「朔名過實者，以其詼達多端，不名一行，應諧似優，不窮似智，正諫似直，穢德似隱。・・・其滑稽之雄乎！」《漢書》對於東方朔的評價似乎不高，但他上書給武帝即自言「臣朔年二十二，長九尺三寸，目若懸珠，齒若編貝，勇若孟賁，捷若慶忌，兼若鮑叔，信若尾生，若此，可以為天下大臣矣！」（《漢書・東方朔傳》）在這段話之前他還說自己學《詩》、《書》、誦二十二萬言，學孫吳兵法，亦誦二十二萬言，簡直是集各種美德於一身！其實這段話已可表現出東方朔言語詼諧的一面，而此次上書也的確受到武帝賞識，只是武帝可能也了解他誇大的特性，並未重用，俸祿甚薄，他就利用一些機巧，為自己取得較好的待遇。武帝曾欲興上林苑，又欲置酒宣室，並寵董偃等，東方朔都能進諫，所以有人說「朔雖詼笑，然時觀察顏色，真言切諫。」以知識份子而類於俳優，東方朔可謂典型代表。

2、創造俳優角色

(1)賦中之問答諧讔

早期賦家常喜於賦中創造角色，進行對答或對辯，《文心雕龍・詮賦篇》云：「觀夫荀結隱語，事數自環。」意指荀子《賦篇》託王和臣的問答，先由臣來一段描繪，有類於謎語，王再反覆描繪一番，最後才點出主題。劉勰在〈諧讔篇〉又說：「荀卿蠶賦，已兆其體。」因此李曰剛《辭賦流變史》認為荀賦樹問答諧讔體之先聲，屈原的〈卜居〉、宋玉的〈對楚王問〉雖也是問答體，內容卻是平鋪直敘，與隱語有別。

漢代如司馬相如〈子虛賦〉、〈上林賦〉創造了「子虛」、「烏有」、「亡是公」等角色，進行對辯；班固〈西都賦〉中，設西都賓問於東都主人等，均是要借賦中所設的角色，對君王進行諷諫。班固〈西都賦序〉中云：「或以抒下情而通諷諭，或以宣上德而盡忠孝。」說明賦原本亦寓諷諭之義，只是由荀子的短賦，過渡到漢朝枚乘。司馬相如的創作，有損詩增文，變本加厲，務華棄實，繁采寡情，極盡「鋪采摛文」之能事，侈麗宏偉，勸百諷一徒然淪為取悅上位者耳目之娛的工具。

東方朔除自身有類俳優外，他亦在作品中創造俳優角色，進行諷諭。他的〈答客難〉就設客與他自己的問難，〈諧讔篇〉云：「於是東方枚皐，餔糟啜醨，無所匡正，而詆嫚媟弄，故其自稱為賦，迺亦俳也。」劉勰以儒家正統文學觀來看待東方朔、枚皐的賦，以為「諧之言皆也，辭淺會俗，皆悅笑也。……但本體不雅，其流易弊。」（同上引）因此，劉勰對東方朔和枚皐的評價都不高，所以逕稱他們的賦為「俳」，這也正好說明他們的賦具有「俳」的特性。不過東方朔的賦還是有所匡正，枚皐卻沒有。《漢書・枚皐傳》說「自言為賦不如相如，又言為賦乃俳，見視如倡，自悔類倡也。」

（2）、戲曲中的角色扮演

戲曲於宋元之際漸趨於成熟，角色分化益夥，上自帝王將相，下至販夫走卒，甚至神仙鬼道，都可由演員來扮演。演員基於其專業水準，大多能維妙維肖地扮演出各種角色的特性，而在戲曲中各種角色又有其特定形象，可以透過「臉譜」這種「圖案化的性格化妝」⑪，表現出角色的性格特色。

劇作家即利用俳優「維妙維肖」及「言無郵」的特點，讓各種角色在嬉笑怒罵中，將作者對歷史人物及歷史事件的觀點表現出來，姚華在《曲海一勺・駢史》云：

> 作者取則於家常，聽者折衷於天性，所以代古人為歌哭，往事堪哀，說先後之是非，舊書不厭，是皆以慈悲說法，優孟借其衣冠，笑罵皆精。

就是說明此傳統俳優的優位性，很可以澆劇作家胸中的塊壘，尤其是歷史劇中的人物，都在歷史中確有其人，劇作家利用戲曲中特有插科打諢的性格，將心中的話託諸俳優之口，免去言責。這種借俳優嬉笑怒罵的優位性，也使劇與史的互動性更密切。

洪昇在《長生殿・疑讖》中借郭子儀這個角色直斥「野心雜種牧羊的奴，料蜂目豺聲定是狡徒，怎把個野狼引來屋裡住？」這不是更明白對異族統治的指控？對當初吳三桂引狼入室的反諷？在封建時代，清朝以異族入主中原，若不是有俳優這種特殊地位的人為護身符，誰敢如此直斥？

三、劇史的歷史文化觀照

（一）「詩史」的文化意涵—歷史文化的觀照

唐孟棨《本事詩・高逸第三》云：「杜逢祿山之難，流離隴蜀，畢陳於詩，推見至隱，殆無遺事，故當時號為詩史。」此處杜指杜甫，所謂「當時號為詩史⑫」，似乎意味唐時杜詩已有「詩史」之稱。但考諸其他文獻，並未見相同說法。成於五代時期的《舊唐書・杜甫傳》，亦無此說法，到《新唐書・杜甫傳贊》，才記載：「甫又善陳時事，律切精深，至千言不少衰，世號詩史。」以現存的文獻看來，宋代的詩文或詩話才比較明確地標出杜詩為「詩史」之說⑬。他們都提到了杜詩有「善陳時事」的特性，這就牽涉到「詩」和「史」之間的關係若何？因為這存在著「抒情」和「敘事」的系統問題。傳統觀念中，中國詩歌應屬於「抒情言志」的系統，杜甫這種「善陳時事」的詩，被某些評論家認為是下乘之作，如明楊慎《升庵詩話・詩史》云：

> 宋人以杜子美能以韻語紀時事，謂之「詩史」，鄙哉！宋人之見，不足以論詩也。夫六經各有體：《易》以道陰陽，《書》以道政事，《詩》以道性情，《春秋》以道名分，後世之所謂史者，左記言，右記事，古之《尚書》、《春秋》也。若詩者，其體其旨，

> 與《易》、《書》、《春秋》判然矣。……至於直陳時事，類於訕訐，乃其下乘，而宋人拾以為己寶，又撰出「詩史」二字，以誤後人。如詩可以兼史，則《尚書》、《春秋》可以并省。（卷四）

這種指控相當嚴苛，認為「詩」與「史」各有其筆法與功能，兩不相涉，他嚴守「抒情」的詩與「敘事」的史之間的壁壘，絲毫不容跨越。然而「詩」與「史」的筆法真的那麼義界嚴明嗎？姚華在《曲海一勺・駢史》云：「古之為史也二，詩書職之」書乃直記其事，以顯其得失；而詩之立言也婉，託志也諷，不可直書者，委曲以喻之，多方以陳之。後來詩道淪亡，遂與史隔，所幸曲承詩旨，足以駢史，因此他認為「曲之於文蓋詩之遺裔，於事則史之支流也。」基本上姚華認為詩書是史的二大流脈，換句話說，「史法」中原就應含括「抒情」與「敘述」兩種表現系統，只是後來在記言記事時有所偏重，而史書中，也不乏具有「抒情」筆法之作。今試就楊慎的理論來看，楊慎云：

> 太史公作屈原傳，其文便似離騷，其論作騷一節，惋雅悽愴，真得騷之趣者。

若依他前面所立的標準，《史記》應繼承《春秋》的傳統，其體其旨，都該與詩判然分別才對，何以此處他又覺得太史公有「真得騷之趣者」之處？《史記》歷來被視為優秀的散文，就在於他的筆法富於抒情性⑭。

清王夫之在《古詩評選‧上山採蘼蕪》中云：

史才固以隱括生色，而從實著筆自易。詩則即事生情，即語繪狀，一用史法，則相感不在永言和聲之中，詩道廢矣。此〈上山採蘼蕪〉一詩所以妙奪天工也，杜子美倣之作石壕吏，亦將酷肖而每于刻畫處，猶以逼寫見真，終覺於史有餘，於詩不足，論者乃以「詩史」譽杜，見駝則恨馬背之不腫，是則名為可憐閔者。（《船山遺書全集‧古詩評選》卷四）

所謂「即事生情」，及「詩有敘事、敘語者，較史尤不易。」（《古詩評選》卷四）這也指出了詩有敘事的，且敘事的詩因必須兼顧到抒情方面，故較純粹敘事的史還難寫。王夫之認為杜甫每于刻畫處，逼寫見真，在詩歌的要求上，還是有所不足，故他也覺得杜甫不稱「詩史」之名。但強分詩屬抒情領域，史屬敘事領域，其實沒有必要，尤其是在詩歌範圍，抒情與敘事常互為表裡，達到一種統一的境界。我們只能說，歷史比較真實地陳述事情的起因、經過與結果，它的敘述成分較多；而詩史則透過作者個人情感與時代精神的陶融，發為歌詠，其抒情成分較多。

據此我們可以說杜甫的詩所以號為「詩史」，是他以史事為血肉，而以敘述的手法來表現，使他的詩，具有一種時代意義。那種時代意義也就是一個知識份子在遭逢離亂時，把自己的生命感受放在整個大時代的環境之中，用他自己熟悉的文學形式，把所見所感紀錄下來，那種趨使他如此做的力量，就是知識份子的使命感，可見傳統知識份子經世濟民之使命感。清葉燮《原詩》云

> 詩之基，其人之胸襟是也。有胸襟，然後能載其性情智慧，聰明才辨以出，隨遇發生，隨生即盛。千古詩人推杜甫，其詩隨所遇之人、之境、之事、之物，無處不發其思君王、憂禍亂、悲時日、念友朋、弔古人、懷遠道，凡歡愉、幽愁、離合，今昔之感，一一觸類而起；因遇得題，因情敷句，皆因甫有其胸襟以為基。（內篇上）

此段話拈出杜甫感時憂民的胸襟，因其胸襟大，故性情汩汩而出。在表達形式上雖以敘事為手法，但透過作者的感情，更深一層次表達了作者對於那個時代歷史的批判精神。黃徹也認為杜詩「史筆森嚴」，「誠春秋筆法也」⑮，亦即肯定杜詩裡所蘊含對歷史文化的觀照。龔師鵬程在《詩史本色與妙悟・論詩史》中，將「詩史」與「史詩」做一比較⑯，謂「詩史以歷史文化為觀照主體，足以證明詩與史基本上都以民族文化為其內容，且含有濃厚的價值判斷在。」詩與史的作者，其歷史思維都能夠深入民族文化內容，對於過去或當時他們周遭所發生的事情做一番了解

與評價，把歷史文化當成觀照主體進行考察。

（二）、劇史對於歷史文化的觀照

同樣的，明末清初具歷史反思的劇作在對於歷史文化的思維上，也是採取這種角度。晚明清初可視為歷史文化激盪的一個重要時期，在這種重要時期，劇作家選擇「史」為題材，企圖在重新架構歷史的時候，對人類在歷史活動中所制定的制度，及人在此種制度下所產生的一切社會人文活動等，做一番探討與定位。無可避免的，劇作家會在劇中進行其價值判斷，則歷史劇所包容的意涵，亦同「詩史」的觀念，寓有價值批判觀念。它和史一樣，都有民族文化上深切的關懷，對於整個時代的政治、經濟、文化等，都含有濃厚的價值判斷。因此，杜甫生當盛唐，在詩的全盛期時，因歷史的變動而寫出具有「史」的色彩的詩歌；相同的，明末清初的傳奇作家，也在歷史變動之下，寫出具有「史」的色彩的傳奇，應是自然之事。所不同的是，杜甫當初並未標榜作史的使命感，而李玉等劇作家，卻明顯有作史的自覺意識在。就敘事性質上言，以前面所舉戲曲在敷演史事的優位性上，「戲曲」比「詩」似乎更符合於「史」的形式要求，因此筆者不揣淺陋，拈出「劇史」這一觀念，欲說明劇作家以歷史文化為觀照主體，採用「援史入劇」的手法來進行劇的創作，進一步透過他們對時代的使命感，企圖「以劇為史」，以呈顯他們的價值判斷。

李玉、孔尚任、洪昇三人，如何透過他們的劇作來呈顯其價值判斷呢？由於處在明室沒落，清室取而代之的關鍵時刻，他們在戲曲中關懷的主題就緊扣著政治文化的面來表現，他們反省的角度如黨爭對明朝政治的影響，華夷之辨等等。

先就李玉、孔尚任對東林黨的評價說明，他們二人對東林黨即抱著肯定、欽贊的態度。明亡後，有人認為東林黨有其不可推卸的責任，如御史徐兆奎曾上疏彈劾東林云：

> 東林黨敗壞天下，其禍更顯。蓋自講學以結黨行私，而道德性命與功名利達混為一途，而天下之學術壞；自濡足淮揚而氣節壞；自廣納贄幣，庇短護貪而天下之吏治人品並壞；自游揚之書四出而天下之官評壞；自指摘之怨生而移書挽單，假計典盡剪其所忌，而天下之元氣壞[17]。

顧憲成等人，成立東林書院講學之初，的確有其理想性，但他們的政治訴求亦很濃厚，後來竟至門戶之爭。顧憲成在萬曆年間，曾致書伍容菴，說出他心中的憂慮，他說：

> 竊見長安議論喧囂，門戶角立，甲以乙為邪，乙亦以甲為邪；甲以乙為黨，乙亦以甲為黨，異矣！始以君子攻小人，繼以君子附小人；始以小人攻君子，終以君子攻君子，又異矣。是故其端紛不可詰，其究牢不可破，長此不已，其釀禍流毒，有不可勝言者矣

！⑱

顧氏的憂慮不幸而言中，東林黨最後演成門戶之爭，意氣之鬥，結果壁壘森嚴，凡不合東林意旨的人，就被視為異黨、小人，如《明史》卷二五六贊曰：「方東林勢盛，羅天下清流，士有落然自異者，詬誶隨之矣！攻東林者，幸其近己也，而援以為重。然於中立者類不免蒙小人之玷，核人品者，乃專以與東林厚薄為輕重，豈篤論哉！」⑲彼時國祚已在風燭之中，東林黨與非東林黨卻仍汲汲於權力之傾軋，難怪有人要視東林黨禍與明祚相終始，以為亡國由東林。不過黃宗羲在《明儒學案・東林學案》中，極為東林黨辯護，曰：

> 論者以東林為清議所宗，禍之招也。子言之，君子之道，辟則坊與，清議者天下之坊也……熹宗之時，龜鼎將移，其以血肉撐拒，沒虞淵而取墜日者，東林也。毅宗之變，攀龍髯而蓐螻蟻者，屬之東林乎？屬之攻東林者乎？數十年來，勇者燔妻子，弱者埋土室，忠義之盛，度越前代，猶是東林之流風餘韻也。（卷五八）

東林的書院講學，有它的時代意義。錢穆在《國史新論・中國智識份子》，中認為兩宋晚明已無門第問題，而是書院講學派與科舉祿利之對抗。他說那時候的智識份子又自分門庭。一派是沿襲傳統精神，期以政治來推進社會的真士；另一派則專意於藉科舉制度，混進政治來攫取爵位的假士，假士常不擇手段而獲勝，真士則反身到下層社會用力，宋明書院即是。可是宋明的書院無實權，因此智識份子易受摧殘，晚明有一些東林份子就是在這種政治生態下進行反抗，被那些假士所摧殘。李玉、孔尚任與黃宗羲的觀點相同，因此在《清忠譜》，李玉透過周順昌、魏大中等不畏閹黨迫害，敢於向惡勢力挑戰，並一心忠君體國的精神，來稱許東林黨人。孔尚任透過李香君對東林黨人的崇敬，及復社諸君對魏閹餘黨阮大鋮、馬士英等人的反抗，來肯定東林黨人在明末歷史上的貢獻。他們都寫出了明末政治風潮中，代表正義良知的知識份子，和專以惑主弄權為能事的權奸，進行勇敢的對抗，交織出亡國前的一幅忠義圖。

洪昇《長生殿》無非也是希望藉史事來垂戒後世，與史的撰述意義相謀合，他取材於唐安祿山之亂，正好對照清以異族入主中原，影射出原朝官僚對新主的諂媚逢迎，極盡諷喻之能事。他尤其要批判的是那群腆事二朝的臣子們，姚華《曲海一勺・駢史》云：

> 夫曲之為言，自成一家，著一世之真詮，極眾生之幻相，既談笑以飾涕泣，亦婉言而行直道。是故人者天地之心，曲者人之心也，喻於尸而見祖，將於曲以知天記曰：「惟至誠能盡性，以贊化育。」古之作曲也，可謂能盡其性，以盡人性，盡人性以盡物性者

> 矣。非至誠其孰能之？且夫充史之類，不過以明古今之變，察往來之數耳，曲之所至，則格幽明而事鬼神焉。……天人之際，且猶通之，況人情物理之常，夫何有於曲。則為民而執簡，其史於曲宜矣。

在此，姚華非常肯定「曲」於「史」的功能，他以為曲和史一樣，可達到「究天人之際，通古今之變，成一家之言」的境地，也就是說劇作家透過至誠盡性的心，把歷史舞臺上的諸種實況，援入劇中，復將其欲成一家之言之心，拈劇為史。則劇作家透過其與史、劇之間的互動關係，成就其觀照歷史文化之「劇史」意涵。

註釋

① 本文收入《中國歷史轉型時期的知識份子》。頁三五，聯經。

② 參見《小說戲曲研究》第三集陳大道撰〈明末清初「時事小說」的特色〉。

③ 見該書第一章〈戲劇的與非戲劇的〉，頁一五。

④ 此有類於李漁《閒情偶記》中的立主腦。

⑤ 同③。

⑥ 焦循《劇說》云：「相傳周忠介蓼洲先生，初釋褐，選杭州司理，杭人之在都者，置酒相賀，演岳武穆事。至奸相東窗設計，先生不勝怒，將優人捶打而退。」又云顧彩《髯樵傳》云：「明季，吳縣洞庭山鄉有樵子者，貌髯而偉，姓名不著，絕有力，目不知書。然好聽人談古今事，常激于義，出言辨是非，儒者無以難。嘗荷薪至演劇所，觀《精忠傳》，所謂秦檜者出，髯怒，飛躍上臺，捽秦檜，毆流血，幾斃，眾驚救。髯曰：『若為丞相，奸似此，不毆殺何待！』眾曰：『此戲也，非真檜。』髯曰：『吾亦知戲，故毆，若真檜，膏吾斧矣！』」（卷六）可見不管士夫庶民，人人心中皆痛恨奸人。

⑦ 「模擬」一詞，或譯為「模仿」。最早見於柏拉圖之著作，柏拉圖採取希臘人的一般觀念，將藝術的「模擬」，與人類性格的成長與發展有關。柏拉圖對於藝術的「模擬」，有另一個狹義用法，認為物質世界的事物，只是理念世界的事物的摹本，而藝術作品則是理念世界的事物的「摹本的摹本」，所以他對藝術的評價甚低，亞里斯多德的用意顯然和他不同，後文將提及。

⑧ 《人論》。甘陽譯，頁二〇三。

⑨ 見《史學與傳統‧中國知識份子的古代傳統》，頁七一。

⑩ 西德社會學家達倫道夫（Ralf Dahrendorf）把中古宮廷中的「俳優」（Fools）看成現代知識份子的前身，這是西方學者中，強調知識份子是自由人的一派，不肯把知識份子的來源溯至宗教傳統，而轉向俗世背景求之。

⑪ 見《中國大百科全書‧戲曲曲藝》，頁二〇七，中國大百科全書出版社發行。

⑫ 「詩史」二字連稱，最早可見於《宋書‧謝靈運傳》：「至於先世茂製，諷高歷賞，子建函京之作，仲宣霸岸之篇，子荊零雨之章，正長朔風之句，並直舉胸情，非傍詩史。」還有《南齊書‧王融傳》云：「今經典遠被，詩史北流。」但此所謂詩史，與孟棨詩史義不同。

⑬ 如陳巖肖《庚溪詩話》云：「杜少陵子美詩，多紀當時事，皆有據依，古號詩史。」蔡寬夫《詩話》云：「子美詩善敘事，故號詩史，其律多至百韻，本末貫穿如一辭。」

⑭ 龔師引黃震所云：「太史公載伯夷列傳採薇之歌，為之反復嗟傷，遺音餘韻，把挹莫盡，君子謂此太史公托以自傷其不遇，故其情到而詞切。」而中國的史傳後面，也常附有論、贊、銘、頌等，代表作者抒情言志的價值評斷在內。

⑮ 見黃徹《䂬溪詩話》卷一〈子美世號詩史〉條及〈諸史列傳〉條。

⑯ 龔師認為「詩史」與「史詩」有下列幾點差異：

(1)詩史代表一種價值觀念，而此觀念之發軔，往往在歷史文化勃興之際，史詩卻向於想像性寓意的宗教精神。

(2) 詩史以歷史文化為觀照主體，詩與史基本上都以民族文化為其內容，且含有濃厚的價值判斷在。史詩則為英雄的行傳，即使後來逐漸演變成個人自傳，也仍側重於個體生命的表現。

(3) 詩史因為對現實政治有所批判和記錄，因此，創作手法多傾向於諷諭，使用隱喻和寫實二者，交互為用。史詩則其本身乃超乎現實的，故而譬喻的使用，只是純修辭學的，與詩史完全不同。

(4) 史詩借資吟唱，且篇幅闊大，詩史則本身並非敘述文類，故亦無此限制。

(5) 史詩是大眾的娛樂，詩史則是嚴肅的意識創造。

(6) 最重要的是：詩史仍舊是詩，而史詩則不是詩。

⑰《明神宗實錄》卷四八三，頁四。

⑱見《涇臯藏稿‧與伍容菴》，四庫全書珍本，卷五，頁二九。

⑲趙翼《二十二史劄記‧三案》亦云：「萬曆中，無錫顧憲成、高攀龍等，講學東林書院，為一時儒者之宗，海內士大夫慕之，其後鄒元標、馮從吾等，又在京師建首善書院，亦以講學為事。趙南星由考功郎罷歸，名益高，與元標、憲成，海內擬之三君。其名行聲氣，足以

奔走天下，天下清流之士，群相應和，遂總目為東林，凡忤東林者，即共指為奸邪。」（卷三五）

第四章　劇作家對顛覆力量之批判

前一章筆者探討劇作家的創作意識，提出他們在歷史的反思中，欲尋出治亂之根源，其中他們反省了令邦國由盛而衰，或由衰而亡，是有強大的顛覆力量做祟。這力量可能來自權臣閹黨之擅權亂政，可能來自篡奪者的攻掠，而帝王的苟且淫逸足以助長這股力量，因此，本章即欲以作品為中心，看劇作家如何在作品中實踐其創作意識。

第一節　對權臣閹黨之批判

君主專制時代，皇帝擁有的權力很大，明太祖取得天下後，更有心要總攬大權，他 廢除中書省，不設宰相，令中書省以下之吏、戶、禮、兵、刑、工六部分理朝政，各部尚書直接對皇帝負責，直接奉行皇帝的命令。明太祖實際上以皇帝而兼行宰相的職權，中央集權體制在這裡發展到了最高峰，明太祖擁有了「絕對權力」。但是這種情況並沒有維持下來，因為繼任的皇帝，並非都是具有雄才大略的國君，相反的還有不少昏君，於是予某些野心份子以可乘之機，成為實際權力的擁有者。在明代，權臣閹宦勢燄高於天子，豎立黨羽以把持朝政，對異己加以剷除。權臣如嚴嵩父子，狼狽為奸，明中葉之朝政為之一壞。至於閹宦，趙翼說：「有明一代宦官之禍，視唐雖稍輕，然至劉瑾、魏忠賢，亦不減東漢末造矣！」（《廿二史箚記・明代宦官》）明太祖鑑於以前閹黨為禍，故明令內官不得參與政事，但明成祖得位有賴於宦官之助，因此他又為宦官參政開一方便之門。對外，他曾遣鄭和下西洋、侯顯使西番、馬騏鎮交趾；而西北諸將領，多是明太祖之舊人，他只好派人鎮守，以宦官參之；在京師內設東廠，進用宦官。除了這歷史淵源外，宦官先天上有其優勢，因他們是皇帝跟前最親近的人，容易取得皇帝的信任，而一般大臣要得勢，也只好結交他們，如此他們的勢力愈大，影響層面也愈廣。據趙翼分析，明代宦官擅權，始於王振，但廷臣附他的只是少數；到汪直擅權，附和者漸多，但閹臣劾奏者仍多；到劉瑾時，流毒幾遍天下；到魏忠賢竊權，附之者更多，有所謂「五虎」、「五彪」、「十狗」、「十孩兒」、「四十孫」之號①，勢力之大，幾乎可成篡奪之禍。一直到南明小朝廷，魏忠賢遺孽仍把權使壞。趙翼將宦官禍國殃民的原因歸納於「人主童昏，漫不省事，故若輩得以愚弄而竊威權。」（前揭書）

權臣、閹宦一旦把權，就掃除異己，不能容忍不同的聲音激盪，因此他們殘害忠良，手段都很殘酷，幾使朝中忠良為之一空；另外他們也懂得廣納財貨，文武官員要升擢都得行賄，因此文官得勢就剝民之財，武官得勢就剋軍之餉，倒楣的還是那些低下階層的人民士兵，如此造成民生上極大的傷害，貧富差距過大。整個社會的基層民眾衣不得飽，食不得暖，社會秩序隨時有崩塌之虞，而國勢也在此情況下日漸衰弱，一旦外患壓境，即導致敗亡的命運。

李玉、洪昇、孔尚任，他們對歷史反思後，認為權臣閹黨是造成邦國敗亡的一大因素，他們在劇作中給予嚴厲的批判。茲歸納其作品中權臣閹黨亂政誤國的手段約有數端，闡述如下：

一、運用權謀，把持朝政

權臣閹黨們多是一批善於察言觀色，深諳帝王心理的人，他們懂得利用時勢為自己取得寵信，漸漸握有實權，然後廣豎黨羽，形成一股極大的惡勢力集團。

嚴嵩之崛起，是由於武宗崩後，世宗以堂弟的身份登基[2]，在大禮議中，有兩種意見相持不下：楊廷和、毛澄、汪俊及滿朝文武，均主張考孝宗；而張璁、桂萼等則主張考興獻王。世宗心中屬意後者，嚴嵩為迎合世宗的心意，為之籌畫禮儀，因此迎得世宗的歡心，大權就旁落在他身上。世宗一生崇奉道術，深居西苑，很少視事朝廷，所有大事幾委任給嚴嵩[3]，嚴嵩原本就是靠阿諛起家，握有權勢之後，更是瞞上欺下，朝政為之大壞。

關於嚴嵩父子之惡行，明中葉傳奇《鳴鳳記》中，即有具體的描述，此為第一部具有現實批判意義的政治時事劇。其後張景《飛丸記》，以易弘器與嚴世蕃之女玉英為生旦，演嚴世蕃的罪行，故事架構於才子佳人模式上，虛構成分較濃。李玉的《一捧雪》則以嚴世蕃子承父蔭，為禍朝中的事跡為模本，揭露嚴氏父子之橫行。

《一捧雪・豪宴》中，嚴世蕃出場時唱道：

> 奕世夔龍亙古稀，炎炎權勢覺天低；朝廷已作家庭事，笑殺淮陰封假齊。上公周太保，副相漢司空，應知能作述，豈曰濫恩榮。自家嚴世蕃，別號妻東，父居相國，身為侍郎。富堪敵國，力可回天。文武官僚盡供驅使，生殺予奪俱屬操持。休說他人稱功誦德，只俺父親自題家慶圖道：「有我福無我壽，有我壽無我夫婦同白首，有我夫婦同白首，無我兒孫七八九，有我兒孫七八九，無我個個天街走。」你道為父之樂如此，為子者可知矣！

由這段文字不難想像嚴嵩位高權大，又善於利用他的權勢積攢財富，到了富可敵國的地步。滿朝的文武官員為求晉升，多願趨走於其門下，儼然形成一面龐大的搜刮網，朝中忠良幾被迫害殆盡。看嚴嵩自題的家慶圖，頗見他志得意滿之狀。嚴世蕃對父親為他舖下的這條權位優勢之路，在得意之餘，更善加利用，且他野心更大，直把朝廷當自家。

嚴氏父子借「票擬」之機，行「棼」賄之便。所謂「票擬」，亦稱「條旨」，即中外臣民所上一應奏疏，先進呈皇帝，經御覽之後，發交內閣，由閣臣檢閱內容，擬具辦法，附以意見，以紙條墨書貼於書面，進呈皇帝。如所擬當意，皇帝即以硃筆就所擬議批於原疏，然後發交各該衙門遵行，因其代皇帝擬答，故又曰「條旨」④。張治安研究票擬的演進過程，謂洪武至成祖，閣臣雖參預機務，然所有奏章機務，仍由皇上自行批答，不假手於他人。大約到仁、宣之間，始由閣臣或其他臣子代擬。到正統時，內閣票旨的範圍擴大⑤。明代皇帝自英宗以後，多是怠忽苟且之君，竟至宦官也參與票擬之事，幾無朝無之。總之，誰得皇帝之寵，誰就能擅票擬之權，如此則朝中實權盡在此輩人手上，他們借票擬之便，或營私舞弊，或陷害忠良，無所不用其極。

當嚴氏父子將曾銑、楊繼盛等異己排除後，過的是「忙時票幾道奏章，閒時受用些歌姬舞女，賞玩些書畫鼎彝」的生活（〈豪宴〉）。因世宗對嚴嵩的寵佞，「票擬」大權完全落在嚴家父子身上，當時的吏部尚書許讚、禮部尚書張璧同入閣，也都未能預聞票擬之事。嚴嵩老而昏憒時，對世宗所下的手詔，多不能解，因此幾全仰賴嚴世蕃。嚴世蕃頗通國典，曉暢時務，他就利用票擬的機會，進行鬻官賣爵或公報私仇的勾當，一方面對想升官發財或避罪的人，盡情斂財，另一方面對上書彈劾他們父子的人物，進行迫害。〈婪賄〉中，就以四個例子描述嚴世蕃票擬時的那些劣跡，如：

（一）吏部一本，上言「廣府乏人事，兩廣衝要，華夷雜處，右僉都御史何邦鎮，才略兼優，應堪此任」嚴世蕃看到這裡說：「咦，好一箇美缺，怎麼不來講一講？」部屬回答說已到太師處送八千兩銀子。嚴世蕃嫌少，說：「好箇兩廣軍門，值不得一萬兩銀子？又短了二千，罷了，讓他些。」然後就批道：「油幢兩省衙，繁異貝奇珍，管盡歸羅網，奉聖旨是。」

（二）河南道御史一本，上言「媚道逢君，事虛無清淨，豈聖王之所宜，贊醮修玄，實輔臣之巧媚……」等等，全是罵嚴氏父子的話，嚴世蕃就寫道「鴟鴞魍魎輿，揑妖言誣謗君王」，馬上著錦衣衛捉拿來施予酷刑。

（三）戶部一本，上言「急缺邊餉事，左支右吾，難充枵卒之腹；呼庚呼癸，仰需內府之藏。」嚴世蕃寫道「休想，縱然搜括盡脂膏，怎肯把大盈支放！另行設處無誤，軍需該部知道。」守邊關的將士兵卒糧餉告急，嚴世蕃卻扣住內府之藏，不願支援，如此哪能守好邊防？可嘆他只圖自身榮貴，卻置國家前途於不顧。

（四）兵科一本，上言「兵機失陷，總兵戴綸逢虜倒戈，坐失轄境，候旨提處。」戴綸本該處決，但因送了「赤金元寶十筒、走盤珠一千顆、五色寶一百對、漢玉杯一隻」，總值約兩三萬銀子，非但保住一條性命，還可以保住前程，嚴世蕃看在那些珍寶份上，寫著「邊城宿將早立功，帶罪坐鎮封疆，戴綸本該重處，因念久飭邊防，姑與原官立功候調。」硬是將一個貪生怕死的邊將給留住，對國家前途、人民性命毫無保障。

劇中所舉這些典型的例子，只可算是冰山一角，史傳說：「朝事一委世蕃，九卿以下浹日不得見，或停至暮而遣之。士大夫側目屏息，不肖者奔走其門，筐篚相望於道。世蕃熟諳中外饒瘠險易，責賄多寡，毫髮不能匿。」嚴世蕃的聰明奸險可見。正史說抄嚴家時「黃金可三萬餘兩，白金二百萬餘兩，他珍寶服玩所值又數百萬」，稗史卻載「嚴世蕃與其妻窖金於地，每百萬為一窖，凡數百窖。」⑥真是驚人的天文數字，可見當時以財寶賄賂晉身的官員有多少，而那些官員轉嫁於百姓身上，儘情搜刮，難怪民益窮。

由於嚴氏父子具有如此一手遮天的權勢，當時想晉身者多先奔走於其門下，這也成為當時社會的普遍現象，大家見怪不怪。就《一捧雪》這齣戲而言，主人翁莫懷古對雞肋功名，常懷夢寐，此乃一般人的普遍心態。莫家和嚴家兩世通好，嚴世蕃屢次致書要他進京補官，莫懷古也希望藉嚴家的勢力，謀個好缺。後來莫懷古果然以假的「一捧雪」玉杯得個美缺，但事被嚴世蕃知道，就強去搜家，絲毫不顧舊情誼，最後逼得莫懷古棄家逃亡。嚴世蕃仍苦苦追逼，必欲置之死地而後已，其性貪婪殘暴，欲得之物，均不擇手段，不到手不罷休。

熹宗朝的魏忠賢，本市井無賴，與群惡少博，不勝，自宮。他自萬曆朝中選入宮，就賴他夤緣攀附，勾結上熹宗乳母客氏，客氏淫而狠，魏閹好諛而猜忍陰毒，二人狼狽為奸。魏閹亦借票擬行其奸宄之事，楊漣曾上疏論其罪曰：「祖制，以擬旨專責閣臣，自忠賢擅權，多出傳奉，或徑自內批。」（《明史‧楊漣傳》卷二四四）熹宗好親斧鋸髹漆之事，積歲不倦。魏閹知熹宗癖好，就故意在他引繩削墨時，進奏朝事，熹宗不喜多管朝事，往往說道：「朕已悉矣，汝輩好為之。」如此一來，魏閹正好恣其作威作福之意。（《明史‧魏忠賢傳》卷三〇八）

這些權奸閹宦握有實權之後，都儘其可能擴張勢力，甚且有竊神器之野心。史傳載「世蕃用彭孔言，以南昌倉地有王氣，取以治第，制擬王者。」（《明史》卷三〇八）南京御史林潤奏說：「江洋巨盜多入逃軍羅龍文、嚴世蕃家。龍文居深山，乘軒衣蟒，有負險不臣之志。世蕃得罪後，與龍文日誹謗時政。其治第役眾四千，道路皆言兩人通倭，變且不測。」（前揭書）那時嚴世蕃已獲罪，大概想拚命一搏，所以結聚許多亡命之徒，羅龍文又為他招汪直餘黨約五百人，想為他謀外投日本之路，到時候可以裡應外合，竊取國器。

《一捧雪‧劾惡》裡，藉莫懷古之子莫昊上書劾嚴嵩父子說：

> 子世蕃濟惡同謀，子世蕃濟惡同謀，擅威靈封章票擬。恣奸淫占奪嬌娃，恣奸淫占奪嬌娃，蓄陰謀練操軍騎。

神宗昏憒，嚴嵩實際上已代行皇帝之權，嚴世蕃更利用父親顯貴的條件，陰有篡奪之心，獲罪後索性內聚亡命之徒，外結倭人，欲一舉奪權，野心暴露無遺。幸賴忠臣不斷劾奏，否則明祚難保。

魏閹的威勢則凌駕於皇帝之上，全國文武官員但知有魏閹，不知有皇帝的存在，如將「祠餉」已比為國稅。生祠建成，眾官員疏詞揄揚，一如頌聖般，動輒稱以「堯天帝德，至聖至神」。《清忠譜》中多所記載，如生祠殿門高要九丈五尺，取位登九五之意；魏閹像的穿戴是「蟒衣五爪圍玉帶，七曲纓冠百寶裝」，他們誇說勝似那當今天子，歷代君王。按古代皇帝、皇子、親王的蟒袍才有五爪，品官皆四爪以下，魏閹像卻是五爪蟒袍，足見那些官員們心目中已將魏閹視同天子。

此外，魏閹像前的供奉要「繡龍帷，白玉床，紫金猊，寶篆香，高燒蜂蠟銀臺亮。晨昏進膳需珍錯，水陸羅陳賽上方。」他們誇稱這些排場勝似「御前」供奉，「太廟」蒸嘗。（俱見〈創祠〉）而蓋好的生祠則是：

> 雕龍插漢，鏤鳳飛雲，畫棟流霞，碧甍耀日。城牆堅固，賽過石頭城，紫金城。萬年基業，殿宇巍峨，一似皇極殿，凌霄殿。千丈輝煌，頭門上高題著「三朝捧日，一柱擎天」，兩坊中明寫著「力保封疆，功留社稷」。威儀雄壯，渾似五鳳樓前，行走的誰不欽欽敬敬；氣象尊嚴，出入的如在建章宮。……今日裡普惠祠均贍聖貌，挨挨擠擠，堪比著萬國來朝，真是千載齊心來仰聖，百官何必去朝天！（〈罵像〉）

「千載齊心來仰聖，百官何必去朝天」，很可以說明魏閹的勢力淩駕於皇帝之上。甚至魏閹下的旨意，比聖旨還有力量，如〈鬧詔〉裡，蘇州百姓為周順昌請命，差官說道：「逆了朝廷，還好彌縫，今日逆了廠公，比著抗聖旨，題目倍加。」可見魏旨較聖旨有力量，事實上那時魏閹位高權重，廷中大臣的生殺予奪，全由他出。由於魏閹大量誅戮異己而大舉分封自己的親族黨羽，因此天下皆疑他有竊神器的意圖⑦。

祠成之後，受毛一鷺委任造祠的陸萬齡說：「威勢炎炎天地昏，人人孝敬效兒孫，未識祠堂崇奉後，更將何事報親恩？」（〈罵像〉）其自居於孝子賢孫的心態，活脫一副逢迎諂媚者的醜狀。魏忠賢與客氏勾結，取得熹宗的寵信，遂在內外廷遍置黨羽，而在魏閹勢力如日中天的當兒，想要走捷徑晉昇的人，當然拍馬逢迎、助紂為虐，《明史・閹黨傳序》云：「明代閹宦之禍酷矣，然非諸黨人附麗之，羽翼之，張其勢而助之攻，虐焰不若是其烈也。」（卷三〇六）。莊烈帝定逆案，以其事付大學士韓爌等，慨然太息說：「忠賢不過一人耳，外廷諸臣附之，遂至於此，其罪何可勝誅！」魏忠賢所以能夠籠絡眾多黨羽為他奔走，是時勢利於他，而他也善用時勢，最後皇帝反而成了傀儡一樣，實際的命令卻往往由魏閹發號，和神宗時嚴氏父子把持朝政一樣。皇帝的威勢都不如他們，如此對整個政治生態而言，是非常扭曲的。

《清忠譜》裡，借周順昌與文震孟之口，大加撻伐魏閹擬竊神器的野心，〈逋璫〉中文震孟云「那魏賊私設內操，挑選心腹，宮標萬人，裹甲出入，日夜操練。金鼓之聲，徹於殿陛；皇子方生，砲聲震死。近御銃炸，聖躬幾危，魏賊走馬上前，飛矢險中龍體。」內廷一向不准弄兵，魏閹卻公然訓練精兵，周順昌聽了直斥「他無君無國，伏莽宮闈，恐一旦禍起蕭牆，恐一旦禍起蕭牆，召不及勤王義旅。」表達了他們對魏閹野心的憂慮。

唐代權臣楊國忠，原也只是個「無學術拘檢，能飲酒，蒱薄無行，為宗黨所鄙」的人，後來從軍，稍遷金吾衛兵曹參軍。由於楊貴妃是楊國忠的從妹，貴妃有寵後，劍南節度使章仇兼瓊引為賓左，既而擢授監察御史。此時他已因「去就輕率，驟履清貫」，而讓朝士指目嗤之。後來他也利用朝中大臣的權力鬥爭之間的矛盾，為自己謀進身之階。最後，李林甫卒，他代為右相，兼吏部尚書、集賢殿大學士、太清太微宮使、判度支、劍南節度使、山南西道採訪、兩京出納租庸鑄錢等使。他性本疏躁，從此或攘袂扼腕，自公卿以下，皆頤指氣使。（《新唐書・楊國忠傳》卷一〇六）

以楊國忠如此個性與權位，當然不會放過擅權機會，洪昇《長生殿》裡的楊國忠，和《一捧雪》裡的嚴氏父子一樣，賣官鬻爵，〈賄權〉中，楊國忠上場云：

官居右相，秩晉司空。分日月之光華，掌風雷之號令。窮奢極慾，無非行樂及時；納賄招權，真個回天有力。

如此得意揚揚，自認為有日月之光華，掌風雷之號令，將手中權柄大加利用，為自己圖私利。洪昇借這個人物來影射明代那些權臣奸佞，他在劇中安排安祿山是一失利邊將，依法為應死囚犯，但安祿山以重禮行賄，楊國忠就以安祿山通曉六番語言，精熟諸般武藝，可當邊將之任，而奏請皇上。

〈權鬨〉一折裡，寫的是楊國忠與安祿山的爭鬥，此時安祿山已非昔日吳下阿蒙，仗著玄宗的寵信日增，他也勢盛起來。楊國忠自謂：「外憑右相之尊，內恃貴妃之寵，滿朝文武，誰不趨承！獨有安祿山這廝，外面假作癡愚，肚裡暗藏狡詐。不知聖上因甚愛他，加封王爵，他竟忘了下官救命之恩，每每遇事欺凌，出言挺撞，好生可恨！」

仇人相見，分外眼紅，楊國忠罵安祿山忘恩負義，忘了當年失機之罪，是由他掩護的。安祿山也反唇譏道：「你道我失機之罪，可也記得南詔的事嗎？胡盧提掩敗將功冒，怪浮雲遮天表。」又說道：「你賣爵鬻官多少？貪財貨，竭脂膏。」

歷史上安祿山授邊將時，楊國忠尚未當宰相，洪昇如此安排，即是要凸顯楊氏之惡行，反映明代權臣之行跡，所謂賣官鬻爵、掩過冒功等，無所不用其極，此處借安祿山之口來說，更具戲劇性。由於楊國忠懼安祿山勢力凌駕其上，故處處與之作對，後來安祿山遂以誅楊國忠為藉口，進據京師。

明末，李自成攻入北京，崇禎皇帝自縊於煤山，奄奄一息的明王朝，只能靠陪都南京為興復之處。彼時正是大明國祚存亡之秋，崇禎皇帝自縊的消息未完全證實，猶疑不定時，南方諸官員認為當務之急乃應立一新君，立新君可穩定人心，團結眾人抵禦外侮，朝野一心，共圖大計。但此時的政治舞臺卻醞釀另一場權力大戰，這場大戰亦有其歷史淵源，即自天啟以來黨爭餘氛的延伸，馬士英、阮大鋮就是這場權力爭奪戰的贏家，但在他們把持下的南明小朝廷，卻輸給清軍，《桃花扇》所反映的，也就是這一段歷史，此處就劇中所反映馬、阮奪權始末，及其專政誤國之實加以論述。

大臣擬在南京立新君，卻存在著兩種不同勢力的衝突，屬東林黨的史可法、呂大器、姜曰廣、張慎言等，主張立潞王朱常淓，朱常淓是神宗的姪兒。在諸王中，潞王是較能急國難者[8]，因此當潞王與福王同流寓南方時，東林黨諸臣思以「立賢」之名，主張立朱常淓。但另一方面，因魏閹案被定為逆案的閹黨阮大鋮等人及鳳陽總督馬士英，卻主張立福王朱由崧，朱由崧是神宗的親孫，在血統上的倫序較近。而朱由崧的父親福王常洵與祖母鄭貴妃，與東林黨人有「梃擊」、「妖書」、「移宮」[9]三案之過節，馬、阮即欲利用福王來報復東林黨人[10]，所以極力主張立福王。朱由崧以昏暗貪淫著名⑪。當時兩方均有其理由，馬士英遂先下手為強，勾結高傑、劉良佐、劉澤清、黃得功四鎮總兵，以武力為後盾，派兵將朱由崧接到南京即位，先以監國為名，後即登基，從此大勢已定，朝中權力由馬、阮把持。《桃花扇・設朝》有「聖旨下：鳳陽督撫馬士英，倡議迎立，功居第一」之語。其餘四將也因擁立有功，進封侯爵。阮大鋮再透過馬士英的提攜，兩人同氣相求，狼狽為奸。

馬阮把持朝政後，並沒有將心力放在興復上面，反而伺機清除異己，結黨作惡，〈媚座〉中，馬士英自得地說：

> 天子無為，從他閉目拱手，相公養體，儘咱吐氣揚眉。那朱紫半朝，只不過呼朋引黨；這經綸滿腹，也無非報怨施恩。人都說養馬成群，滾塵不定；他怎知立君由我，殺人何妨。

馬士英位居首輔，卻陸續罷退與他齟齬的大臣如呂大器、姜曰廣、劉宗周、高弘圖、徐石麟等，一方面又內倚中官，外結勳臣，並大舉起用逆案中的人物。時人傳語：「中都隨地有，都督滿街走。監紀多如羊，職方賤似狗。蔭起千年塵，拔貢一呈首。掃盡江南錢，填塞馬家口。」⑫所謂「養馬成群，滾塵不定」，可以看出他營私及呼朋引黨的勾當；所謂「立君由我，殺人何妨」，可以看出他的跋扈，常公報私仇，難怪當時都中會有那些傳語。

至於原本就昏憒貪淫的福王，在馬、阮聲色媚主的情況下，過他淫逸荒誕的生活。馬、阮二人深知福王脾胃，阮大鋮又是當時有名的劇作家，就獻上自作的《燕子箋》給皇上。皇上卻因「獨享帝王之尊，無有聲色之奉」而心中愁悶，於是阮大鋮趁機獻上「選優」之策。一個偏安的君主，身繫家國存亡之任，他不為內有流賊，外有清兵壓境擔憂，竟只因沒有好角色演戲而煩惱，如此昏君，真是「治國無方，亡國有道」！昏君與佞臣的結合，註定明朝敗亡的命運。

二、搜括財富，極盡奢華之奉

權臣閹黨仗其權勢搜括財富，幾乎富可敵國，因此在生活上也異常奢靡逸樂。《一捧雪》裡，嚴世蕃自謂：「閒時受用些歌姬舞女，賞玩些書畫鼎彝，正是身近玉墀新衮繡，手調金鼎舊鹽梅。」後來他帶領莫懷古觀賞家中所藏，一座萬花樓，連世宦子弟莫懷古都誇道：

> 好一所大樓，畫棟凌雲，朱欄映斗，展開風月添詩料，粧點江山歸畫圖，果然好奇觀也。

嚴世蕃謂樓無足觀，但那樓前後共分為風、花、雪、月，有的藏商周彝鼎，有的藏漢宋杯環，有的藏唐宋書畫等等，幾乎都是別人進貢或強取豪奪來的。

《清忠譜》則利用為魏閹建生祠之舉，來表現閹黨搜括之富。所謂「生祠」，是指為還活著的人而建，一般是為感戴某人的功德而建，最早大約始於漢代，據《漢書・于定國傳》云：「于定國字曼倩，東海郯人也。其父于公為縣獄史，郡決曹，決獄平，羅文法者于公所決皆不恨。郡中為之立生祠，號于公祠。」（卷七一）王先謙補注曰：「周壽昌曰『後世立生祠始此。』⑬」這種傳統經過時代的沿承，難免浮濫，變成為有權勢者歌功頌德之用，魏忠賢生祠之廣為建立，即是一典型例子，歷史上除魏閹外，應無第二人，生祠之廣建象徵耗費無數民膏民脂。

據《明史・閻鳴泰傳》云：

> 生祠之建，始於潘汝楨。汝禎巡撫浙江，徇機戶請，建祠西湖。六年六月疏聞於朝，詔賜名「普德」，自是，諸方效尤，幾遍天下。

自天啟六年到七年，兩年之間，遍及大江南北，總計約四十二祠。每建一祠所費不貲，少則數萬，多則數十萬、數百萬，經費當然是由民膏民脂而來；且建祠之處常需佔民地、毀民宅，侵犯百姓福祉甚鉅。如開封建祠，「毀民舍二千餘間，創宮殿九盈，儀如帝者」；陝西巡撫朱童蒙在延綏建祠，用的是琉璃瓦；順天巡撫建祠薊州，金像用的是冕旒，其富麗堂皇，不亞皇宮。

李玉《清忠譜》對蘇州虎邱的魏閹生祠有如下的描寫：

> 金銀錢鈔，輸將萬萬，一似塵土泥沙；木石磚灰，堆積千千，恰像峰巒山谷。日則鳴鑼，鑼響處千工動手，一個個鬼運神輸；夜則敲梆，梆打時萬椿齊下。……費盡了百萬錢糧，纔得個一朝齊整。（〈罵像〉）

那些魏閹黨羽動用了無數錢財與民力，日日夜夜趕工，終於把生祠建造完成。所用民力當然是徵調來的，而經費呢？〈創祠〉裡說「各官捐俸應非強，鄉紳樂助須傾橐，富戶抽豐要罄囊。」這裡提到的是官員、鄉紳、富戶的捐獻，而這些官員、鄉紳、富戶的錢財又從何處來？還不是由一般老百姓身上剝削而來，由上而下，層層剝削，極易造成人民生計上的困窘，惡性循環之下，盜賊猖獗。更有甚者，他們將此種巧取豪奪的餉美其名為「祠餉」，並將「徵祠餉」比擬為「皇朝賦稅，國庫錢糧」，視為理所當然，而對此勞民傷財的生祠，竟取名為「普惠」，極具諷刺意味。

唐時楊家因貴妃得寵，澤及諸兄弟姊妹，《長生殿．疑讖》中，借郭子儀與酒保的對話，表現出他們的奢華。郭子儀見大街上官員走紛紛，問酒保，那些官員往何處去？酒保答：

> 只為國舅楊丞相，並韓國、虢國、秦國三位夫人，萬歲爺各賜造新第。在這宣陽里中，四家府門相連，俱照大內一般造法。這一家造來，要勝似那一家；那一家造來，又要賽

> 過那一家的。若見那家造得華麗，這家便拆毀了，重新再造。定要與那家一樣，心纔住手。一座廳堂，足費上千萬貫錢鈔。今日完工，因此合朝大小官員，都備了羊酒禮物，前往各家稱賀。

這一席話，聽得郭子儀嘆息不已，道「可知他朱甍碧瓦，總是血膏塗」，這些外戚造宅所用的費用，全由公帑支出，都是民膏民脂！外戚受到如此寵溺，一般官員也巴結猶恐不及，構成朝中一幅奔相競走之風，與明中葉後的官場圖，又是非常相近的了。

宅第起造得如此華麗，其餘生活上用度可知，奢靡的王公貴族生活，與民生凋蔽常成反比。〈禊游〉一折是說三月三日，明皇與貴妃欲游幸曲江，並召楊國忠、韓、虢、秦三夫人同往。他們的出遊，驚動京師，傾城士女無不往觀，只見香塵滿路，車馬如雲，好不熱鬧。三夫人的盛妝，洪昇寫道：

> 安頓，羅綺如雲，鬥妖嬈，各逞黛娥蟬。……朱輪，碾破芳堤，遺珥墜簪，落花相襯。榮分，戚里從宸遊，幾隊宮粧前進。

當一隊隊宮車飛馳而過，由車上掉下來的珠寶，就夠一般老百姓滿足尋寶的樂趣，例如：有人尋到一隻金簪，上面還鑲著一粒緋紅的寶石；有人尋到一隻鳳鞋套兒，鞋尖上有顆真珠；另有人尋到一副鮫綃帕兒，裡面裹著個金盒子等，足見他們妝扮之盛。洪昇這種側寫法，利用一般百姓的尋寶，寫出皇戚貴親的奢靡行徑，他們因寶物過多，難免視為糞土。

唐國勢之中衰，恐怕就是這種極奢窮侈的後果吧！明王公貴族的奢侈，不下於唐，洪昇借此來昭炯世人，「古今來逞侈心而窮人欲，禍敗隨之」。歷史不斷重演，令劇作家心中有無限感慨！

三、對忠良的迫害，置邦國命脈於不顧

熹宗即位，是得力於楊漣、左光斗等東林黨諸人的力量，因此在即位之初，大舉重用東林黨人，但東林黨當時已與齊、楚、浙諸黨交惡，故受重用後，一方面大批起用前期受黜的黨人，一方面對於異黨加以排伐，由是那些被目為異黨的人乘機投靠到當時開始把權的魏忠賢手下，與東林對抗。在魏忠賢勢力漸盛時，東林黨人有不少力諫的，造成水火不容之勢，最後魏閹就利用各種手段殲除朝中東林人物，許多東林黨人成了俎上肉，任魏閹及其黨羽的宰割。《清忠譜・叱堪》說魏閹要親審東林一案，要人整備的刑具有銅子、鐵夾棍、閻王閂、紅繡鞋、披麻火烙、銅包木棍等，都是極端殘忍的刑具。

〈囊首〉裡借禁子之口說：「目今司中人犯，慘不過東林一案，可憐那些官兒，也有拷打不

過，當堂了命的；也有帶傷受刑，腐煉身亡的；也有昏迷絕食，含冤自斃的；也有逼討氣絕，灰囊壓死的。」

在《清忠譜》中，與魏璫對抗的東林黨人，其結果有兩種類型，一種是像文震孟那樣，削籍歸里後，隱居山中，不管世事；另一種是像魏大中、周順昌這一類的人，不屈服於強權，最後被魏璫陷害，受盡酷刑而亡。

魏閹黨羽與東林黨為世仇，崇禎亡後，戰場轉移到南方來，立新君時即已較勁，馬、阮以四鎮武力為後盾，迎立與東林黨有宿怨的福王為弘光帝，為後來的黨爭舖下血腥之路。東林黨人在馬、阮持政下，紛紛罷去。馬、阮的下一個目標指向復社名士。

明末士子，結社的風氣仍盛，崇禎初，張溥集合南北文社中的同志，在蘇州組成一個「復社」。復社勢力漸大，於切磋學問之餘，亦有裁量人物、譏評時政的風氣，儼然形成一股清議。復社成員多為東林黨的後裔，所以有「小東林」之稱。阮大鋮曾經附過魏閹，魏敗後削籍歸里。流寇逼皖時，阮避居南京，那時復社名士顧杲、楊廷樞、沈士柱、黃宗羲等亦講學南京，他們都很憎惡阮，曾作〈留都防亂揭〉逐之，阮銜恨心中。

後來阮大鋮有意討好復社名士吳應箕、陳定生等，就幫侯方域辦妝奩，以期透過侯方域與復社名士交好，事為李香君知道堅拒後，前恨加深，就以其權勢，加以迫害。首先拆散了侯方域和李香君這一對鴛侶，〈辭院〉中，阮大鋮硬說侯方域與左良玉暗裡勾結，害得侯方域辭妻出走。〈逮社〉中，阮大鋮新陞兵部侍郎，到處招搖，路過書社，看到有復社消息，剛好侯方域、陳定生、吳應箕都在，就把他們當成逆黨，一併拿下。原來阮大鋮有一本上書道：

> 為捕滅社黨，廓清皇圖事。照得東林老奸，如蝗蔽日；復社小醜，似蝻出田。蝗為現在之災，捕之欲盡；蝻為將來之患，滅之勿遲。臣編有《蝗蝻錄》，可按籍而收也。
> （〈歸山〉）

強指東林、復社諸君子為害蟲，必欲翦除而後已。蘇崑生道：

> 兇兇的縲在手，忙忙的捉人飛走；小復社沒個東林救，新馬阮接著崔田後。堪憂！昏君亂相，為別人報私讎。

奸臣閹黨一旦當道，即亂扣帽子，以公報私仇，盡湔前怨。復社人士亦如東林黨人，在奸臣的淫威下，受盡迫害。

在國祚危如纍卵時，馬、阮不但排除異己，賣官鬻爵，且以一己之私，寧叩北兵之馬，不試南賊之刀，開大門讓清兵南下。話說左良玉被起用，是由於東林侯恂，馬士英、阮大鋮用事之後，害怕東林黨人倚仗左良玉與他們為難，就表面和左良玉修好，實則暗中築板磯城為西防，防左良玉之兵。左良玉亦知其心意，曾言：「今西何所防，殆防我耳！」埋下左良玉對馬、阮的不滿。待馬、阮把持朝政，遍立黨羽之後，適巧又有舊妃童妃、太子王子明之事⑭，造成諸大臣之不滿，《桃花扇・草檄》中，左良玉、袁繼咸、黃澍等論朝事時，袁繼咸即說：

> 聞得舊妃童氏，跋涉尋來，馬、阮不令收認；另藏私人，豫備朱選，要圖椒房之親，豈不可殺！

黃澍說：

> 還有一件，崇禎太子，七載儲君，講官大臣，確有證據，今欲付之幽囚，人人共憤，皆思寸磔馬、阮，以謝先帝。

左良玉也激動地說：

> 我輩戮力疆場，只為報效朝廷；不料信用奸黨，殺害正人，日日賣官鬻爵，演舞教歌，一代中興之君，行的總是亡國之政。只有一個史閣部，頗有忠心，被馬、阮內裡掣肘，

卻也依樣葫蘆。剩俺單身隻手，怎去恢復中原。罷！罷！罷！俺沒奈何，竟做要君之臣了。

左良玉認為這中興之主所以行「亡國之政」，主要是身旁有一批小人，於是草擬「清君側」之檄，提兵向南京來。馬士英急調黃得功、劉良佐離汛來擋，如此一來，北方空虛，正予清兵以可乘之機，因此史可法上疏云：「上游不過欲除君側之奸，原不敢與君父為難，若北兵一至，宗社可虞，不知輔臣何意朦蔽至此。」然昏庸的弘光帝無所作為，史可法大聲疾呼，要馬士英趕緊派兵守住北邊，阮大鋮說：

大丈夫烈烈轟轟，寧可叩北兵之馬，不可試南賊之刀。（〈拜壇〉）

北兵指清兵，南賊指左良玉之兵，他們為私怨而置國祚存亡於不顧，硬是派黃得功他們來擋左良玉的兵⑮。當阮大鋮提出調黃得功他們來擋左兵時，馬士英已慮到北兵乘虛而入的問題，阮大鋮卻獻策說到時候有「跑」、「降」二法可行，以他們二人的投機性格，也只有此二法可行。〈截磯〉中，黃得功知馬、阮調兵遣將的用心，感慨地說：

北征南戰無休，鄰國蕭牆盡讎。架砲指江州，打舳艫捲甲倒走。

又說：

> 硬邦邦敢要君的渠首，亂紛紛不服王的群寇；軟弱弱沒氣色的至尊，鬧喧喧爭門戶的同朝友。

孔尚任藉黃得功之口，將那時南明小朝廷君主的昏憒、官僚將士間的矛盾表露無遺。馬士英這一道命令，左兵擋住了，卻洞開北方大門。四鎮的內鬨為南明埋下敗亡之幾，至此又添一致命之變數。馬、阮之禍害，不可謂不深。

馬士英迎立福王，本非眾望，有一大半力量來自四鎮的武力後盾，因此事成之後，四鎮都進封爵位，歡歡喜喜回到汛地。史可法雖入閣為兵部尚書，卻督師江北，朝中大權完全在馬士英手中。《桃花扇‧爭位》即寫四鎮互不謙讓的現象。史可法邀四鎮共商大事，侯方域對史可法說：「高傑鎮守揚、通，兵驕將傲，那黃、劉三鎮，每發不平之恨，今日相見，大費調停，萬一兄弟不和，豈不為敵人之利乎？」史可法有心要勸撫，可是四鎮宿怨已深，果然爭鬥不休。即使史可法出面調停，他們還是僵持不下，史可法悲痛道：

> 四鎮堂堂氣象豪，倚仗恢復北朝。看您挨肩雁序，恰似好同胞，為甚的爭位失了同心

好，鬥齒牙變了協恭貌？一個眼睜睜同室操戈盾，一個怒沖沖平地起波濤。沒見陣上逞威風，早已窩裡相爭鬧，笑中興封了一夥小兒曹。

敵兵未至卻已鬧成一團，歸根究柢，與馬士英為立福王借重他們，事成之後一律封爵有關。「土橋之役」⑯，高傑與黃得功結下怨仇，而高傑所在又是揚州繁華之處，利益有此不均，引起一黃二劉三鎮的不平，這是遠因；四鎮中只有黃得功較為驍勇忠義，餘高傑以淫毒著，劉澤清為人性恇怯，懷私觀望，劉良佐雖亦驍勇善戰，然亦多為自己的利害計較。四鎮於封爵後，挾著不可一世之風，又因新仇舊怨，衝突不已，不思為國戮力，反在權位上爭意氣，拔扈而難以駕馭；福王一味耽溺聲伎，馬、阮也僅專力於結黨營私，因此朝廷對四鎮無嚇阻之力，這是造成四鎮自相殺戮的近因。《石匱書後集・黃得功列傳》云：「我明受流賊之禍烈矣，吾謂受流將軍之禍更烈於流賊。」（卷三十八）張岱所謂的「流將軍」，指的就是四鎮。一朝身膺「中興」大任的君臣，卻君不君、臣不臣，對於四鎮汲汲於爭位，無怪乎史可法要說「笑中興封了一夥小兒曹」；而張岱更直接說「流將軍之禍更烈於流賊」！四鎮之爭，醞釀南明敗亡之命運。

註釋

①《明史・魏忠賢傳》云：外廷文臣則崔呈秀、田吉、吳淳夫、李夔龍、倪文煥主謀議，號「五虎」。武臣則田爾耕、許顯純、孫雲鶴、楊寰、崔應元主殺僇，號「五彪」。又秦部尚書周應秋、太僕少卿曹欽程等，號「十狗」。又有「十孩兒」、「四十孫」之號。

②孝宗崩，子武宗立，武宗在位十七年崩，無子。時孝宗弟興獻王有子朱厚熜，倫序當立，皇太后乃與內閣首輔楊廷和以武宗遺詔迎立，是為世宗。

③《明史・嚴嵩傳》云：「帝自十八年葬章聖太后後，自二十年宮婢之變，即移居西苑萬壽宮，不入大內，大臣希得謁見，惟嵩獨承顧問，御札一日或數下，雖同列不獲聞，以故嵩得逞志。」（卷三〇八）

④見張治安《明代政治制度・內閣的票擬》，頁七七。

⑤同上註④，頁八〇。

⑥見趙翼《廿二史劄記・明代宦官》，稗史說嚴嵩看到都大吃一驚，以多藏厚亡為慮。

⑦《明史・魏忠賢傳》云：「忠賢冒款汪燒餅、擒阿班歹羅銕等功，積廕錦衣衛指揮使至十又七人。其族孫希孔、希孟、希堯、希舜、鵬程，姻戚董芳名、王選、楊六奇、楊祚昌，皆至左、右都督及都督同知、僉事等官。又加客氏弟光先亦都督。魏撫民又從錦衣改尚寶卿。而

忠賢志猶未極，會袁崇煥奏寧遠捷，忠賢乃令周應秋奏封其從孫鵬翼為安平伯。再敘三大工功，封從子良棟為東安侯，加良卿太師，鵬翼少師，良棟太子太保。……時鵬翼、良棟皆在襁褓中，未能行步也。良卿至代天子饗南北郊，祭太廟。於是天下皆疑忠賢竊神器矣！」（卷三〇八）

⑧ 《明史》卷一二〇載：「（潞王）翊鏐好文，性勤飭，恒以歲入輸之朝，助工助邊無所惜。」世子常芳嗣，有乃父之風，流賊擾秦、晉、河北時，曾捐歲入萬金輸餉，故史云「時諸藩中能急國難者，惟周、潞二王。」

⑨ 梃擊、妖書、移宮三案，趙翼《廿二史劄記・三案》載之甚詳，見該書卷三五。由於三案中，東林黨人與福王父親常洛、祖母鄭貴妃有舊怨，故東林黨諸大臣亦害怕立福王後，福王會伺機報復，故倡立朱常淓。

⑩ 張岱《石匱書後集・福王世家》云：「阮大鋮深恨東林，欲報復之，與馬士英謀曰：『東林黨人，恨入骨髓，不殺盡東林，不成世界。幸喜有一與東林為世仇者，近在淮安，若立為天子，則東林必殺盡乃已！』」此人即指朱由崧。

⑪ 《明史》一二〇卷載由崧父常洵「日閉閣飲醇酒，所好惟婦女倡樂。」由崧亦頗有乃父之風，史傳說他「性闇弱，湛於酒色聲伎。」張岱《石匱書後集・福王世家》說他「為人佻㑇輕

狂，無藩王態度。」

⑫ 此見《石匱書後集・馬士英阮大鋮列傳》，馬家即指馬士英家。

⑬ 顧炎武《日知錄・生祠》條云：「《漢書・萬石傳》，石慶為齊相，齊人為立石相祠；〈于定國傳〉，父于公為縣獄吏，郡中為之立生祠，號曰『于公祠』；《漢紀》，欒布為燕相，有治跡，民為之立生祠，此後世生祠之始。」（卷二三）

⑭ 童氏自稱是福王的繼妃，福王即位後，高傑等送她到南京，福王不認她，並將她發交錦衣衛嚴刑拷打，不久死在獄中，此為偽皇后事件。福王即位不久，有一自稱崇禎太子的王子明，也從北方來南京，被送交錦衣衛。諸將多不信其為偽，抗疏為太子訟冤，此為偽太子事件。後來都成為左良玉等「清君側」的一部份理由。

⑮ 阮大鋮建議，以左兵東來，要立潞王監國為由，調派三鎮之兵。

⑯ 四鎮初封，史可法慮高傑跋扈難制，置黃得功於儀真，陰以為牽制。萊登總兵黃蜚將之任，因與黃得功同姓，稱兄弟，故移書請兵備非常。黃得功率三百騎由揚州往高郵。高傑素忌黃得功，又疑圖己，於是伏精卒道中，此役中，黃得功兵頗傷，曾上訴朝廷，欲與高傑決一死戰，後經史可法調停才止，但雙方已結下仇恨。事見《明史・黃得功傳》（卷二六八）。

第二節　對篡奪者及貳臣之批判

歷代興亡，總是新興勢力取代舊有勢力，且大多經過武力篡奪。篡奪者以勝利的姿態，取得政權，建立起新的王朝。為了鞏固新王朝的統馭能力，對舊有勢力要進行一番掃除工作，或以高壓手段，或以籠絡手段，篡奪者往往會遭遇某些舊王朝的臣子的抗拒，那些臣子認定新王朝是不合法的政權，因此會採取不妥協的態度，對篡奪者的掠奪行跡加以批判。

另外，自古「父子有親、君臣有義、夫婦有別、長幼有序、朋友有信」這五倫，一直規範著人與人之間相互對待之禮，此禮教形成泛道德的標準，人人在五倫的軌道上，謹守自己的本分。若人人恪守本分，則家庭和樂，社會安寧，若不守本分，做出犯上悖義之事，則社會即難以安寧。因此，早在春秋時代，齊景公問政於孔子，孔子即說：「君君，臣臣；父父，子子。」齊景公贊同地說：「善哉！信如君不君，臣不臣；父不父，子不子，雖有粟，吾得而食諸？」的確，在君主專制時代，當君不君，臣不臣，父不父，子不子時，那就表示這個國家的人倫關係有了極大的問題，社會就將有亂象產生。其中君臣關係涉及政治倫理，對政治的安定與否，具有更重要的意義，因此以下犯上是不容於道德的事。

王夫之云：

以天下論者，必循天下之公，天下非夷狄盜逆之所可尸，而抑非一姓之私也。惟為其臣子者，必私其君父，則宗社之亡，而必不忍戴異姓異族以為君。（《讀通鑑論卷末．敘論一》）

所謂「忠臣不事二主」，臣子對天子有忠貞的天職，需從一而終，不可半途變節，節操甚至被看得比生命還重要。

在古時大統一的時代來說，萬一某朝運祚終了時，臣子往往以死節來表示自己的忠心，即使不死，也該以遺老的心態隱居不管世事，而不該在新的王朝裡謀祿。若未能死節，反在異姓朝裡謀祿，其人格上就會被抹上污點。事於異姓之朝，已為人所不恥，若事於異族之朝，則更干犯民族氣節，屬不忠不義之舉動。

明末清初這些劇作，本著江山為異族接掌這個大背景，因此，劇中難免涉及華夷之辨，那些腆侍二朝的臣子，亦與亂政誤國的權臣閹宦一樣，成為劇作家筆下所要撻伐的人物。李玉、洪昇、孔尚任都對篡奪者及貳臣加以批判，但他們處於清政權的統治下，不敢明白指向清廷，因此借不同的方式來批判，如李玉《千鍾祿》以明初燕王篡奪大位為背景，在「易主非他姓」的政權轉移下，他以對篡奪者及貳臣的指斥，來寄寓異族入侵的苦痛；孔尚任《桃花扇》以明末闖賊李自成入北京為背景，探討二姓的貳臣，當然對清廷的批判，也常意在言外；洪昇《長生殿》借唐天寶年間，藩將安祿山入京為王，直接表現華夷不兩立的觀點，由戲中對安祿山的辱罵，及對貳臣醜惡的描述，亦可看出他對篡奪者及貳臣的譏刺。本節即就此三種類型的篡奪者及貳臣，來看劇作家對他們的批判。

一、「易主非他姓」的成祖朝

朱元璋有天下之後，因懲宋、元宗室之弱，而於洪武三年時，封皇子樉為秦王、棡為晉王、棣為燕王、橚為吳王、楨為楚王、榑為齊王、梓為潭王、杞為趙王、檀為魯王、從孫守謙為靖江王。太祖在洪武十五年定都南京後，諸王也漸漸長大，陸續被派到封國去。諸王在自己的封地建立王府，設置官署，公侯大臣晉見親王都要俯首拜謁。但有一條規定，就是諸王不得干預地方民政。諸王的特權是軍事指揮①，太祖意在令諸藩外能壯藩衛而實無事權，其中較有雄才的如燕王、晉王等，統兵以鎮邊塞，其護衛甲士較多；分封內地的，不過設三護衛，以免有尾大不掉之患。太祖的考慮不可謂不深，但葉伯巨覺得這種「分封太侈」的情況非常不妥，於洪武九年上書云：

> 先王之制，大都不過三國之一，上下等差，各有定分，所以強幹弱枝，遏亂源而崇治本

> 耳。今裂土分封，使諸王各有分地，蓋懲宋、元孤立，宗室不競之弊。而秦、晉、燕、齊、梁、楚、吳、蜀諸國，無不連邑數十，城郭宮室亞於天子之都，優之以甲兵衛士之盛。臣恐數世之後，尾大不掉，然後削其地而奪之權，則必生觖望，甚者緣間而起，防之無及矣。（《明史・葉伯巨傳》卷一三九）

葉伯巨頗有遠見②，可惜當時躊躇滿志的太祖看了上書，大為震怒說：「小子間吾骨肉，速逮來，吾手射之！」後來果然將葉伯巨下刑部獄，死於獄中③。趙翼《廿二史箚記・明分封宗藩之制》即分析說：

> 一在以王府之尊而居於外郡，則勢力足以病民；一在支庶藩衍，皆仰給縣官，不使之出仕，及別營生理，以至宗藩既困，而國力亦不支。（卷三二）

諸王體統極尊，居於外郡，常有擾民之事發生，而他們又不能出仕或謀其他營生，支庶繁衍愈多，他們的生活愈困，國力也因歲祿太多而愈乏，久之必有弊端發生。果然，太祖崩後不久，即禍起蕭牆，釀成燕王篡奪之事實。建文帝自在東宮時，即感覺到諸藩不易控制而引為憂，即位後，採取兵部尚書齊泰及翰林學士黃子澄的建議，一年之內就先後把有不法行跡的周王、代王、齊王、岷王廢為庶人，湘王畏罪自焚死。如此強烈的削藩手段④，引起其他諸王的恐懼。燕王勢力最強，最為桀驁不馴，平常即有陰謀不軌的情況，是建文帝削藩的主要目標。但他見建文帝已開始行動，也就以「靖難」為名，舉兵攻向南京。當燕王攻入南京金川門時，宮中火起，建文帝自焚宮中或出亡，也因此成為歷史懸案。究其遠因，實肇始於太祖之侈於分封，導火線則是建文初立即急於削藩所至。

此種以叔篡姪之位，政權取得之合法與不合法，即見仁見智，如方孝孺之寧死，不為成祖草詔，即顯示他不承認彼為合法政權，而有些臣子則以「易主非他姓」，繼續做成祖朝中的大臣。李玉《千鍾祿》多據史仲彬《致身錄》編撰而成，主要站在建文帝的立場，以建文為正統，而攘奪者成祖則是非法的政權擁有者。那些建文朝的官吏，見燕王得勢，紛紛俯首稱臣，這些都是李玉所不恥的人物。李玉於明亡後，特以「靖難」為背景，筆者認為他不單純只在憑弔建文遜國之事，王安祈《李玄玉十三種曲研究》中云「此劇借建文遜國事寫亡國之痛」（見第二章第九節），李玉於劇中寄寓亡國之痛，此劇具有現實意義，劇中的燕王篡奪帝位，應有影射清廷入關之意，如此則其對成祖及貳臣的指控，更有其沈痛之意。

劇中成祖召方孝孺，方孝孺以孝服進見，在方孝孺的心目中，皇帝已崩殂，成祖並非合法的皇帝，所以當要帶他去見成祖的人說是奉萬歲爺的旨時，他答說：「吓呢，他個藩服臣僚，怎生個萬歲爺聲聲叫！」當別人要他換掉孝服，穿上冠服見成祖時，他說：「咳，君父之喪，焉有易改，闔把那綱常一擔挑，骨磷磷是再世夷齊，看不得惡狠狠當年莽操。」他與成祖的對話更可表現出他對新朝的不承認：

成祖：方先生請了，寡人靖難渡江，應天正位，群臣盡皆朝賀，先生何故服此不祥之衣來見寡人？

孝孺：子服親喪，臣服君喪，古禮昭昭，豈容改易？

成祖：律設大法，禮順人情，獨不能為新君一轉移乎？

孝孺：天無二日，民無二主，孝孺惟知有故主，不知有新君。

成祖：咳，先生，寡人此來欲法周公輔成王耳。

孝孺：如今成王安在？

成祖：他已自焚，非寡人加害。

孝孺：成王既亡，何不立成王之子？

成祖：國賴長君，他兒子幼小，豈能主持國事？

孝孺：何不立成王之弟？

成祖：先生，此寡人家事，先生不必多言，況寡人係高皇帝嫡子，繼高皇帝大統，亦復何辭？

孝孺：高皇帝平定天下，傳與東宮，東宮天歿，傳與皇孫，誥命昭昭，祖制鑿鑿，豈容紊亂？

兩人辯駁之間，成祖以各種便巧，欲為自己脫罪，而方孝孺義正辭嚴，以堅持法統為其一貫之主張，也就是說，雖然成祖是高皇帝的嫡子，但在法統的傳承下，成祖還是非法的政權擁有者，何況由於成祖的大舉進兵，害建文自焚，此乃弒君之罪，罪不容誅。成祖在無辭以對時，竟以「寡人家事」為遁辭，大有不必要外人管的意思，但天下大位，相關全民福祉，果能以「寡人家事」視之嗎⑤？李玉安排這段對話，欲借成祖與方孝孺兩人對辯之中，闡明他對成祖朝政權取得不合法的觀點。

劇中對於成祖的殘忍手段，表現在第十折，借建文逃亡途中所見來寫。當建文與程濟逃亡途中，聞有車輛兵馬擾嚷，遂躲到一邊觀看。其中有暴露的尸骸，首級驅馳要梟示他方；以忠臣自居，不屈服在燕王手下的，也被追趕著要發落；即使是無意事新朝，歸隱山林之人，也都被找出來。總之斬的斬，剮的剮，也有九族、十族全誅的。

成祖懷疑建文逃亡，所以派了幾路人馬，分頭追緝，必欲擒之而後已。由於成祖非法取得政權，故對可能逃亡的建文追殺不已。

至於貳臣，劇中嚴震直自言：「久任歷三朝，冠沐皇恩浩。」史傳說他曾在洪武朝任官至尚書，建文朝督餉山東，後致仕，永樂朝召，復出為官⑥。他被成祖派到雲南去查緝建文蹤跡，當他見到建文時，有一段精采對答：

建文：我是出家人，取我則甚？
嚴：什麼出家人，你是建文君罷了。
建文：吓，你既認得我是建文君，難道我不認得你是嚴震直麼？
嚴：認得我便怎麼？
建文：唉，嚴震直，你歷朝四載受恩邀，職受尚書非小。
嚴：已往之事，說他怎麼！
建文：啊呀，從來冠履難顛倒，怎放縱無端輕藐？
嚴：那個來欺藐你？
建文：既不欺藐，為甚不低恭折腰？言憨直，意咆哮！

嚴：我奉巍巍聖旨遍遊遨，特地遠尋山凹。

建文：奉什麼聖旨？

嚴：啊呀，難道不曉得的，當今皇上靖難以來，御極一十六載，仍授我尚書之職。

由這段對話知，在嚴震直心目中，是肯定「靖難」之役，成祖是合法的皇位擁有者。他將建文囚在車中，欲解往京師。途中，程濟欲救出建文，和他也有一段精采對話：

程：嚴老先生請了，恭喜賀喜！

嚴：我兩次入山尋你不見，如今來怎麼？

程：程濟特來賀喜。

嚴：賀什麼喜？

程：逆朝訪大師一十六載，費了無數兵馬米糧，如今老先生獲著解去，自然千金賞，咳，萬戶侯了。

嚴：我身奉御差，幸不辱命，只是兩次尋你不見，我也罷了，你何必又來送死？

程：足見你的美意了。

嚴：不是吓，我和你同朝之誼，朋友之情，何忍眼睜睜置你於死地？

程：多感！我且問你，此是何人？

嚴：是建文君。

程：咦！嚴震直，你道朋友之情，同朝之誼，尚然假惺，難道君臣之誼忘了嗎？

程濟特拈出「君臣之誼」，嚴震直頗顧惜自己和程濟的「朋友之情」、「同朝之誼」，卻罔顧他和建文帝曾有的「君臣之誼」。依理「君臣之誼」應先於「朋友之情」、「同朝之誼」才對，嚴震直卻反其道而行，因此程濟說他恐不能流芳百世，而會遺臭萬年。

嚴震直以「易主非他姓」狡辯，認為自己並未違君臣之誼。程濟一時未能說服嚴震直，轉而向眾軍士進行心理統戰，一番痛徹心脾的哭訴，感動了眾士卒之心，眾士卒記起他們都曾是建文帝的子民，都吃過建文帝的糧餉，因此不願負不忠不義的罪名，就都要棄甲歸去。程濟說那些軍士勝似嚴震直那批「沐猴冠帶，行豺狼」的官吏，喚醒嚴震直的忠良之心，自刎而死⑦。

嚴震直終知悔改，仍算不虧臣節，而陳瑛則是至死不悔改的道地貳臣。

〈奏朝〉⑧一折中，陳瑛一上場即道：「只道終身葬九淵，忽然滄海變桑田，百年富貴從新起，一品高官定占先。」史傳載他曾被湯宗告受燕王金錢，通密謀，而逮謫廣西。燕王稱帝，對他而言是大轉機，於是他就盛氣凌人，準備以「三寸如刀舌，惹起千家愁」。他上奏成祖「逆黨甚多，必須大行殺戮，纔除後患」，成祖對朝中諸多臣子早就心懷恨意，經他慫恿，即大肆殺戮，如齊泰、黃子澄等，均遭毒手。

方孝孺入朝時，陳瑛亦進朝，方孝孺譏他是賊臣，說他：

恁烏帽珠袍傳呼導，喜孜孜承恩新官誥，全不為邦家痛、君王悼，一謎個弄么魔、逞桀鶩，啊呸！罵殺恁叛逆鴟鴞。

史傳載陳瑛「天性殘忍，受帝（成祖）益務深刻，專以博擊為能事」，他上奏成祖，那些效死建文的大臣，與叛逆無異，都該誅戮。胡閏之獄，所籍就數百家，欲令諸忠臣無遺種，其性之殘酷可見。（《明史‧奸臣傳》卷三〇八）

二、對闖賊亡國，偽官事賊的批判

孔尚任《桃花扇》取材於南明實事，他企圖通過場上歌舞，來透視有明三百年基業，到底隳於何人？敗於何事？消於何年？歇於何地？這種企圖心令他必須站在歷史的一個高點，以宏觀的角度做一俯瞰。歷史舞臺上出現的人、事、物，他都必須觀照到，尤其他身處清朝，清朝是代明朝而有天下者，他在劇中如何安置清朝的位置，值得探索。

一向論《桃花扇》者，都抱肯定態度，認為它寫出深沈的興亡之感，揭露權奸佞臣把持朝政，以致邦國淪喪的事實，因此認為它是一部愛國思想濃厚的現實主義作品。但近來有人質疑這個論點，如劉輝〈《桃花扇》是偉大的愛國主義作品嗎？〉一文⑨，即抱持懷疑態度。當然劉輝基於馬克斯主義階級分析，認為李自成等歷史上視為流寇的亂民，應是人民英雄，他們糾眾與朝廷抗衡，是農民起義的行為，是一種波瀾壯闊，欲與封建統治者對抗的人民革命。我們擺脫這種意識形態的解析法，還歷史一個本來面目，當時流賊之形成，雖為整個歷史環境使然⑩，明廷之腐敗固然難脫干係，但流賊也並非如劉輝所說，是站在人民立場起義的，他們也是到處燒殺虜掠，擾民不輕。劉輝站在所謂人民的立場，質疑《桃花扇》是否一部愛國主義的立場，並不是很客觀，但他在文中所指出《桃花扇》裡某些地方，孔尚任站在清朝統治者立場而言，對清皇帝歌功頌德之處，可以進一步探究。

孔尚任以漢人子弟處在清王朝鞏固時期，熊熊的野心驅使他熱中於功名的追求，但由於他早年即措意於南明史事的搜集，以及他來往交接者，有許多是明遺老，因此對舊時代的緬懷，對新時代的憧憬，在他身上產生激盪。在新、舊時代的交接點上，我們也許要問，他「該」認同那一個朝廷？基於形勢，他得認同清廷，基於情感，他對明朝也該有份緬懷。在此種情況下，他的情感指歸是複雜的。不過在《桃花扇小引》中，他明白地將傳奇的義旨與《春秋》等同，他創作《桃花扇》的動機，是要以史家手眼，對南明朝的始末做一番批判，以達到警世易俗，贊聖道輔王化之功。以史家自居的他，應儘量客觀地對南明史事及流賊、清廷對明朝侵擾做忠實的披露，但他身為大清子民，又逢清廷頗多忌諱的時期，為求自保只好有所割捨，但他又不甘於此種割捨，所以運用巧妙的手法表現，留一些空間給觀者自己琢磨。他的手法是借誇大闖賊亡明事跡，含概清兵亡明事實，並借對降闖賊貳臣的批判，含蓋對降清貳臣的批判。

《桃花扇》中，處處流露出興亡之感、黍離之悲，可是孔尚任的矛頭雖指向闖賊，事實上遺民們心目中的痛，清人是更甚於闖賊，基於情勢不能直指，只好將一切依託在闖賊身上，北京也的確先陷入闖賊之手，後來真正據有天下的是清人。孔尚任不像洪昇，以前朝的史事綴入戲曲，可以盡情抒發華夷之慨，所以在《桃花扇》中，他對清廷歌頌，對闖賊卻恨之入骨，極盡醜化，事實上他將對清廷的罵，寄託在闖賊身上，誇大闖賊惡跡，這乃是出於客觀形勢的限制。

《桃花扇》的體例，與一般傳奇不一樣，是經過作者特別設計的，全戲共有四十齣，可是卻在上下卷的前後，各添入一齣，共演四十四齣⑪。在這幾齣當中，常常是「作者有話要說」，作者利用劇中角色，跑出來和觀眾說說話，這其實也是利用優伶「言無郵」的優位性來發揮。如試一齣〈先聲〉裡出現的老贊禮，梁啟超說他是孔尚任的化身⑫，老贊禮出場時如此介紹自己

古董先生誰似我？非玉非銅，滿面包漿裹。剩魄殘魂無伴夥，時人指笑何須躲。舊恨填

胸一筆抹，遇酒逢歌，隨處留皆可。子孝臣忠萬事安，休思更吃人參果。

他原是南京太常寺一個老贊禮，活了九十七歲，閱歷人生多少興亡，因此最喜無災無禍。這些話，把一個曾經滄海的人的無奈表現出來。誰不企盼太平歲月，但邦國敗亡，填胸的舊恨果真能一筆勾銷嗎？如果他真看得開，為什麼看《桃花扇》時，會哭一回、笑一回、怒一回、罵一回！

那時正是康熙二十三年，他盛贊「堯舜臨軒，禹皋在位，處處四民安樂，年年五穀豐登。」孔尚任的確曾受康熙特別的眷顧（見前第二章第三節），這也許是他對康熙出於心裡的一種感恩之情，或者出於時諱。劇中還提到當年有十二種祥瑞出現⑬，那十二種祥瑞其實是雜湊而成，與其說他歌頌清廷，不如說他是在清廷政權的統治下，演戲之前的一段皆大歡喜的開場白。後面他引張道士〈滿庭芳〉介紹全劇大意，其中有「半夜君逃相走，望煙波誰弔忠魂？」曲中沒有明指清人，但有心人該知道，是誰逼得弘光朝君逃相走的？是誰逼得史可法要以身殉國的？

閏二十齣〈閒話〉，孔尚任安排藍瑛、蔡益所、張瑤星三人巧遇⑭，一起喝酒談天，在他們三人問答中，將北方的情況描述出來，張瑤星說闖賊進城後，明臣子中，有的逃，有的藏，有的被殺，有的自殺，更有的「進朝稱貢，做闖賊的官」。此處他推崇清廷說：「大兵進關，殺退流賊，安了百姓，替明朝報了大仇；特差工部查寶泉局內鑄的崇禎遺錢，發買工料，從新修造享殿碑亭，門墻橋道，與十二陵一般規模。」這些事，清廷確實有做，但恐怕是基於初入關，為了安撫人心而做，孔尚任如此歌頌，是為了討好清廷⑮。蔡益所問那些殉節文武的姓名，想為他們編成唱本，傳示四方，叫萬人景仰。藍瑛認為那些投順闖賊的不忠不義臣子的姓名，也該流傳，叫人唾罵。事實上闖王李自成在北京只停留四十天，他本就無心經營北京，也沒有很刻意去收拾民心，而那些見風轉舵的臣子，也一直在觀望中。甲申四月，李自成登基後即撤出北京，五月清兵入關，那些不忠不義的臣子當然順勢投降清兵，所以張瑤星所記下的貳臣名單，那時算是歸順清朝的，只因避諱，仍舊說是歸順闖賊。

緊接著「加二十一」齣〈孤吟〉中，老贊禮又現身說法，他說出看完上半場戲的感想是：

> 演得快意，演得傷心，無端笑哈哈，不覺淚紛紛。司馬遷作史筆，東方朔上場人。只怕世事含糊八九件，人情遮蓋兩三分。

這「世事含糊八九件，人情遮蓋兩三分」即很耐人尋味，既以史筆贊之，為什麼還要有所遮蓋、含糊呢？孔尚任信誓旦旦要有《春秋》義旨，卻又明著告訴大家，他有所含糊、遮蓋，這不是自相矛盾嗎？此種有意的矛盾，有其現實上的考量。清兵入關後，江淮間流行一首民謠，最可以為明、闖賊、清三者關係下一註解：

> 朱家麵，李家磨，做成一個大饃饃，送給對巷趙大哥。

明廷與闖賊長期戰鬥，就猶如鷸蚌相爭，兩方相持不下，徒然耗費精力，而清廷就如漁翁，輕而易舉地將二者置入魚簍中，成為最後的贏家。

續四十齣〈餘韻〉中，老贊禮、蘇崑生、柳敬亭俱已歸隱山林，不管世事，某日有皂隸來訪拿山林隱逸。老贊禮說那些山林隱逸，都是文人名士，不肯輕易出山。皂隸卻說那些文人名士，都是「識時務」之流，三年前就已出山，對事清貳臣不無諷刺之意。老贊禮又說徵求隱逸是朝廷盛典，地方官當以禮相聘，怎麼用「拿」的！皂隸拿出專門拘捕人犯的籤票給他們看，他們趕緊溜之大吉。此處又暗指清廷對不順服的遺老，採取的是惡劣的手段。孔尚任寫來含蓄，放在最末一齣，由幾位遺老說出，是有所寓意。

三、對異族入侵及事奉異族貳臣的批判

滿清原為東北一帶的女真族，明太祖時即設立遼東都司，明成祖時設立奴兒干都指揮使司，之後，女真酋長們帶著政府頒發的「印信」，定期納貢，並為明廷保衛疆界；明廷若有所徵召，他們也聽命相從。漢民族與女真族的貿易往來，頻繁而熱鬧。可以說，滿清曾受封於明朝，後

來，明朝內部腐敗，黨爭惡化；而北虜（蒙古族）、南倭（倭寇）等，又令明廷疲於應付，在此同時，女真族內部各族也在合併、統一之中，勢力漸漸強大，終至滅了明朝。這種時勢逆轉，對一向以自居天下之正的華夏民族而言，不只是改朝換代這樣單純的歷史嬗變，且是一次天翻地覆的異族入侵，對於民族自尊心，是一項很大的考驗，也因此激起強烈的民族意識。

滿清以異族入關，對漢人採取高壓及懷柔雙重手段，漢人敢怒不敢言，洪昇的《長生殿》，以唐時安祿山篡奪事蹟為張本，寫出異族入侵興亡之恨。因為安祿山也曾受唐明皇之封，享唐祿卻恩將仇報，以討楊國忠為藉口，反於范陽。其行徑與滿清相類，故洪昇得以借此劇大罵清廷。又明朝士大夫殉國者雖不少，而降清者猶多，那些貳臣，洪昇猶得見，正好借此劇大加撻伐。

在〈疑讖〉一折中，洪昇即借郭子儀之口說安祿山是「野心雜種牧羊的奴」，看安祿山蜂目豺聲，定是個狡徒，郭子儀嘆唐明皇竟將此種野狼引入家門，所謂「引狼入室」，後果堪慮。

〈罵賊〉一折，脫胎自唐鄭處誨《明皇雜錄》補遺中的一段記載：

> 天寶末，群賊陷兩京，大掠文武朝臣及黃門宮嬪樂工騎士，每獲數百人，以兵仗嚴衛送於洛陽。……祿山尤致意於樂工，求訪頗切，於旬日獲舊梨園弟子數百人，群賊因相與大會於凝碧池宴。偽官數十人大陳御庫珍寶，羅列於前後，樂既作，梨園舊人不勝歔

> 欷，相對泣下，群逆皆露刃持滿以脅之，而悲不能已。有樂工雷海青者，投樂器於地，西向慟哭，逆黨乃縛海青於戲馬殿，支解以示眾，聞之者莫不傷痛。

此段記載充滿忠節與奸佞之對比，平日僅供主上娛樂的梨園伶工，不因安祿山之優寵而歡喜，反而在群賊一片歡樂聲中，發出歔欷之嘆，淚眼相看。再看那群偽官，平日以朝廷中流自居，叛賊來了，非但俯首稱臣，且拿出宮中的珍寶陳列於群賊面前，任其褻瀆。貳臣們在群賊面前承應共樂時，梨園子弟卻在白刃當前，仍掩不住心情的悲痛，其中雷海青甚至投樂器於地下，表白不與賊共的決心，所謂「知恥近乎勇」，雷海青知道事仇之恥而激發出抗敵的勇氣。如此可歌可泣的事蹟，正可以讓洪昇盡情表現，他利用優伶「言無郵」的特性，讓舞臺上的「雷海青」抒發對異族的痛恨。

〈罵賊〉中，雷海青自語道：

> 恨只恨潑腥羶莽將龍座渰，癩蝦蟆妄想天鵝啖，生克擦直逼的個官家下殿走天南。你道恁胡行堪不堪？縱將他寢皮食肉也恨難劖。

雷海青將安祿山比為一隻滿身腥羶的癩蝦蟆，卻恬不知恥地要吃天鵝肉，所謂「天鵝肉」，指的是皇帝大位，劇中明指大唐帝位，事實卻是指大明帝位，由於安祿山的入侵，逼得大唐皇帝幸蜀，相同的因滿清的入關，迫使明宗室偏居南方。

雷海青甚且當著安祿山的面罵道：

> 安祿山，你本是失機邊將，罪應斬首。幸蒙聖恩不殺，拜將封王。你不思報效朝廷，反敢稱兵作亂，穢污神京，逼遷聖駕。這罪惡貫盈，指日天兵到來誅戮，還說什麼太平筵宴！

安祿山原是一個戴罪立功的藩將，本該戮力保衛疆土以報效朝廷，沒想到他恩將仇報，反而篡奪大唐江山。這和原本臣屬於大明皇朝的女真，卻趁勢奪取大明江山有何兩樣？

至於那些貳臣的嘴臉，也是借雷海青的口說：

> 那滿朝文武，平日裡高官厚祿，蔭子封妻。享榮華，受富貴，那一件不是朝廷的恩典，如今卻一個個貪生怕死，背義忘恩，爭去投降不迭。只圖安樂一時，那顧罵名千古！

讀書獻策的之人，過慣錦衣玉食的好日子，平日裡拿仁義道德來妝點門面，開口閉口忠孝仁愛，一副聖賢姿態，真正大禍來臨，馬上像牆頭草一樣，隨風轉個方向，依舊享受既有的權益。安祿山在凝碧池上宴太平時，幾位偽官謂「今日新天子，當時舊宰臣。同為識時者，不是負恩人。」他們為安祿山及自己的忘恩負義，解釋為「識時務」之舉，歡歡喜喜地接受安祿山的策封，繼續享著高官厚祿。對於雷海青的辱罵，他們毫無悔咎之意，當雷海青觸怒安祿山被斬時，他們還說「殺得好，殺得好」，不相信忠臣值得什麼錢，還嘲笑雷海青沒戴過烏紗帽，所以識見淺。忠臣也許不值錢，但「忠」之一字，卻是無價之寶，它代表一種人生的理想，即使像雷海青這樣的小人物，都可以執著這個理想，而那些大臣卻視為不識時務之舉。洪昇要強調人要爭的不是一時之榮辱，而是千古之英名。此種道德理想，應是劇作家所要揭示的。

【註釋】

①《皇明祖訓》規定：親王的護衛兵歸親王指揮，遇有急事，親王封區內的衛所守鎮兵也一併歸親王指揮。朝廷要調兵，必須同時發蓋有皇帝御寶的文書給親王和守鎮軍官，親王接到御寶文書後再發令旨給守鎮軍官，而守鎮軍官必須同時接到御寶文書及親王令旨，才可出兵。換句話說，親王是地方守軍的監視人，是皇帝在地方的軍權代表。

②葉伯巨上書言三事：一是分封太侈，二是用刑太繁，三是求治太速。還向人言：「今天下惟三

事可患耳，其二事易見而患遲，其一事難見而患速。」這一件「難見而患速」的事就是指分封之事，因那時諸王還只是建藩號，尚未裂土，一般人看不出分封之弊。

③ 盛怒的太祖，原要親手射死葉伯巨，丞相乘他高興時上奏，才令下刑部獄，死於獄中。

④ 高巍主張效法漢賈誼「眾建諸侯而少其力」之議，學主父偃推恩之策，可惜不見用。（《明史・高巍傳》卷一四〇）

⑤ 此俱見〈草詔〉一折，但現行《千鍾祿》本無此折，此折存於《綴白裘》。

⑥ 劇中說嚴震直於建文朝進工部尚書，但據史傳，他是在洪武二十六年進尚書。

⑦ 據史傳，嚴震直於建文中曾督餉山東，已而致仕。成祖即位後，召見，命以故官巡視山西，至澤州時，病卒。此處李玉發揮「以劇為史」的手法，借嚴震直悟而殉主，蓋亦對忠義之歌頌。

⑧ 同註⑤，見於《綴白裘》。

⑨ 第二章第三節註⑮，筆者已稍加論述，此處再加以申論。

⑩ 孟森《明代史・天崇兩朝亂亡之炯鑑》云：「民流為賊，前亦有之，旋起旋滅。至崇禎朝之賊，遂以亡明，蓋由外困於建州，內益驅民以從賊。萬曆之末，東事既起，餉不足而加賦無已，民失其樂生之心，兵弊於軍制廢弛，班軍困於占役，而京營不足，衛所之兵，亦為豪家

供奔走，雖一諸生可役使之。重以隱占虛冒，舉天下之兵，不足以任戰守，而召募之說興，於是聚游手好閒，無尺籍可稽之民，假以器械，教之技擊，赴警則脫逃譁潰。既窮且悍之眾，遍於閭里，皆為是流賊養嘯聚之資。」（頁三九）明末政治隳弛，官逼民反，又逢連年大飢，民益困，於是聚為流賊。

⑪ 首齣述家門大意者，別的傳奇裡多有，但其他三齣，名為「閏二十齣」、「加二十一齣」、「續四十齣」，為其他傳奇所無。

⑫ 梁啟超《桃花扇註‧著者略歷及其它著作》云：「本書中的老贊禮為云亭自己寫照，原本眉批上早已說過—眉批是云亭經月寫定的。」不過筆者認為文中的老贊禮也不盡然是孔尚任的化身，這位老贊禮有時像是孔尚任的化身，有時又十足是遺老的化身，他本身即具有多重身份。

⑬ 十二種祥瑞指的是：河出圖、洛出書、景星明、慶雲現、甘露降、膏雨零、鳳凰集、麒麟遊、蓂莢發、芝草生、海無波、黃河清。

⑭ 藍瑛是畫家，從西湖要到南京訪友；蔡益所是書賈，由江溥索完債要回南京；張瑤星原為錦衣衛堂官，要往南京避難。

⑮ 至於清廷對王室子孫的追殺，孔尚任則避而不提，恐怕是怕觸時諱。張瑤星在此折中盛贊清

廷，可是在後面「入道」一齣中，卻又表明「國在那裡？家在那裡？」的黍離之悲，其人格前後之不一致，恐怕是孔尚任故意造成的疏忽，供觀者去判別。

第三節　對帝王之批判

歷來朝政的敗壞，往往是因君王耽於逸樂，又寵幸奸佞小人，讓權奸有機會把持政權。反思歷史之劇作採取歷史事實為題材，對帝王之昏憒與淫逸應有所披露，但因封建時代，皇帝位為至尊，批判當朝皇帝要有相當尺度，甚至要避重就輕。如《一捧雪》寫嚴世蕃之擅權，對於縱容嚴嵩父子坐大的世宗，卻沒有多少描述，世宗是很可以發揮的人物，他崇尚道術，一心想求長生不老，卻又淫逸為樂，屢次敕令選秀女，擾民甚多①。李玉為明人，《一捧雪》又寫於明亡之前，故其對皇帝避諱，將整個亂政重心放在嚴嵩父子身上。《清忠譜》寫魏閹黨之殘戾，當時明已亡，但他對於專寵魏閹的熹宗，也只借文震孟之口說：「堂堂天子不得庇王姬」②。李玉避居家鄉專心作劇，反省明代敗亡，他也有所感慨，只是傳統忠君的觀念，讓身為大明子民的他，也不忍對皇帝有所批評，仍舊在閹黨身上作文章。

《兩鬚眉》以黃禹金夫婦之立功為主要關節，但在最後，黃禹金招撫狄應魁，狄率兵立了大功，但朝中忌功者多，未能及時加以敘功，黃禹金只有自己再上疏，總算得到回應。然黃禹金已感到朝事日非，故拜辭鳳誥鸞章，願先骸歸故鄉。李玉借黃門官之口說：「黃老先生真可稱知幾君子了。」（〈掛冠〉）李玉表現得雖然含蓄，但已透顯對朝廷的不信任。

《牛頭山》寫岳飛的故事，其中對康王的描述，可與對金兀朮的描述做一對比，以看出康王之昏憒。康王為宋皇帝，李玉較無子民包袱，故批判較多。

清初的孔尚任、洪昇就無此顧慮，故他們可在劇中揭露皇室淫逸荒誕的生活。因此在《桃花扇》、《長生殿》中，可以見到作者對逸樂生活的描述，透過這些描述表達他們的批判，其中《長生殿》雖是寫唐明皇的事跡，卻不無借古諷今之意。

一、康王偏安任奸邪

宋室南渡，原該早計興復之圖，可是康王卻偏安一隅，《牛頭山》第一齣家門大意即云「南渡偏安，奸邪擅政，岳侯遠謗」，此話即可測知康王用人之謬。

岳飛受到宗澤的重用，立下不少汗馬功勞，劇中他說：「已曾連上奏章，勸皇帝親率軍旅，恢復中原。奈為奸臣阻抑，未奉諭旨。」（第二齣）若康王肯以身率軍，則必可激發士氣，一股作氣，揮軍中原。但康王卻苟且偏安，坐失良機。康王之所以不急於恢復中原，據說有其私心上的顧慮，因為徽欽二宗為賊所擄，中原失守，他臨危授命，定都臨安，如果中原恢復，徽欽獲釋，那他是否還能穩做皇位呢？一群短視近利的奸臣圍繞他身邊，主張議和，正和他的心意，於是他就起用這批小人，反而把一些中興大臣遠調。

李玉以金兀朮的野心反襯康王的偏安心態。金兀朮一上場即道：

> 生長龍沙，驅馳戎馬威風大；攪亂中華，弄得乾坤塌。（第三齣）

來自塞外的金兀朮，企圖心很強，他輕易攻下汴京，氣勢頗旺，一心要一統天下，可是剛巧岳飛守東京，屢次敗金兵，讓他困守而不得渡河，生起心病來。屬下看金兀朮悶悶不樂，獻上佳餚美酒，他無心享用，說：「俺只為一樁心事兒天來大，那里管珍饈百味陳，那里管中山千日佳！」屬下獻上美女來輕歌曼舞，他亦無心作樂，說：「覷姣容美娃，越叫人悶加。」美女想唱曲解悶，他說：「任鶯聲鬧蛙，又何心聽他。」美女想舞一曲，他說：「縱輕盈舞花，怎開懷慰咱！」待報子來說宋帝將岳飛遠調，改了杜充守東京，他的病全好。原來岳飛才是他心病之源，如今岳飛遠調，他心中大患已去，高興得滿地亂滾，歡喜吟道：

> 忽聽軍兵報，令人喜亂譁。如今俺到南邊去呵，渡黃河，穩把飛龍駕破，東京直恁飄殘。奪中原，若個爭強霸，只看俺靴尖踢倒太行山，少不得馬蹄兒飛向長江跨。（第三齣）

金兀朮並非不好聲色，但在更遠大的目標未達成之前，聲色之娛看不在眼裡，一知岳飛遠調，馬上氣勢如虹，要以靴尖踢倒太行山，將馬蹄兒飛向長江跨。北國男兒的英豪氣概，表露無遺。他起而調兵遣將，彷彿大宋江山唾手可得。一個主動積極，一個苟且偷安，高下立見。李玉並非異族的歌頌者，只是他已能洞悉時勢，他筆下的金兀朮，不正是當年清將領的寫照嗎？

康王用人，令忠心為國的有志之士失望透頂。當張所收到塘報，上面有關於被調動的消息，感慨地說：「岳鵬舉蓋世英雄，怎麼謫他做旗牌賤職；杜充貪殘衰藐，怎做得東京留守？朝廷如此用人，時事可知矣！」這又是一個對比的筆法，張所不禁吟道：

> 睹彈章頓教人忡忡肺腸，朝政恁乖張。恨奸邪生生黜逐忠良，把一個好長城直流遠荒；把一個斗筲人翻做棟梁。胡馬甚披猖，怎學得修齋伎倆，城門緊閉藏，倘金鼓如雷震響，少不得拜軍麾獻早投降。（第四齣）

朝廷用人不得人心，也間接打擊軍心，張所心中已有了最壞打算。

杜充是怎樣的人呢？他一上場即說道：「區區名喚杜充，胸中一字不通，文不會讀書寫字，武不曉射箭擊弓。打幹天下，第一鑽刺，不肯放鬆。先做了靖康年間的漏網，今做個南渡新主的從龍。……只要把金銀搜括，那管他保守城墉！」難怪張所形容他是個「貪殘衰薾」的斗筲人。

李綱、趙鼎被遠調，但不放心朝政，他們親見康王，涕泣相勸，要康王以興復為念，卻不料群奸在旁搖惑君心，一再強調當時正是「太平時期」。李綱等罵奸臣蠱惑皇上，卻不料皇上反斥責他們說：「你二人也要存些規矩，鴟鴞尚逞著詩書伎倆，尚逞著迂儒衰老。」李綱等要誅殺群奸，康王卻說：「也忒沒有寡人在眼中了。」由於他們所言所行均不合康王意，康王硬是將他們遠謫。不久，金兵果然一路勢如破竹南下，杜充早投誠金營。康王驚恐中沒了主張，奸小要他「三十六計，走為上著」，他只顧自己安危，不將國祚放在心上，遂言聽計從向東逃去。

由康王苟且偏安的心態，以及濫用小人、摒棄忠良的誤謬，和金兀朮的野心相比，可看出劇作家對他的評斷。

二、福王的三大罪、五不可立

本章第一節曾提到，李自成攻進北京時，崇禎自縊於煤山，消息傳到南方，雖還不被確定，但已有立新君之議。當時的兩位人選——福王朱由崧和潞王朱常淓，前者以倫序較親，後者以德行較賢，朝中大臣分為兩派，相持不下。《桃花扇・阻奸》中，馬士英致書史可法，大意是說思宗確已縊死，而太子又逃逸無蹤，故屬意立福王為新君。史可法知道即使自己不同意，馬士英亦會立福王為君，索性應許，當他欲回書給馬士英，侯朝宗卻極力反對，並舉出福王「三大罪，五不可立」諸原因。所謂三大罪是指：

（一）福邸藩王，神宗驕子，母妃鄭氏淫邪。當日謀害太子，欲行自立，若無調護良臣，幾將神器奪竊。

（二）驕奢盈裝滿載分封去，把內府金錢偷竭，而寇逼河南，竟不捨一文助餉，以致國破身亡，滿宮財產，徒飽賊囊。

（三）現今世子德昌王，父死賊手，暴屍未葬，竟忍心遠避。還乘離亂之時，納民妻女，君德全虧，怎圖皇業？

前二罪說的其實是福恭王朱常洵，神宗的第三子，其母鄭貴妃最受寵幸。據《明史・諸王傳》③略云神宗久不立太子，群臣都懷疑貴妃謀立常洵，因此交章言其事。後來雖然立光宗為太子，但亦封常洵為福王，婚費至三十萬，並營洛陽邸至二十八萬，十倍於常制。群臣奏請福王至藩者數十百奏，神宗直到四十二年才令福王就藩，這就是第一條所謂「幾將神器篡奪」。那時，神宗命稅使、礦監滿天下，每月均有進奉，其他明珠異寶等甚夥，大多賜給常洵。其餘所賜田產、鹽等不計，福王身邊官員，亦趁機擾民，至「四方姦人亡命，探風旨，走利如鶩」，終萬曆朝皆是如此。崇禎朝時，仍尊禮之，常洵每日惟閉閣飲酒，所好惟婦女倡樂，過著異常驕奢的生活。河南大旱蝗，遍地飢饉，他仍過著豪富生活。後李自成兵至遇害，這就是第二條所謂的「滿宮財產，徒飽賊囊」。

神宗因寵鄭貴妃而亦寵朱常洵，養成其奢靡淫逸的個性，最後還不得好死，徒然讓那些財寶，成為資賊之用，此乃神宗始料所未及。而常洵之子由崧，正是其父的翻版④，朱由崧生性闇弱，父死賊手，他逃到南方，繼續過他酒色聲伎的生活，因此侯朝宗數落他「父死賊手，暴屍未葬，竟忍心遠避」。

至於侯朝宗所言「趁離亂之時，納民妻女」，孟森《明代史》提到福王於崇禎十五年五月即位，八月間即以母妃命大選淑女，群閹借此機會也大加肆擾百姓，有隱匿者鄰里連坐。那時由兵科給事中言中使四出搜巷，凡是有女兒的人家，都以黃紙貼額，強行帶走，導至閭里騷然⑤。《桃花扇》因以侯朝宗和李香君二人的遇合為經緯，故特著重於福王的「選優」上面的描寫，而沒有詳述選淑女的盛況，不過孔尚任在另一本劇作《小忽雷》裡，卻有一折〈士良選秀〉，專演帝王選淑女的事。劇中借一個老儐相的口說：「如今皇上又為新登寶位，要選宮娥采女，前日張掛告示，但有女子二十歲以下，十四歲以上者，俱赴禮部報名，聽候選用，藏匿不報者，罪及四鄰。」女子一旦被選入宮中，就很難再出來與家人見面，而且也不可能人人都有幸成為寵兒，一輩子幾乎都在守活寡，所以一般人家都不願意把女兒送進宮中。孔尚任把那些有女初長成的人家形容得非常可笑又可悲，老儐相說：

> 嚇得這些養女人家，手忙腳亂。也有攔路拉去女婿的，也有上門捱送媳婦的；也有兩三家合招一個布袋的，也有五六十歲老子硬配箇黃花女兒的。那裡還揀什麼日子，備什麼妝奩！

婚姻乃人生大事，原本是非常慎重其事的，此時一聽皇上選秀女，百姓非常恐慌，有的在路上攔個人充當女婿，有的自己送到男方家中，有的讓黃花大閨女配個糟老頭，有的幾戶人家合招一個女婿，可見百姓驚慌的程度。封建時代，選秀女是皇帝的特權，不知送掉多少女人一生的幸福。而福王偏安一隅，竟也將此當為急要之事，《清史》本傳說他：「帝惟以選淑女為急。先是應天府選進三名，及司禮監選進六名，俱無可意者。特遣內監田壯往杭州，選到陳氏、王氏、李氏三人。」可知由中使四出搜來的，已經過一番挑選才送進去，有不滿意再四出去找，其擾民之深可見一斑。《清史》本傳又說他「深居禁中，惟漁幼女，飲大酒。雜伶官演戲為樂，巷談里唱，流入內廷；梨園子弟，教坊樂人，出入殿陛。」《桃花扇・選優》透過阮大鋮與弘光的對話，很戲劇化地將弘光的本性一一剖露出來。

弘光為阮大鋮所獻《燕子箋》，乃中興一代之樂，急欲點綴太平。但正月初九，腳色尚未選定，怕誤了燈節。彼時內憂外患接踵而至，弘光帝竟不自量力，以為一條黃河，幾個將領，就可以抵擋，其昏憒可知。待幾個重要角色選定，各認樂器後，他說：「十分憂愁消去九分了。」然後一邊打鼓，一邊唱道：

> 舊吳宮重開館娃，新揚州初教瘦馬。淮陽鼓崑山絃索，無錫口姑蘇嬌娃。一件件鬧春風，吹煖響，鬥晴煙，飄冷袖，宮女如麻。紅樓翠殿，景美天佳。都奉俺無愁天子，語笑喧譁。

弘光就如此偏安於南京，夢想穩穩做他的「無愁天子」，竟日在紅樓翠殿裡與眾多宮女共樂。孔尚任假李香君之口批評他們唱的是「後庭花」，隱然有「亡國之音」的感慨。

劇中侯方域所謂「五不可立」，更層層推演，以示弘光不可立的原因，五不可立是

（一）車駕存亡，傳聞不一，天無二日同協。

（二）聖上果殉社稷，有太子監國，為何明棄儲君，翻尋枝葉旁牒？

（三）這中興之主，原不必拘定倫次的分別，中興定霸如光武，要取出群英傑。

（四）怕強蕃趁機保立。

（五）又恐小人呵，將戴功擁。

首先假設崇禎也許未崩，那麼根本不可再立新主，以免二日同協。其次假設崇禎真的身殉社稷，也還有預立的皇儲可以繼位。又因太子下落不明，所以第三他認為即使要立新君，也就不必太拘於倫次，歷史上像漢光武帝，即是不拘倫序而立，同樣可以完成中興霸業。第四是他擔憂強蕃趁機保立，如此強蕃勢力增加，恐難駕馭。第五是怕馬士英等小人，將戴功擁，從此把持朝中大柄。事實上，據《清史・南明紀・安宗皇帝本紀》中姜曰廣致書馬士英說福王有「七不可」，即貪、淫、酗酒、不孝、虐下、不讀書、干預有司等，這七不可被孔尚任演申為「三大罪、五不可立」，五不可立即對當時立賢不計倫序的主張表贊同之意。

綜觀這五不可立，也是由姜曰廣所謂「七不可」，加上當時情勢推論的結果，果然在福王即位後，所有朝政委給馬士英和阮大鋮等一批奸人，引來左良玉草檄「清君側」，結果諸將自相殘殺，北邊空虛，清兵一路南下，勢如破竹。那時史可法死守揚州，弘光帝卻認為「千計萬計，走為上計」，於是帶著後宮嬪妃，要逃到南京城外，只想尋個地方苟且偷生，和康王前後輝映，他們都是一代中興君主，竟是如此沒有志氣！

弘光倉皇逃到黃得功營裡，黃得功以為弘光出巡，趕緊行君臣之禮，沒想到弘光只要黃得功保護他平安。

黃得功說：「皇上深居宮中，臣好戮力效命。今日下殿而走，大權已失；叫臣進不能戰，退無可守，十分事業，已去九分矣！」

黃得功不愧四鎮中最忠勇愛國的，只可惜沒志氣的弘光卻說：「不必著急，寡人只要苟全性命，那皇帝一席，也不願再做了。」（〈逃難〉）

如此扶不起的阿斗，明朝國祚益發飄搖不定。

《桃花扇》揭露弘光帝驕奢淫逸的本性，一個中興君主所應負起的歷史重責，弘光根本毫無深刻體認，《清史》本傳最後論說：

> 設能君臣協心，號召忠義，共謀禦敵，則國事尚有可為。……惜乎彼昏不知，致屋其社，而揚州十日，嘉定三屠，義民碧血，鑄成痛史，嗚呼！可勝慨哉！

明朝這一頁痛史，其實始於明中葉後，皇帝多昏憒荒淫，委朝政於權臣閹宦，造成國勢日衰。後崇禎雖自縊於煤山，南京仍可為興復之根據地，可惜南明朝廷跨出的第一步即不甚明智，孟森《明代史・南明之顛沛》云：「以倫序言，福王為神宗孫，乃烈皇帝從弟，潞王為神宗姪，乃烈皇帝從叔，其可嫌者甚微。而潞王兩世皆以輕財急公聞，詳具本傳。所謂賢明者不妄，明祚危懸髮，擇君宜急，不得盡緣東林黨見也。」孟氏認為明祚存亡關頭，倫序原就不是最重要的考慮之點，何況從弟、從叔之親疏，所差極微，而當時主張立潞王者，多是正人君子，若擁立得人，則當時明室氣脈尚相續，人望猶歸一，號令易於行使，那麼清人必有所顧忌，結果也許是南北分疆，而不致於全部江山盡歸清廷。立了福王，馬士英、阮大鋮挾擁立之功，又將諸臣「七不可」之議告訴福王，讓福王與諸正人搆怨，於是盡斥忠誠；又慫恿福王為其祖母復仇，盡翻逆案；朝中權柄任馬、阮使事，猶天啟朝時魏閹黨之作風，如此歷史重演，南都興復之一線光明又失。

三、驕奢淫逸的明皇與貴妃

《舊唐書・楊貴妃傳》說楊貴妃「姿質豐豔，善歌舞，通音律，智算過人。每倩盼承迎，動移上意」⑥，因此受到唐明皇集三千寵愛於一身。唐明皇早年「開元之治」為史上有名的治世，可惜晚年沈湎聲色，先後以李林甫、楊國忠為相，朝政大壞，也讓唐朝國勢由極盛而走向衰弱。洪昇《長生殿・定情》演唐明皇一出場即道：

> 端冕中天，垂衣南面，山河一統皇唐。層霄雨露回春，深宮草木齊芳。昇平早奏，韶華好，行樂何妨。願此生終老溫柔，白雲不羨仙鄉。

明皇以其治績甚佳，海內昇平而自豪，開元曾是歷史上輝煌的一頁，但明皇的壯志，卻在自我成就之後，隨著歲月而日漸消歇，老來即因「機務餘閒」，欲「寄情聲色」，他的鬥志消沈，只願終老於溫柔之鄉。如果他有此打算，就應將王位傳給兒子，以保國祚之不墜，可惜他仍戀棧王位，唐之國勢在他手中推上極盛，也在他手中由盛轉衰，其中關鍵乃在於他荒逸心之蠢動。

他由兒子壽王那裡奪來楊玉環，就是乖違倫常，這似乎也透顯出他心性的一種墮落⑦。不過洪昇並沒有在這上面作文章，劇中的楊玉環本就是一個宮女。

貴妃受到優寵，不但一身榮耀，連帶楊家一門皆榮，據史傳⑧載，其父玄琰，累贈太尉、齊國公；母封涼國夫人；叔玄珪，光祿卿。從兄銛，鴻臚卿；錡，侍御史。姊三人，皆有才貌，各封韓國夫人、虢國夫人、秦國夫人。韓、虢、秦三夫人及銛、錡等五家，每有請託，府縣承迎，峻如詔敕，四方賂遺，其門如市。其兄楊國忠更進用為宰相，專權用事。（楊國忠弄權及楊家族人之奢靡，已見本章第一節）

〈進果〉一折，由皇室的奢靡，寫出民間的疾苦。楊貴妃喜食鮮荔枝，明皇敕令涪州、海南要年年進貢，兩地到長安的路都很遙遠，荔枝盛產時正值炎炎夏日，為了滿足貴妃的口腹之慾，不惜擾民踐民。洪昇在這一折裡，非常露骨地批露皇宮擾民之狀。

劇中一位金城縣的老農夫，知道那些趕時間進貢鮮荔枝的使者，一路上踐踏許多禾苗，這位

老農特別在田中守著，希望不要讓進荔使者撞進田中。因為他們的生活平常就很沒保障，老農道

> 田家耕種多辛苦，愁旱又愁雨。一年靠這幾莖苗，收來半要償官賦，可憐能得幾粒到肚！每日盼成熟，求天拜神助。

農人看天吃飯，好容易收成不錯，卻有大半糧食是要繳入公庫的。但那至少還可保一家活口，若被踐踏，不但無糧繳庫，一家人也得忍飢受寒過日子。可惜使者還是朝田中抄捷徑而過，一片田苗自是受毀。適巧一對算命瞎子夫婦路過，也被快馬撞倒，男的腦漿蹦出，一命嗚呼！女瞎子呼天喚地，要跑馬的人償命，老農說：「那跑馬的呵，乃是進貢鮮荔枝與娘娘的。一路上來，不知踏壞了多少人，不敢要他償命，何況你這一個瞎子！」一般老百姓的性命，和貴妃娘娘的鮮荔枝比起來，是低賤多了。

進荔枝的使者怕耽擱時間，一路飛馳，一路在各驛站換馬，某驛站的驛馬年年因進貢荔枝，耗損太多，只剩一匹瘦馬，連驛官也畏罪而逃。僅一個驛子守著，剛巧涪州、南海進果的人都到，搶換這匹馬而拉扯不休，一個說：「你敢把我這荔枝亂丟！」一個說：「你敢把我這竹籠碎扭！」洪昇這種誇張的寫法，把那些使者、驛子的無奈都寫出來了。所謂「驛騎鞭聲砉流電，無人知是荔枝來」⑨。驛騎馬不停蹄，生怕緩了一步，就無法將新鮮的荔枝送到尊貴的娘娘手裡。

光是〈進果〉，就足以知其擾民之深。大小官員為了這一件盛事，疲於奔命，而那些無辜的老百姓，可能因此而得忍受凍餒，更有人因此丟命，貴賤之差猶如天壤。

貴妃生日在六月一日，進鮮荔枝也是祝壽節目之一。當天「日影耀椒房，花枝弄綺窗，門懸小帨赭羅黃。繡得文鴛成一對，高傍著五雲翔」（〈盤舞〉）。內監捧上荔枝，口中說著：「正逢瑤圃千秋宴，進到炎州十八娘⑩」。皇帝趕緊向貴妃敬酒，貴妃邊喝邊道：

> 盈筐，佳果香，幸黃封遠敕來川廣。愛他濃染紅綃，薄裹晶丸，入手清芬，沁齒甘涼。

「濃染紅綃，薄裹晶丸，入手清芬，沁齒甘涼」，生動地描繪鮮荔枝的色香味。明眸皓齒的貴妃，輕啟朱唇，品嘗著一顆顆鮮嫩的荔枝，而明皇也一定帶著贊賞的眼光，欣賞愛妃滿足的神態，只不知在這色香味的背後，包含多少人的辛酸？

善於營造浪漫氣氛的明皇，華清池上，留下不少佳話，白居易〈長恨歌〉云：

> 春寒賜浴華清池，溫泉水滑洗凝脂；侍兒扶起嬌無力，始是新承恩寵時。

洪昇在〈窺浴〉一折中，寫出浴池之豪景是「別殿景幽奇：看雕梁畔，珠簾外，雨捲雲飛。逶迤，朱闌幾曲環畫溪，修廊數層接翠微。遶紅墻，通玉扉」，再借宮女偷窺明皇與貴妃洗浴，寫出貴妃身材之姣好、肌膚之香嫩，與他們之間卿卿我我之濃情密意。可是洪昇要表現的不只是這些，他似乎反省到宮中養著大批宮女，而這些宮女一輩子的青春卻多在寂寞中渡過。劇中某宮女嘆道：

> 擔閣青春，後宮怨女，漫跌腳搥胸，有誰知苦。拚著一世沒有丈夫，做一隻孤飛雁兒舞。

歷來皇帝都是三宮六院，嬪妃成群，但能承幸的有幾多？多少女子一旦被選入宮中，就一輩子無法有正常的情愛生活。洪昇在寫明皇與貴妃繾綣多姿的情愛生活時，已反省到更多宮女沒有情愛的一生，她們的偷窺，不僅是好奇，而是許多生命的本能被抑遏後不正常的心態表現。洪昇在本折一開始，即借一個宮女的孟浪行為，來展現宮女的寂寞，那個丑態十足的宮女⑪出場即道：

> 自小生來貌天然，花面；宮娥隊裡我為先，掃殿。忽逢小監在階前，胡纏；伸手摸他褲兒邊，不見。

一般宮女既不得皇帝寵眷，也無法與尋常男子見面，宮中除了皇帝，絕少「正常男子」，這位宮女只好向小監進行「性騷擾」，於插科打諢之外，似乎有著更莊嚴的意義。有謂洪昇與妻子感情甚篤，故能將明皇貴妃之情愛表達得盡致淋漓，但也許可以說，洪昇體會到男女情愛對於生命的重要，所以更能體會那些青春被剝奪的女子們心中之痛。此可與孔尚任所寫百姓急於嫁女的心態做個呼應，透露當時社會心理之一端。

貴妃死後，留一隻錦襪在樹下，被當地一位老嬤嬤拾到，老嬤嬤將這隻襪子當為至寶，因為她原本開了家酒舖，自從有了錦襪後，又多一項「看襪」的收入，襪子也使得她生意更加興隆。洪昇特別為「看襪」這件事寫一折戲，其中是有深意的。他以看襪人的評價來側寫明皇寵貴妃的功過。

遠近求看襪的人很多，大多基於好奇、看熱鬧的心態來看，劇中有幾位人物是洪昇特別著墨的：一是李謩，一是金陵女貞觀主，一是郭從謹。李謩是解音律之人，曾在宮墻外偷按霓裳曲，一向敬仰貴妃才氣，他對貴妃的死表示憐惜，看到襪子，他說：「可惜了佳人絕代冠，空留得千古芳蹤千古傳。」

女觀主也是以同情的口吻道：「我想太真娘娘，絕代紅顏，風流頓歇。今日此襪雖存，佳人難再，真可嘆也。」

受盡干戈離亂之苦的百姓郭從謹，卻說：「我想天寶皇帝，只為寵愛了貴妃娘娘，朝歡暮樂，弄壞朝綱，致使干戈四起，生民塗炭。老漢殘年向盡，遭此亂離，今日見了這錦襪，好不痛恨也！」他睹物傷情，認為貴妃要為朝綱之壞負責。

女觀主因貴妃為神仙轉世，想將襪子帶回觀中供養，老嬤嬤不肯，李謩也想以重金買去，老嬤嬤也不肯，只有郭從謹說：「這樣遺臭萬年之物，要他何用！」

一樣看襪百樣情懷，這一隻襪子引起的爭議，也正是千百年來貴妃在歷史上所引發的爭議，洪昇看似以客觀的寫法，將各種人物的看法點出，實則出自郭從謹口中的話，對剛逢離亂的人，最能引起共鳴。

早在〈獻飯〉一折，洪昇已借郭從謹這位扶風老人，在明皇幸蜀途中獻飯給明皇時，以一番直言來批判明皇的昏憒。郭從謹認為安祿山之禍，都從楊國忠來，他說：

> 猖狂，何恃國親，納賄招權，毒流天壤。他與安祿山，十年搆釁，一旦裡兵戈起自漁陽。（〈獻飯〉）

楊國忠之受寵又來自楊貴妃，所以他對楊貴妃的痛恨就不難理解。明皇接著說：「國忠搆釁，祿山謀反，寡人那裡知道？」

郭從謹又說：

> 那祿山呵，包藏禍心日久，四海都知逆狀。去年有人上書，告祿山逆跡，陛下反賜誅戮。誰肯再甘心鈇鉞，來奏君王⑫。

祿山的逆謀，四海都知，偏皇上不知曉，其實明皇對安祿山太好，任其進出宮闈，〈疑讖〉一折，酒保說：「這人姓安名祿山，萬歲爺十分寵愛他，把御座的金雞步障，都賜與他坐過，今日又封他做東平郡王。」這不明擺著他用人失當、昏憒無道嗎？

〈禊游〉一折，寫的是三月三修禊日的大事，上一節已由權臣的角度談過，此處，筆者以安祿山的角度來談。在那一折中，皇帝諧同貴妃及楊家三姊妹，盛裝出遊，引來傾城百姓的側目，也引來安祿山的貪慕之心。安祿山嘆道：

> 俺安祿山，恰好遇著三國夫人，一個個天姿國色。唉，唐天子！唐天子！你有了一位貴妃，又添上這幾個阿姨，好不風流也！評論，群花歸一人，方知天子尊。

如此佳人薈萃的場面，讓這位藩將垂涎三尺，他想只有皇帝之尊才有此種福份，難免種下「取而代之」的念頭。明皇不但引狼入室，以上賓之禮待之⑬，還不斷把最好的獵物擺在狼的眼前，一步步誘狼伸手來搶，而自己竟渾然不知。

五代時人王仁裕《開元天寶遺事》一書中，提到明皇、貴妃軼事頗多，如〈助情花〉一則謂：

> 明皇寵妃子，不視朝政，安祿山初承聖睠，因進助情花香百粒，大小如粳米而色紅。每當寢處之際，則含一粒助情發興，筋力不倦，帝秘之曰：「此亦漢之慎卹膠也。」

安祿山知明皇正寵貴妃，故進此「助情花」以遂其縱慾之心，原本的治世之主，卻沈淪於色慾之中，他無心視朝，所委非人，朝政當然日非。

該書另有〈風流陣〉云：

> 明皇與貴妃，每至酒酣，使妃子統宮妓百餘人，帝統小中貴百餘人，排兩陣於掖庭中，目為風流陣。以霞被錦被張之為旗幟，攻擊相鬥，敗者罰之巨觥以戲笑。時議以為不祥之兆，後果有祿山兵亂，天意人事，不偶然也。

此種戲浪謔玩，未必直接導致安祿山之亂，但由他們發明的諸多宮中遊戲看來，實在都是窮奢極侈，隳墮人心之舉，伏下敗亡之幾。

該書又有〈望月臺〉云：

> 玄宗八月十五日，夜與貴妃臨太液池，憑欄望月不盡，帝意不快，遂令左右於池西岸別築百尺高臺，與吾妃子來年望月。後經祿山之兵，不復置焉，惟有基址而已。

望月之事，非關民生，明皇只為快意，即敕築百尺高臺，經亂之後，徒留臺基冷眼看著興衰。

李龜年流落江南，唱著這一段興亡調，說到明皇寵貴妃時吟道：

> 那君王看承得似明珠沒兩，鎮日裡高擎在掌。賽過那漢宮飛燕倚新粧，可正是玉樓中巢翡翠，金殿上鎖著鴛鴦，宵偎晝傍。直弄得個伶俐的官家顛不剌、懵不剌，撇不下心兒上。弛了朝綱，占了情場，百支支寫不了風流帳。（〈彈詞〉）

「弛了朝綱，占了情場」，有客聽李龜年如此唱道，就說：「只可惜當日天子寵愛了貴妃，朝歡暮樂，致使漁陽兵起。」座中李謩卻說：「老丈，休只埋怨貴妃娘娘。當日只為誤任邊將，委政權奸，以致廟謨顛倒，四海動搖。」其實這都有因果關係，因明皇寵貴妃，進而澤及楊國忠，任楊國忠把權亂政，予安祿山有可乘之機，究其原因，是明皇沈迷酒色，弛於朝綱。

《長生殿》雖以明皇、貴妃生前死後的纏綿愛情為主幹，但透過這些奢華宮廷生活、百姓生活苦難的描寫這幾折戲，我們知洪昇在劇情的安排上，試圖要反省帝王對國祚的維繫，實具有相當的力量。唐朝鼎盛於明皇，中衰也在明皇，一人而繫邦國命運，可不慎哉！可惜明皇在安祿山之亂平定後，即一心於道術中要求和貴妃相逢，和明中葉後帝王深居宮中作樂，甚至一心求長生之道，在無數虛幻的迷思中，做虛妄的追求，不願在現實上有所圖強的情形，有著異曲同工之調，以古鑑今，明之敗亡可知。

註釋

①據《明朝史話》言，嘉靖九年，張璁以后妃未曾生子為理由，建議「博求淑女，為子嗣計」，世宗即派官到南京、北京、山東、河南等地選取民間女子進宮。十五年，又以皇嗣未生為由，再次大選淑女。其後，又多次選淑女，有案可查的，有二十六年、三十一年、三十四年、四十三年等四次。據沈朝陽《皇明嘉隆兩朝聞見記》載十五年：「九月詔冊封妃嬪上敕禮部比者輔臣建議慎選貞淑，以充妃嬪，用廣嗣續。麗妃閻氏首誕子祥，雖進妃，未加美號。宸妃沈氏、安嬪沈氏、康嬪杜氏，同中宮以侍朕，共勤贊於宗祀，茲即九日吉，并行進封之賜。宸妃沈氏、麗妃閻氏俱進封為貴妃；端嬪曹氏，首出淑祥，進封為

端妃；安嬪沈氏進封為安妃；康嬪杜氏進封為康妃。原選淑女四，膚氏封為靖嬪之江氏為恭嬪，任氏為順嬪，趙氏為榮嬪，同日發冊禮部，俱儀行之。」又三十一年：「十二月詔選宮人，上命於京城內外并順天等八府，選民間女八歲至十四歲者三百八入宮。」

② 此話見於〈述璫〉一折，時文震孟因彈劾魏閹，被罷職歸來，隱居山中，周順昌特至山中與之晤談，周順昌非常關心朝事發展，文震孟就說：「內庭染血，屠戮遍嬪妃，堂堂天子不得庇王姬！兇謀偃月蔽日，思狂噬。」

③ 見《明史》卷一二〇，〈神宗諸子〉。

④ 《明史・諸王傳》說他「性闇弱，湛於酒色聲伎」（卷一二〇）；張岱《石匱書後集・福王世家》說他「為人佻㑚輕狂，無藩王態度」（卷五），可見他與常洵相類。

⑤ 又《明史・陳子龍傳》云：「中使四出搜巷，凡有女之家，黃紙貼額，持之而去，閭里騷然。明旨未經有司，中使私自搜採，甚非法紀。」（卷二七七）。

⑥ 《舊唐書・后妃傳》，卷五一。

⑦ 也有論者將明皇這種奪子妻的行為，視為是唐代仍殘留西部民族對兩性關係較為開放、倫常觀念較為淡薄的緣故，如高宗、中宗之與武后的關係，亦是亂倫行為。

⑧ 同註⑥。

⑨ 此二句為本折下場詩，上句是唐詩人李郢之句，下句為杜牧之句。

⑩ 十八娘乃當時荔枝著名品種之一。

⑪ 那宮女自道：「我做宮娥第一，標致無人能及。腮邊花粉糊塗，嘴上胭脂狼籍。秋波俏似銅鈴，弓眉彎得筆直。春纖十指檑槌，玉體渾身糙漆。柳腰松段十圍，蓮瓣灘船半隻。楊娘娘愛我伶俐，選做霓裳部色。只因喉嚨太響，歌時嘴邊起個霹靂。身子又太狼伉，舞去衝翻了御筵桌席。」

⑫ 《資治通鑑》卷二一七，天寶十三載三月條記：「自是有言祿山反者，上皆縛送。由是人皆知其將反，無敢言者。」

⑬ 《開元天寶遺事・金牌斷酒》載：「安祿山受帝睠愛，常與妃子同食，無所不至。帝恐外人以酒毒之，遂賜金牌子繫於臂上，每有王公召宴，欲沃以巨觥，祿山即以牌示之云：『准敕斷酒。』」可見明皇對安祿山之寵愛，過於常度，而安祿山常進出宮幃，享受豪華的帝王生活，難免憧憬，又知明皇志弛，遂興「取而代之」之想。

第五章　劇作家對維繫綱常力量之頌揚

李玉、洪昇、孔尚任三人對顛覆力量的批判已如上章所論述，另外對忠臣義士那種合乎他們創作道德指標的行為，給予極高的評價。現實人生中，因為有許多忠臣、義士、孝子、賢婦等，他們不畏奸佞的迫害，在惡劣的命運狂流裡奮鬥，淬厲出人性的輝光，讓世界的光明面得以延續。在劇作家筆下，且看這些最能表現中國傳統社會倫理觀念，及維繫人際道德關係的典型人物，劇作家如何讓他們在三綱五常的實踐中完成其維繫綱常的使命。

第一節　以丹心寫汗青之忠臣

在對奸佞的亂政行為做無情揭露的同時，我們可以感覺到劇作家對忠臣的呼喚，因為朝廷中多一些剛正不阿的中流砥柱，就能穩住朝綱，讓朝政上軌道，如此太平盛世可期。因此在權奸勢盛之時，忠臣之出現更具意義。忠奸勢力的抗衡，成為明清歷史劇的基本型式，由忠奸兩股勢力的衝突、消長，激盪出忠烈的精神，激盪出時代的蛻變。

朝廷上，君主昏憒，任用小人，致使權奸當道，滿朝文武，多是奔走之徒，社會風氣大壞，社會秩序亦出現紊亂，影響所及，民生疾苦，流寇滋生，使民生更加疾苦，此時也最易予外族侵略之機，於是內憂外患，造成了亂世圖譜。戲曲中常有「寧為太平犬，莫作離亂人」之句，即顯示在亂世中，人的尊嚴盡失，不如一條太平盛世的狗。忠臣的出現，內可以抗衡朝中奸佞的猖狂，可以敉平流寇滋擾；外可以抵禦異族入侵，保疆衛土。在李玉、洪昇、孔尚任三人之劇中，由於其嚴辨忠奸的創作意識之凸顯，故其對忠臣的描寫，都具有特出的形象，其特質可大略歸納如下：

一、貢獻才智，英勇報國者

（一）郭子儀

《長生殿・疑讖》一折裡，郭子儀上場吟道：

> 壯懷磊落有誰知，一劍防身且自隨。整頓乾坤濟時了，那回方表是男兒。

此詩將他英勇的形象及男兒報國壯志表出，他接著又說自己「學成韜略，腹滿經綸，要思量做一個頂天立地的男兒，幹一樁定國安邦的事業」。武舉出身的他，腹中自有韜略，且有滿腹經綸，可謂文武全才，他深知當時朝廷上「正值楊國忠竊弄威權，安祿山濫膺寵眷」，故朝綱被弄得不成體統。在此惡劣情勢下，他並不退縮，反而覺得自己責任更重，要以自己的才學，做一頂天立地的男兒，轟轟烈烈做一番定國安邦的事業。郭子儀積極、不怕困難，有盛世子民之氣概。

到京謁選後，他得了天德軍使的官，官職雖小，卻欣然赴任，抖擻起精神要為朝廷效命。他意氣鷹揚地吟道：

> 赤緊似尺水中展鬣鱗，枳棘中拂毛羽。且喜奮雲霄有分上天衢，直待的把乾坤重整頓，將百千秋第一等勳業圖。縱有妖氛孽蠱，少不得肩擔日月，手把大唐扶。（〈疑讖〉）

郭子儀志比天高，以立千秋勳業自我期許，不懼妖氛猖狂，雙肩要挑起扶助大唐之任。由於明皇之不察，安祿山果然背叛，並一路勢如破竹，那時天下承平日久，人不知戰，故乍聞安祿山兵起，朝野為之震驚。等安祿山陷了潼關，燒殺虜掠而來，明皇倉促奔蜀，肅宗即位靈武，特拜郭子儀為朔方節度使。郭子儀早料定安祿山有反意，故平日頗偵查其軍力，且他在訓練兵力方面，紀律嚴明，麾下軍士陣容頗為強盛。那時靈武朝廷初立，兵眾寡弱，軍容亦缺，郭子儀和李光弼全師赴行在，軍聲因此而振，頗有興復之勢。洪昇於〈勦寇〉一折中寫其軍容：

> 擁鸞旂羽蓋，蹴起塵埃。馬掛征鞍，將披重鎧，畫戟雕弓耀彩。軍令分明，爭看取奮鷹揚堂堂元帥。端的是孫吳無賽，管淨掃妖氛毒害。機謀運，陣勢排，一戰收京，萬方寧

泰。

郭子儀素願效忠朝廷，故一旦身膺重任，即英勇指揮軍士迎敵，抱著「家散萬金士死，身留一劍答君恩」的忠勇精神，誓要掃清群寇，再造唐家社稷。

安祿山入京後，日日笙歌歡舞，縱慾過度，又因立嗣不公，惹來義子李豬兒的不平，趁夜黑風高之時，將安祿山刺殺而亡，其餘烏合之眾多竄逃。此時郭子儀也正一路打敗安祿山的部下而來，遂收復京師。

時勢與英雄，有其互動關係，郭子儀臨危授命，將士用命，奸相楊國忠又在六軍鼓譟下被誅，郭子儀得以像龍飛在天一般，奮力展翅，故大唐帝國經安祿山之亂後，勢雖稍衰，但江山依舊在；明末史可法，雖也是雄才大略，報國心切，但朝綱不張，奸臣馬、阮處處掣肘，有如龍困淺灘，無法將士用命，終於隳敗。洪昇以古鑑今，寫出英雄所遇不同，那些在歷史浪濤中翻滾過的風流人物，有多少慷慨悲歌！

（二）岳飛

在明末清初歷史劇中，除明代時事劇外，最多的該屬岳飛的事蹟，明末的國勢需要忠勇而善戰的大將，因此以岳飛為典型的武將成為人們的一種企盼。《牛頭山》演的就是岳飛父子固守牛頭山，護駕成功的故事。第一折家門大意，李玉寫道「南渡偏安，奸邪擅政，岳侯遠謗卑僚」，點出當時情勢是偏安江左的局面，而康王身邊卻仍圍繞著一批奸佞小人，素有戰功的岳飛反被謗遠謫。

在此種情勢下，岳飛儘管有「貫日精忠，凌雲豪氣」，也只有接受朝廷安排，所幸張所能識才任用，看準牛頭山是可以固守之處，派岳飛築之使成天府金湯。

岳飛不以被貶而減損對朝廷的忠心，和郭子儀不以官小而喪氣，都是秉持心中那股浩然之氣，欲實踐其道德理想。他出場時自言：「忠孝根心，義勇蓋世，熟讀左氏春秋，素諳孫吳兵法」，他自小有神力，又酷嗜兵法，亦是有勇有謀之將領，率軍嚴明，岳家軍令敵軍聞之喪膽，他在疆場展現長才，南宋一度有興復希望。

本劇主要重點在牛頭山之役，此役中岳飛得張所賞識，也得以發揮其才略，才能將野心正熾的金兀朮打敗。李玉心中寄望像岳飛這樣的英勇人物，能出現在自己所處的時代，讓家國靖平，而不致淪落異族手中。只是戲歸戲，現實歸現實，當時朝中情況和南宋一樣是「朝綱不振，權奸當道」，即使岳飛再世，恐怕也莫可奈何！李玉只能在戲裡寄託心中的想望。

（三）黃禹金

明末因理學流於空談，有些書生徒講文理，而不揣時勢①，邦國一旦有難，書生常無法發揮保衛的工作。因此允文允武的書生，就成為劇作家歌頌的對象了。《兩鬚眉‧敘》云②：

大丈夫處彝倫顛蹶、天步艱難之日，不具二十分才、二十分識、二十分膽，以周旋於呼吸存亡之會，必無以抒忠孝之懷，而錫身世之福。

可見一個書生，在平時就要蘊積才識膽，才能在邦國急難時，成為扭轉乾坤的大丈夫。《兩鬚眉》中的黃禹金自言「性稟豪英，志期遠大。讀書子夜，惟耽忠孝節義之篇；倚劍秋空，儘多慷慨悲歌之致」，他雖是一介書生，但胸中自有雄才大略，因此邦國殄瘁，寇盜縱橫，即毅然投筆從戎，欲建不世之功。〈敘〉又說：

夫將軍一書生耳，遭家多難，九死一生，不沾沾以筆墨小伎，捷取榮貴；熟覽天下之大勢，揣摩流寇之情形，立談致樞相改容折節，不費斗糧，不煩一兵，挺身臨虎狼之穴，慷慨敷陳，侃侃鑿鑿，俾憬然發其返邪歸正之心，降師數十萬，恢復郡縣數千里，因以建牙樹纛，保障山河。

黃禹金投在史可法營下，提出朝廷勦賊的「三大弊」③，剖析剴切，條理俱在，甚為史可法賞識。黃禹金所獻之計，多採取安撫措施，他常入虎穴敷陳大義，以義感化流賊，化敵對勢力為己力，屬於智勇皆備者。明末流寇多，但有些只是情勢所逼，有些是烏合之眾，各方人馬分分合合，朝廷勦賊卻多無功，李玉對黃禹金這種能深究流寇形勢，實際對症下藥的實務精神，感到非常嘉許，故儘管黃禹金後來歸順清朝，李玉仍取此段事蹟為之譜成曲④。黃妻在家鄉亦率眾守砦（詳下第三節），夫妻倆智勇雙全，明末流寇之害甚深，其夫妻均有謀有略，於亂世中不愧安定力量。

二、國難當頭，以死殉國報君者

（一）方孝孺、吳學成、牛景先

以死報君，算是忠的一個極致。《千鍾祿》裡，寫出兩種境遇不同的忠臣：一種是留在朝中，與成祖抗拒者，一種是千里尋訪建文者，但他們不約而同都選擇了從容就義，完成其忠臣之節。

〈草詔〉中，孝孺先是以孝服麻衣進宮，看見齊泰、黃子澄被綁赴刑時，為他們贊嘆道：

他纔不負讀聖書彝倫名教，受皇恩地厚天高。他他他張牙怒目向雲陽道，賽過那漸離擊筑，賽過那博浪搥敲，賽過那長山舌罵，賽過那豫讓衣梟。

孝孺將齊、黃二人的英勇精神詠活了。後來又見企圖行刺成祖失敗的景御史，不但被戮，其尸首被剝皮揎草，還要受到凌遲，他嘆道：

> 他他他好男兒義薄雲霄，大忠臣命棄鴻毛，俺俺俺羨你個著緋衣行刺當朝，羨你個走身軀剝皮揎草，羨你個閃靈英厲鬼咆哮。

李玉將孝孺對忠臣的敬仰，寫得幾乎要五體投地。孝孺對成祖、對陳瑛都進行嚴厲的批判（見第四章第二節）。成祖欲召孝孺草詔，陳瑛上奏成祖，孝孺首創削奪之謀，後獻募兵之策，宜速誅戮。成祖說：「孝孺學問品行，高皇帝稱為『端士』，況寡人起兵時，姚廣孝再三說不可殺方孝孺，留天下讀書種子。」成祖方有天下，急於收買人心，並讓自己的政權合法，因此若孚眾望的孝孺肯為他草詔，對他大有幫助，不管他是基於形勢所迫或愛才之心，孝孺都不為所惑，因為孝孺只忠於建文。成祖要孝孺草詔，孝孺答：

> 俺不是李家兒慣修降表，俺不是侍多君馮道羞包，俺不是射君鉤管仲與齊伯，俺不是魏徵占來賢相，俺只是學龍逢黃泉含笑。

成祖的威脅利誘均未能令孝孺屈服，成祖使氣要斬他全家，甚至十族全誅也不屈服，還說：

「就殺了俺十族何妨！」惱羞成怒的成祖，以最兇殘的方法，不但敲他牙、割他舌，連同他十族砍的砍，剮的剮，造成歷史上最慘酷的夷族事件。

成祖都感嘆孝孺之忠於建文，說他「寧甘十族多成鬼，不易忠臣一詔文」，此種忠節之堅持，千載上下罕有。

建文帝僧裝，程濟道裝，二人一同逃難。吳成學、牛景先二人也是一僧一道裝扮，尋到建文帝，此時張玉奉燕王的命令，正領兵逼近，要追緝建文帝。緊急中，吳成學假冒建文帝，牛景先假冒程濟，決心為建文帝犧牲。吳成學臨死前還以建文帝的身份罵道：

> 唗，燕藩不道，叛逆興兵，奪我天下，篡我大位，幽囚我母弟，焚殺我妻兒，無父無天，橫行殺戮。（第十三折）

牛景先也罵張玉道：

> 我認得你逆賊張玉，原係北平護衛將軍，久受我皇上俸祿，你今日這等助紂為虐麼？（第十三折）

他們都不承認燕王所取得的皇位是合法的，在他們心目中，建文才是繼高皇帝的正統皇帝，因此在緊要關頭，他們假扮建文帝及程濟，希望換來建文帝和程濟的平安，讓他們再圖興復之計。他們以歷史上紀信、韓成代君王死的忠義精神為榜樣，所謂「命棄鴻毛，以紀信千秋作同調，比韓成鄱陽功浩」，表現臣子以死報君的精神。

李玉讓他們在緊要關頭做大無畏的犧牲，他們心中有理想的政治倫理規範，當有人觸犯此規範時，他們為維護此規範所內具的精神，不惜以性命做為祭品。

（二）史可法

同樣是死，史可法的死，似乎在悲壯中有著許多無奈，一種壯志未酬的無奈。南明小朝廷裡，史可法雖然也入閣，卻被派在江北督師，這是馬士英有意的安排，史可法卻不以為意，反以有機會操兵勦賊為喜，因為他志在恢復明室原有的疆土，不汲汲於追求南明小朝廷的高官厚位。其胸襟與馬、阮等人自是不同。他自云「持節江皋，龍驤虎嘯，憂國事，不顧殘軀，雙鬢蒼白了」（《桃花扇・爭位》）

《兩鬚眉・射策》中，李玉借史可法標下中軍官說：

> 俺老爺鐵骨冰心，清思浩氣，御下洞知疾苦，用兵深有機謀。……疾惡鋤強，恍似龍圖再世；行軍料敵，渾如諸葛重生，正是一片丹誠偏愛國，千般韜略可包天。

如此一位有勇有謀的將軍，以一片赤誠的丹心要為君王效命，可惜不遇明主，後來又因四鎮爭位，不聽調度，他悲憤地說「沒見陣上逞威風，早已窩裡相爭鬧，笑中興封了一夥小兒曹」，可見他心中之悲痛。

史可法死守揚州，清兵在此屠戮慘烈，最後揚州失守，史可法只有以死報君。《桃花扇・沈江》寫的就是他沈江的經過。城破時，史可法原要自盡，但想起「明朝三百年社稷，只靠俺一身撐持，豈可效無益之死，捨孤立之君」，於是他縋下南城，想投奔弘光帝，保住皇上安全，再作圖存之想。劇中安排他遇到老贊禮，老贊禮告以南京亦已失守，皇上也逃命了，他傷心地哭道：

> 撇下俺斷篷船，丟下俺無家犬；叫天呼地千百遍，歸無路，進又難前。那滾滾雪浪拍天，流不盡湘纍怨。……你看那茫茫世界，留著俺史可法何處安放？累死英雄，到此日看江山換主，無可留戀。

原本他還心存一線希望，願投奔皇上，再圖復興之道。可是皇上都已奔逃，國已不成國，而清兵正猛地一路下來，他驚覺可能會有江山易主的下場，他不願為亡國奴，故茫茫天地雖寬，他卻感覺無容身之地。像斷篷船，似無家犬，心灰意冷之餘，決定投江自盡，以死殉國。投江前還自責是「亡國罪臣」，不肯冠裳而去，遂摘下袍靴冠冕才投江。比起馬士英、阮大鋮等攜寶物、載妻妾而逃的情況，真有天壤之別。

孔尚任對他的殉國，非常敬佩，借侯方域等眾人之口悲吟道：

> 走江邊，滿腔憤恨向誰言。老淚風吹面，孤城一片。使盡殘兵血戰，跳出重圍，故國苦戀，誰知歌罷剩空筵。長江一線，吳頭楚尾路三千，盡歸別姓。雨翻雲變，寒濤東捲，萬事付空煙。精魂顯，大招聲逐海天遠。（〈沈江〉）

這不啻一首悲涼的輓歌，末世英雄，空有滿腔赤誠，也只有付水東流。史可法的死，是對邦國負責的態度，他身殉明室，留丹心於青史。

梁啟超註《桃花扇》，對正史記載史可法之死時、死地，說明甚詳，他認為孔尚任此折之牽合甚為無稽，說：「云亭著書在康熙中葉，不應於此等大節目尚未考定，其所採用俗說者，不過為老贊禮出場點染地耳。但既作歷史劇，此種與歷史事實太違反之紀載，終不可為訓。」此處梁啟超是站在史實的立場上云，孔尚任則以對朝代興亡反思為出發點，他雖援史入劇，可是他更大的企圖是要以劇為史，讓歷史在他創作意識的安排下，更顯出一份莊嚴。因此劇中的史可法在洪濤中感受到歷史潮已捲去明的氣運，他這末世英豪欲振乏力，最後跳進洪濤中，與明帝國生死相許。

三、素凜忠心，與奸佞抗衡到底者

在這些歷史反思劇中，與奸佞抗衡到底的忠臣，最具代表性的是周順昌⑤。《清忠譜・傲雪》一折中，他出場時即自道：

> 下官內凜四知，外嚴一介。冰心獨抱，挺然傲雪孤松。介性不和，矻爾頹波一砥。讀聖賢書，凜凜綱常昭日月；負鬚眉氣，沖沖忠義滿乾坤。

他個性剛直，疾惡如仇。史傳記載他任福州推官時，即捕治稅官高寀爪牙，不假寬貸，為閩民除害。巡撫周起元忤魏忠賢而削籍，一般朝官避之猶恐不及，周順昌卻為文送周起元，並指斥魏璫之罪無所諱。劇中他對魏奸恨之入骨，罵道：

> 魏賊肆虎狼之吻，客妖逞狐鼠之奸。收崔許為腹心，縱田楊為牙爪。群小橫行，正人短氣。（同前折）

周順昌當時若在朝為官，定會上疏啟奏皇上，可惜倪文煥疏逐東林，他也被株連削籍⑥，不禁感嘆：「怎奈君門萬里，空流血淚千行；一點孤忠，徒付數聲長歎。」所謂「君門萬里」，並非只是空間上的距離，而是對群奸圍繞君主身邊，忠聽無法上達，充滿了無力感，故整個空間在他心中形成碩大的阻礙。

史傳載呂純如係周順昌同郡人，挾前恨，數譖於織造中官李實及巡撫毛一鷺。不久，周順昌與周起元等並被逮。李玉於戲中，為了凸顯周順昌的「剛方貞介」的性格，就以閹黨在蘇州起造魏閹生祠為背景，讓周順昌罵魏像。以歷史事實言，周順昌被害在先，魏生祠建立在後，應無罵像之事，但李玉「以劇為史」的手法，穿插此一情節，乃是根據周順昌的性格而演伸，因為以周順昌的個性，若來得及見魏閹生祠之建，定然不會坐視不語，此種有可能發生之歷史想像，更能表現出周順昌的性格特色。〈罵像〉這一折，也成為《清忠譜》裡最為酣暢淋漓的一幕戲。

魏閹生祠築成，乃是蘇州一件大事，如此富麗堂皇的華邸，制擬皇宮，眾官員們衣錦前往祭拜，誠惶誠恐，恭敬如儀。人人盡說些恭維的話，魏閹本人雖未到此，但眾人對他的諂媚，絲毫未少損，其勢力之大，可見一斑。在一片贊揚聲中，獨有周順昌發出不同的聲音，他數落魏閹罪狀道：

> 他誅夷妃后把皇儲勦，殺忠良，擅置宮操，結乾兒，通奸媼，兀亂把公侯冒濫。他待要神器一身叨。

對生祠他也有意見，他道：

任奸祠鬱岧，任奸容桀驁，枉費了萬民脂，千官鈔。差題著一柱擎天，封疆力保。少不得冰山倒，陽光照，逆像煙銷，奸祠火燎。舊郊原，兀自的生荒草。怪豺狼滿朝，恨鴟鴞滿巢，只貽著臭名兒千秋笑。

他不但揭露魏閹的惡行，也將那些所謂的義子乾孫的醜陋嘴臉披露出來。如此大快人心的咒罵，其實正是那些備受迫害的忠良之心聲。李玉把周順昌那種執著於道德倫常的人格，非常成功地刻劃出來，與歷史上的周順昌，非常巧妙地融為一體。

周順昌頗有名於鄉里⑦，開讀日，蘇州人民集數萬人要為他請命，由於群情激怒，幾演為民變，周順昌怕太過火，朝廷會派兵來壓，告訴諸位代表說：「小弟與諸兄俱讀聖賢書，君命召駕且不俟，今日奉旨來提，敢不趨赴？」大家都知那旨是魏閹所下，可是周順昌以一個臣子對君王服從的倫常觀，不敢違旨，勇敢走上不歸之途。

在情節上，李玉再度以乾坤挪移的手法，將左光斗、楊漣、魏大中三人之受刑時間，移到周順昌受審之時⑧，他要借周順昌的耳聞目睹，來表現閹黨殘害忠良之酷烈手段。〈叱勘〉一折中，就有銅楞子、鐵夾棍、閻王閂、紅繡鞋、披麻烙、銅包木棍等刑具侍候著。先是楊漣被打了一百鐵杠子，呈半死狀態，被駝著由周順昌面前經過。其次是左光斗被三次鐵腦箍、兩次銅楞子所刑，一命嗚呼，也被駝著從他面前經過。最後一個半死的犯人被扛出來，原來是魏大中，魏大中臨死前告訴周順昌：「我罵賊臣雖憊，君須大罵吾方快。目不瞑，此為大。」周順昌當然不肯放過當堂大罵的機會，抱必死之心的周順昌，在許顯純、倪文煥的烤問下，並不屈從，還當著魏閹的面罵：

> 你縱著十乾兒狠似狼豺，布著百乾孫毒如蜂蠆。又私通客氏，把后妃殺害。（〈叱勘〉）

他又罵許、倪二人是「閹家惡犬，廠內豪奴」，魏閹下令拔他的齒，免得他再罵，他說：「齒雖斷，舌還在，我生平不受三緘戒，常山舌，未虧壞。」最後並血口噴那兩個豪奴，他恨只恨自己「有口不能咀賊肉，好將碎齒爵奸腸」！

由於他每審必罵，魏閹只好命人在半夜裡把他謀害了，一代忠良就如此冤死獄中，李玉以慷慨激昂而凝鍊的文字，將周順昌的精神表現出來，可謂力透紙背。

註釋

①趙翼《廿二史劄記・明末書生誤國》有云：「書生徒講文理，不揣時勢，未有不誤人家國者」（卷三五），此處趙翼以清廷的立場，意謂明末書生未能早日與清通好，以致宗社淪亡云云，算是一種主觀的說法，頗為清廷辯護。

②《雨鬚眉・敘》之作者為萬山漁叟，見《中國古典戲曲序跋彙編》卷一二。

③〈射策〉中所謂三大弊指

(1)流賊老本有限，必借土賊暗通線索，連年蝗旱，土賊揭竿，有司勦捕，逼之走險，是土賊盡成流賊了。

(2)賊不輸糧，隨掠隨食，郊外民聞賊至，或入城，或入山，拋棄稻粱，盡資寇盜。

(3)士民陷賊，不過被賊威劫，或有逃回，地方官即斬級獻功，致被擄難民，斷絕歸路，死為賊用。

④關於黃禹金夫婦之詳細事跡與劇中有別，此乃李玉發揮其「以劇為史」之手法，下章第一節將論述。

⑤瞿式耜、夏允彜都曾稱贊周順昌為「清中之清，忠中之忠」，《清忠譜》以是得名。（轉引自王毅校注《清忠譜》序，頁一五）。

⑥據《明史・周順昌傳》云，倪文煥是魏義子，誣劾同官夏之令，害夏死。周順昌告訴別人，改

天倪文煥應該償還夏之令的命。倪文煥很生氣，就承魏忠賢所指示，劾周順昌將女兒許配給魏大中之孫，當時魏大中已有罪，周順昌算是與罪人婚，並再誣以贓賄，魏忠賢就藉此矯旨削周順昌的籍。（卷二四五）

⑦《明史・周順昌傳》云：「順昌好為德於鄉，有冤抑及郡中大利害，輒為所司陳說，以故士民德順昌甚。」（卷二四五）

⑧據實際推算，左光斗等三人受刑時間該早周順昌八個多月。

第二節　慷慨悲歌之義士

忠臣無疑是朝綱維繫的中流砥柱，而就整個社會的綱常言，社會上各階層都有一些忠義之士，他們雖未直接於政治上使力，但他們的行為亦足發眾人志氣，為群倫表率。他們或是在野處士，或是市井小人，或為人奴僕，只為忠義之一點赤心，赴湯蹈火，在所不辭。劇作家也特彰顯此輩人物嚴辨忠奸之精神，在他們身上表現其價值判斷。

一、蘇州五義人

五義人指的是顏佩韋、馬傑、沈揚、楊念如、周文元，他們都是蘇州人。據吳肅公〈五義人傳〉云顏佩韋本賈人子，家千金，年少不欲從父兄賈，而獨以任俠游里中；楊念如乃故閶門賣衣人；沈揚為牙儈；周文元為吏部輿人①。《清忠譜》中，李玉如此塑造他們，如下述。

〈書鬧〉裡，顏佩韋自謂「生平任俠，意氣粗豪，閃爍目光，不受塵埃半點；淋漓血性，頗知忠義三分」，是個頗有俠氣，講忠義的性情中人。

周文元是姑蘇有名的周老男，他說「閶門好漢我為頭，名舊。飛鴻六順好拳頭，傳授。賭場到處慣拈頭，打就，人人認得老扒頭。」看起來是個混得不錯的市井老大。那時他請一位說書人在李王廟前開設書場，每日賺些錢買酒、賭博。

顏佩韋要去聽書，途遇馬傑、楊念如、沈揚，四人同行。說書人說到一半，顏佩韋對故事中的童貫很生氣，鬧將起來，和周文元起衝突，顏母至，佩韋頗聽母訓，楊等三人勸架，敬佩韋是有義且孝順的人，在不打不相識的情況下，五人遂結為金蘭。

當周順昌被逮時，他們也在抗議的群眾之中，顏佩韋生平最看不得不平之事，他說：

義俠吳門遍九垓，千古應無賽。今日裡公憤沖天難寧耐，怎容得片時捱。任官旗狼虎威

風大，俺這裡呼冤叫枉，喧天動地，管教您一霎掃塵霾。（〈義憤〉）

他們領頭糾眾去官府，希望官府放人。人愈集愈多，大家都知是魏閹下的鈞旨而非聖旨，所以想利用群眾鼓譟的力量，請求放了周順昌。可是那些官吏顢頇不靈，要以官僚習氣來壓抑，惹得眾怒難息，打死一個差官，打傷數人。這倒是給閹黨一個口實，說蘇州人要謀反，魏閹大懼，幾要演成屠城之災。顏佩韋等五人毅然挺身而出，被逮，事情才告結束，也免去一場屠城之害。

當周順昌死於獄中，他們五人也被斬於吳市，斬之前，談笑自若，因為他們受周順昌精神感召，早將生死置之度外。張溥〈五人墓碑記〉云：「五人之當刑也，意氣揚揚，呼中丞之名而罵之，談笑以死，斷頭置城上，顏色不少變」②，他們不但死前意氣揚揚，死後那一股浩然之氣仍在。

此五義人並非飽讀聖賢書者，但秉性忠義，看不得忠臣沈冤，不惜與官吏抵抗，最後他們雖然抵不過奸臣的毒手，但他們為忠義而犧牲的精神，卻對閹黨勢力做一次有效的反擊，因為自此緹騎不隨意再踏出國門一步，許多蹂躪百姓的行為稍斂③。

後來魏閹伏法，魏閹生祠亦被毀，蘇州人遂在魏閹祠舊處，為五人造墓，流傳至今。曾經顯赫一時的魏閹生祠，冰山一倒，樓就塌了，蘇州人沒有忘記五義人的忠義，即以此地讓五義人的魂魄，有一個最好的歸宿。這塊罪惡之地，因此洗去罪惡的痕跡，重新烙上忠義的榜樣。張溥與同社諸君子，感於他們的義氣，為之立碑記，欲以明死生之大，匹夫之有重於社稷也，五義人之事不但在當時很轟動，死後亦留名千古。

二、復社諸子

復社有「小東林」之稱，他們於切磋學問之餘，也關心政治局勢，有清議之風。《桃花扇》中，復社諸子對於馬、阮的抗衡，就如東林黨人之於魏閹黨之抗衡。

〈留都防亂揭帖〉是吳應箕所寫，共有一百四十多人署名，專以揭露阮大鋮之罪惡。《桃花扇・鬨丁》一折中，吳應箕罵阮大鋮：

> 魏家乾，又是客家乾，一處處兒字難免。同氣崔田，同氣崔田，熱兄弟糞爭嘗，癰同吮。東林裡丟飛箭，賈廠裡牽長線，怎掩旁人眼。笑冰山消化，鐵柱翻掀。

阮大鋮狡辯道：

> 飛霜免，不比黑盆免，一件件風影敷衍。初識忠賢，初識忠賢，救周魏，把好身名，甘心貶。前輩康對山，為救李空同，曾入劉瑾之門。我前日屈節，也只為著東林諸君子，

怎麼倒責起我來。

阮大鋮是個具有投機傾向的人，極富心機，當他攀附魏忠賢時，當時魏閹之勢如日中天，他卻已防範魏閹有勢敗的一日，故將與魏閹有干係的證據，如進謁之刺，都暗賄閹人而得以索回。魏初敗，他寫二奏書④，送到楊維垣處，要楊維垣視情勢而上。由他的奏書知，他不但如中山狼般忘恩負義，且蓄意陷害忠良。阮大鋮在歷史上的評價非常狼狽，是屬於大奸大惡之人，在戲曲中形象鮮明，是標準的扁形人物。孔尚任在《桃花扇》中對他的心理描寫很深刻，如〈偵戲〉中，阮大鋮自謂：「可恨身家念重，勢利情多；偶投客魏之門，便入兒孫之列。那時權飛烈焰，用著他當道豺狼；今日勢敗寒灰，剩了俺枯林鴞鳥。人人唾罵，處處擊攻。細想起來，俺阮大鋮也是讀破萬卷之人，什麼忠佞賢奸，不能辨別？彼時既無失心之瘋，又非汗邪之病，怎的主意一錯，竟做了一個魏黨？才題舊事，悔恨交加。」阮大鋮的悔恨很可能是基於自身利益的考量，而非完全基於道德上的考量。尤其是復社黨人對他的攻訐，令他感到四面楚歌，其悔恨之情更甚。因為他明明能辨忠奸，卻又偏往奸邪路上走，可見他是將自身利益置於優先考量之人。他人困在南都，亟思結交當時的復社清流以自存，不惜抹黑為白，但他的狡辯反而引來更大的辱罵，被罵道：

> 閹黨兒子，閹黨兒子，那許你拜文宣。辱人踐行，玷庠序，愧班聯。急將吾黨鳴鼓傳，攻之必遠；屏荒服不與同州縣，投豺虎只當閒豬犬。

那一天丁祭，眾人去祭拜孔子，阮大鋮也跑去湊熱鬧，對於如此投機狡詐的人，復社諸子認為他不配來祭拜，因此群起鼓譟喊打，弄得阮大鋮狼狽脫逃。

復社中的侯朝宗，原以為阮大鋮有心悔過，願接受阮大鋮幫忙辦妝奩以聘香君，當香君知道曉以大義，侯生慨然曰：「平康巷，他能將名節講；偏咱學校朝堂，偏咱學校朝堂，混賢奸不問青黃。那些社友平日重俺侯生者，也只是為這點義氣；我若依附奸邪，那時群起來攻，自救不暇，焉能救人乎？名和節，非泛常；重和輕，須審詳。」（〈卻奩〉）

辨忠奸、知名節，是復社諸子平日相勉之德，侯生因曾於入清後應試，而在歷史的定位上受到貶抑。他是明末四大公子之一⑤，入清後的應試，讓人對他的民族氣節起相當大的質疑，也因此影響到歷史上的評價。《明末民族藝人傳・侯朝宗傳》⑥中謂侯生：

> 習知朝中事，尤熟悉君子、小人始終之故。性豪邁不拘，夙有救濟天下之志，嘗獨嘆曰：「天下將亂，所見公卿大夫，無一人足佐中興，其殆不可救乎？」崇禎十二年己卯，遂遊南都。一日，與吳縣楊維斗廷樞、華亭夏彝仲允彝醉登金山，臨江論當時人

物，悲歌慷慨，有江底魚龍出水而聽之概。

以如此講究氣節之人，入清後竟應試，故頗不被諒解。此傳中言「先生末年，風塵漸收，屢來江南，與遺老遊。清順治十一年甲午卒於家，年僅三十七。」並未言及侯生赴試事。何法周、謝桂榮〈侯方域生平思想考辨—論侯方域的「變節」問題〉一文⑦，作者極力為侯方域辯護，作者深入考察侯生的家庭背景、詩文集及相關資料，認為侯方域並未變節，作者提出數點可疑之處：其一，清廷不擇手段要侯生出來應試，為什麼卻沒有達到錄用授官的目的？其二，侯生兩度應清廷之試後，那些雪苑、復社故友及東林前輩，非但未將他當成失節者看待，反而以「國士」許之。其三，侯生於順治八年即參加清廷之試而失節，但他在那之後的詩文，卻仍大力批判失節者，如此言行不合，那些氣節之士，卻未唾棄他，未免說不通。作者引李敏修《中州先哲傳・文苑傳・侯方域傳》云：

> 順治初，河南巡撫吳景道廉知方域豪橫狀，將案治。宋權方家居，從容語景道曰：「公知唐有李太白，宋有蘇東坡乎？侯生，今之李、蘇也。」景道笑而止。或謂當世欲案治方域以及其父恂，有司趨應省試，乃解。順治八年中副榜，實未完卷也。（卷二三）

李敏修所記若屬實，則可以推論侯生之出應試，實出於不得已，可能不忍老父受罪，但為了不願失節，他採取消極的抵制，即應試而不完卷，故只中副車，如此清廷已製造侯生應試的假象，足以昭示天下，達到宣傳的目的。而侯生亦不以自己為變節者，朋友知他苦衷，亦不以為意，故酬唱往來如故，並仍推許他的氣節，只是清史傳中簡略的記載，令人由「應試」之表層意義推想，認定侯生為變節之人。

明亡時，侯生與吳梅村俱隱居，他南訪時見「江南重臣推轂」中有吳梅村之名，知清廷欲羅致梅村出仕，恐梅村晚節不保，曾致書吳梅村，兩人相約不出仕⑧。後來梅村被強迫出仕，在〈懷古兼弔侯朝宗詩〉末二句云：「死生總負侯嬴諾，欲滴椒漿淚滿樽」，下自註「朝宗歸德人，貽書約終隱不出，余為世所逼，有負夙諾，故及之」（《梅村詩集箋註》卷一三）梅村與侯生為相知甚深之友，他當知侯生的衷心。若侯生真心應試，梅村大可不必感覺有愧侯生。

就侯生言，他懇懇對人忠告，且形諸文字，依常理判斷，似不該自己先背叛諾言。名節乃千秋事，筆者所以不厭其煩論述侯生的事蹟，亦希望對歷史人物能重新評價，何法周、謝桂榮所撰之文，筆者認為頗具參考價值，他們由許多相關的資料中，抽絲剝繭，情理兼顧，甚為周圓。

孔尚任以侯生為《桃花扇》之主要人物，亦肯定侯生之為人。孔尚任對復社諸君子亦非常敬重，劇中侯生以其父侯恂之名義，修札致左良玉，請他不要就食南京，以免引起事故。（見〈修札〉）〈阻奸〉一折裡，他向史可法痛陳福王「三大罪，五不可立」之狀，分析得條理井然，事實證明，弘光果真非英明之主。明亡後，孔尚任讓侯生慧劍斬斷兒女私情，而歸入修道世界，對清廷做消極的抵抗。在孔尚任的批判眼光之下，侯生該不愧其為明子民應有的節操。

三、江湖藝人柳敬亭與蘇崑山

柳敬亭人稱柳麻子，是一位善於說書者⑨，但他在《桃花扇》中扮演重要角色，不全因為他說書技巧的高妙，最重要的還在於他人格上具有任俠使義的特質。〈聽稗〉一折裡，孔尚任借復社諸人的對話來表現柳敬亭的人格。劇中謂柳敬亭曾為阮大鋮之門客，後來知道阮大鋮是附魏閹的逆黨⑩，就拂衣而去，因此侯方域將他視為此輩中的豪傑。據《吳梅村詩集註．柳敬亭傳》云：「柳敬亭者，揚之泰州人。蓋曹姓，年十五，獷悍無賴。」可知他原是一個血性男子，傳中說他名在被捕中，因此出走盱眙，攜稗官一冊，本非他所熟悉，大概迫於營生，他試著說書於盱眙市，後來浸淫日久，遂成為善說書者。柳敬亭詼諧而任俠，所以當時許多士大夫都樂於與他交遊，如吳橋范司馬、桐城何相國常引為上客。並與南曲張燕筑、沈公憲往來，張沈以歌曲，柳以談辭，酒酣以往，擊節悲吟，傾靡四座，屬優孟、東方曼倩之流⑪。左良玉曾於帳下用長刀遮客，引客入席，客都震驚失次，只有柳敬亭詼啁諧笑，旁若無人，因此得到左良玉的敬重。

孔尚任在柳敬亭如此突出的性格上加以點染，《桃花扇》中的柳敬亭就提昇為荊軻之流了，

〈修札〉一折中，對他有較具體的描寫。他說自己雖然是談詞之輩，卻不是飲食之人，又說那些含冤的忠臣孝子，要還他個揚眉吐氣；那些得意的奸雄邪黨，要加他些人禍天誅。這是做為補救的微權，也是褒譏的妙用。可見他說書並非純粹為了娛樂大眾，而是隱然富有褒貶的春秋大義，對歷史人物會加以或輕或重的批判，而他的尺度也不外乎以忠孝節義為主，對忠奸判然分別。

當侯生寫一密札要投送至左良玉處，正苦思無人可差遣時，柳敬亭自告奮勇要前往。侯方域故意說「聞得左良玉軍門嚴肅，山人遊客，一概不容擅入。你這般老態，如何去的？」這些話來激他，他答道：

> 你那裡筆下謅文，我這裡胸中畫策。舌戰群雄，讓俺不才；柳毅傳書，何妨下海。丢卻俺的癡騃，用著俺的詼諧，悄去明來，萬人喝采。

柳敬亭對自己的特長頗有信心，覺得自己足堪此任。侯方域對楊文驄說：「我常誇他是我輩中人，說書乃其餘技耳！」

一路行到左良玉轅門，果然是靠著他幾分機智才得見左元帥，在勸左元帥不要就食南京時，更是善於運用其辯才，讓左元帥知道自己的錯處，最後他說：

俺讀些稗官詞，寄牢騷，稗官詞，寄牢騷，對江山喫一斗苦松醪。小鼓兒顫杖輕敲，寸板兒軟手頻搖；一字字臣忠子孝，一聲聲龍吟虎嘯；快舌尖鋼刀出鞘，響喉嚨轟雷烈炮。呀！似這般冷嘲、熱挑，用不著筆抄、墨描。勸英豪，一盤錯帳速勾了。（〈投轅〉）

他說出自己憂國憂時的心情，也說出自己對忠臣孝子的期許，勸左良玉以邦國為重，懸崖勒馬，左良玉被他說動，消了就食南京的念頭，並將他留在帳中，早晚領教。如此免去一場自相爭食的糾紛。張庚、郭漢城的《中國戲曲通史》說孔尚任「寫柳敬亭這個熱情洋溢的江湖藝人，是用最酣暢的筆墨，著意揮洒，點染成趣；無處沒有戲，無處不在衝突之中。」柳以一個江湖藝人，處在那樣的大時代裡，看盡家國多難，世態炎涼，他義無反顧地投入救國的行列中。

蘇崑生也是一位江湖藝人，以教唱崑曲營生。《吳梅村詩集‧楚兩生歌序》說他與柳敬亭並客於左良玉帳中，左良玉亡後，他削髮入九華山，後又出。吳梅村又說他「於陰陽抗墜，分刌比度，如崑刀之切玉，叩之栗然，非時世所為工也。」可知蘇崑生在曲藝上，有很高造詣。

蘇崑生和柳敬亭氣味頗為相近，且也敬重柳敬亭，曾告訴吳梅村說：「吾浪跡三十年，為通侯所知。今失路憔悴而來過此，惟願公一言，與柳生並傳足矣！」《桃花扇》劇中，蘇崑生和柳敬亭一樣，是個能辨忠奸的人，出場時即道：

> 閒來翠館調鸚鵡，懶去朱門看牡丹。……自出阮衙，便投妓院，做這美人教習，不強似做那義子的幫閒嗎？（〈傳歌〉）

他原本也是阮大鋮門下客，知阮是魏閹義子後，就毅然離開，到妓院自謀生路，也是不屑與奸佞同流者。

〈草檄〉一折中，他道：

> 萬曆年間一小童，崇禎朝代半衰翁；曾逢天啟乾恩蔭，又見弘光嗣廠公。……你說那兩位嗣廠公，有天沒日，要把正人君子，捕滅盡絕。

孔尚任對馬、阮把持朝政頗為痛恨，故以之與天啟朝的魏閹相比，明示其迫害忠良之陰狠手段。劇中安排侯方域被逮[12]，蘇崑生欲至左良玉處求救。他也利用自己的特長，唱曲以引起左良玉的注意，進一步能入帳中與左細談，說明侯生等復社名士被逮始末，激得左良玉等人草檄清君側。檄成，柳敬亭又自願冒險前往送檄。

〈截磯〉一折中，黃得功被馬士英調派來阻左良玉之兵，左良玉急欲遣人去游說，蘇崑生表示願前往送書，後左良玉不幸嘔血而亡，眾官兵潰散，只有蘇崑生守著左良玉的屍首祭拜，欲待左夢庚來為父收殮才離去，算是有情有義之人。

試一齣〈先聲〉的下場詩有「巧柳蘇往來牽密線」，可見他二人在《桃花扇》裡，具有來往穿線的地位，是本劇不可少的人物。孔尚任特顯他們二人的嚴辨忠奸的精神，以應其創作意識。

四、樂工雷海青

《明皇雜錄》裡提到安祿山大宴群臣於凝碧池，當時許多大唐降將，都受封官祿，並大陳御庫珍寶於前後，忘了自己是吃大唐俸祿的人。反倒是那些梨園弟子，相對而泣，表現出對故國的懷念。其中又以雷海青表現最為激烈，竟將樂器甩在地上，西向而哭。相傳王維那時也被拘提在普施寺中，聽到這件事，賦詩曰：

> 萬戶傷心生野煙，百官何日更朝天？秋槐葉落空宮裡，凝碧池頭奏管弦[13]。

王維本不願在安祿山手下為官，可是被安祿山強迫，勉強為官，故最能了解雷海青的心情，此亦王維自我表白心跡之詩。

雷海青上場時自道：「我雷海青雖是一個樂工，那些沒廉恥的勾當，委實做不出來。」他進一步吟道：

雖則俺樂工卑濫，硜硜愚暗，也不曾讀書獻策，登科及第，向鵷班高站。只這血性中，胸脯內，倒有些忠肝義膽。今日個睹了喪亡，遭了危難，值了變慘，不由人痛切齒，聲吞恨銜。（〈罵賊〉）

他罵安祿山為癩蝦蟆，又罵那些貳臣，不假顏色（見前章第二節），最後也是以生命殉朝廷。寫於明末清初的這些歷史劇，劇中這些講忠義的人，很多都是社會上階層較低的人，他們或是市井小民，或是江湖藝人，或是樂工伶人。他們自小未曾讀過什麼聖賢書，就是仗著胸中一些血氣，在急難時候，總會昇華成忠肝義膽，為他們所認定的道德倫常，義無反顧去實踐，絲毫不計自己的生命安危。反倒是那些飽讀聖賢書的人，擁有朝廷給的利祿，卻往往在緊要關頭看不破自身利害，往往做出變節傷義之事。雷海青在洪昇的劇中，也被賦予忠義形象，罵起安祿山及貳臣們那種「忘恩負義，人面獸心」的醜惡面目，充滿正義之氣。

雷海青的精神，很受洪昇推崇，〈彈詞〉一折，以內苑伶工李龜年流落江南，唱曲糊口為主幹，唱出離亂的前因後果，感人肺腑。他說自己是梨園中人，就有人問他是不是雷海青，他說：「他呵（指雷海青），罵逆賊，久已身死名垂。」

另外在〈私祭〉一折裡，洪昇借舊宮人永新、念奴與李龜年重逢，兩人問起梨園舊人，李龜年提到雷海青，又是一番感慨說：「那雷老呵，他忠魂昭昭白日，羞殺我遺老泣斜陽。」這句話恐怕也勾起多少明代遺老的心事。

這些小人物，為歷史舞臺增添多少光彩，也讓戲曲舞臺增加不少教忠的典型。

五、義僕莫誠

古時地主、士紳階級，家中都有僕役以供差遣，有些僕役與主人的關係相當密切，他們可能終身事奉主人，對主人忠心耿耿。平時可以替主人分憂解勞，必要時候可以為主人犧牲奉獻，《一捧雪》裡的莫誠就是這樣一個典型。在封建時代裡，主僕的關係相當於君臣關係，其間所繫仍是忠義精神。僕人生活所需要仰賴主人供給，主人亦需靠僕人替他們處理許多事務，他們的相依存程度很密切，因此主僕之間也發展出一種較接近「君臣有義」的倫理關係。

莫懷古要進京謀差時，帶在身邊的僕人就是莫誠，表示莫誠是很值得信任而得力的僕人⑭。湯勤是一個落魄的裱褙師，被莫懷古收留，以事實來說，他們並不具備主僕關係，而是接近於賓主關係，因莫懷古是書香世家，於書畫的鑑賞有所雅好，對裱褙師有一份出於專業上的敬重，並不因湯勤的落魄而輕視他。湯勤受此知遇，理當回報，但他卻具有「中山狼」的性格，造成日後莫氏一家人命運的顛簸。

《一捧雪》裡，李玉以莫誠的忠、湯勤的奸做明顯的對比，以彰顯出「忠義」的可貴。

作者在湯勤出場時，即暗示他「有技無行」的性格，他自稱自幼學得一手好裱褙功夫，以致頗有微名，生意不錯，只因「好嫖好賭，又要沈沒人的東西，弄得鬼也沒得上門」，又遭兩個荒年，妻死家破，寄食杭州寺廟，聊以裱褙度日。後來遇到莫懷古，頗賞賜他的手藝，所以延請回家。在莫妻眼中，莫懷古是一位「生長豪華，不知世路曲折」的人，可見莫懷古未能知人，否則連莫妻都警告他湯勤是專行諂諛的宵小之輩，莫懷古竟不知加以防犯，反而事事讓他參與，在與塾師惜別酒宴上，公然拿出「一捧雪」這無價玉杯出來炫耀，也種下日後禍患之根。

莫懷古到嚴世蕃家作客，嚴世蕃抱怨找不到好裱褙師，莫懷古即推薦湯勤，一來莫懷古想自己是窮官，留不得湯勤；二來他想借此巴結嚴世蕃，希望嚴世蕃能為他謀個好差。以湯勤的為人，到嚴府當差正是如魚得水。如果說嚴世蕃是隻老虎，那麼湯勤無異是老虎的羽翼，老虎而添上翅膀，則在巧取豪奪上，更上一層了。

湯勤知嚴世蕃對寶物貪得無厭，且胃口愈來愈大⑮，就想利用莫懷古家的「一捧雪」來邀寵，因為「一捧雪」原名「盤龍和玉杯」，是戰國時候的和氏璧，祖龍使玉工製之，命以殉葬。後來郭振獲此寶物，獻給唐玄宗，一直到宋朝，此物都藏在國庫中，元亂時此杯流於江南，莫懷古的九代祖得之，當為傳家之寶。「一捧雪」的來頭如此之大，搔得嚴世蕃心癢癢的，湯勤趁機說：「憑著湯勤三分舌，這杯定教歸於恩主」。湯勤抓住這大好機會，準備大獻殷勤，以便得到更多寵眷。

湯勤到莫家，先向莫懷古暗示嚴世蕃操生殺予奪的權力，他說：

> 炎炎勢燄，赫赫威權，逆他的輕則遣戍謫官，重則擬辟；奉他的不要說一歲三遷，便一日九遷也繇他哩！（〈勢索〉）

話中透顯當時朝中政事之污亂，湯勤以此威脅利誘，莫懷古想了一下，就說只要升他做河道糧儲都御使，便以杯贈嚴世蕃，湯勤又充使者，將此功攬下。

莫懷古思量「一捧雪」乃傳家之寶，不肯送人，就請託玉匠做一假杯誆過。一切進行順利，沒想到莫懷古升官後得意忘形，酒後失言，又把假杯的事說出，湯勤緊張了，因為湯勤看出嚴家權大勢大，自忖「不要說下半世富貴全靠著他（指嚴世蕃），就是子子孫孫，也都受用在裡頭」，他怕萬一東窗事發，自己的前途都要付諸東洋大海，所以就先下手為強，將實情告知嚴世蕃。嚴世蕃是何許人，怎嚥得下這口氣，知道實情後即親自帶人上門去搜。

莫誠的機智在此時表現，他料定被湯勤得知實情，恐凶多吉少，所以一看嚴世蕃帶人上門，他即刻挾杯暫避，躲過一劫。不過，莫懷古畏罪而逃，逃亡的路線又被湯勤料中，最後被逮到戚繼光那裡，嚴世蕃下詔問斬，還好莫懷古與戚繼光有舊，戚故意拖延時間。

莫誠在官兵追逮的行動中逃脫，他原可自尋生路，但他一心一意只在營救主人，絲毫未為自己打算，反而跑到戚繼光營中求情。眾人無計可施之際，莫誠說：「小人世受豢養之恩，此身之外，無可報效，今日裡呵，遇著這今生仇夙生孽冤，怎忍見擎天柱未央命捐，我拚得頸血賤黃泉」（〈代戮〉），莫懷古幾番不忍，莫誠舉出滎陽紀信之忠義為例，態度非常堅持，一副視死如歸狀。就這樣，莫誠以犧牲生命表現他對主人的忠。

臣為君死，僕為主死，一樣表現出忠義精神，在道德倫理上，都是屬於正當的表現。臣為君死，不問君是否值得臣為他而死；同樣的僕為主死，也不問其主人是否值得僕人為他而死，這是封建時代人們心目中「忠」的表現，有其時代意義。

【註釋】

①見張山來所輯《虞初新志》卷六。

②見《七錄齋集存稿》卷三。

③《明史・周順昌傳》云：「東廠刺事者言吳人盡反，謀斷水道，劫漕舟，忠賢大懼。已而一鷺言縛得倡亂者顏佩韋、馬傑、沈揚、楊念如、周文元等，亂已定，忠賢乃安。然自是緹騎不

出國門矣。」（卷二四五）

④ 其中一書專劾崔、魏，一書以七年合算，謂天啟四年以後，亂政者忠賢，而翼以呈秀；四年以前，亂政者王安，而翼以東林。

⑤ 明末四公子除侯朝宗外，還有桐城方密之、如皋冒辟疆、宜興陳定生。四人皆出身公卿，負異才，折節讀書，廣交天下之士。

⑥ 此傳記依日人山本悌二郎、紀成虎一《宋元明清書畫名賢傳》選編，由傅抱石翻譯，刊入《清代傳記叢刊》。

⑦ 本文登於《文學遺產》一九九二年第一期，頁九七。

⑧ 侯生有〈與吳駿公書〉及〈寄吳詹事〉詩，詩云：「曾憶掛冠吳市去，此風千載號梅村。好酬社日田家酒，莫負瓜時郭外園。海訊東來雲漠漠，江楓晚落葉翻翻。少年學士今白首，珍重侯嬴贈一言。」

⑨ 張岱詩〈柳麻子說書〉中有云「仲謙竹器叔遠犀，波臣寫照簡叔畫。昆白絃子士元燈，張卯串戲雜彭大。及見泰州柳先生，諸公諸技皆可罷。」那麼多人的拿手絕活，和柳麻子的說書比起來，都相對失色，可見柳麻子說書之妙。又云「先生古貌偉衣冠，舌底喑嗚兼叱吒。劈開混沌取鬚眉，嚼碎虛空尋笑罵。……勾勒《水滸》更神奇，耐庵咋指貫中嚇。夏起層冰冬

起雷，天雨血兮鬼哭夜。先生滿腹是文情，刻畫雕鏤奪造化。眼前活立太史公，口內龍門如水瀉。」柳敬亭的說書技巧，可以說是出神入化，具有聲光效果，難怪張岱以「太史公」喻之，推崇之至。見《張岱詩文集》頁四九。另張岱在《陶庵夢憶‧柳敬亭說書》一則，亦有所描述，有云「摘世上說書之耳，而使之諦聽，不怕其不齰舌死也」，亦是推崇備至。見《陶庵夢憶》頁四五。

⑩ 據《明史‧阮大鋮傳》云阮大鋮是機敏猾賊，他「事忠賢極謹，而陰慮其不足恃，每進謁，輒厚賄忠賢閽人，還其刺。居數月，復乞歸」，可見他機敏狡詐，知道為自己留後路，魏忠賢初敗時，他又馬上函兩疏給楊維垣，其中一疏專劾崔、魏，企圖與魏黨劃清界線。因此有人不知道他曾附魏閹。

⑪ 見余懷《板橋雜記》。

⑫ 那時侯方域逃脫，並未被逮，劇中為了劇情需要，安排侯方域被逮。

⑬ 《舊唐書‧王維傳》云：「祿山陷兩都，玄宗出幸，維扈從不及，為賊所得。維服藥取痢，偽稱瘖病。祿山素憐之，遣人迎置洛陽，拘普施寺，迫以為署。祿山宴其徒於凝碧宮，其樂工皆梨園弟子、教坊工人。維聞之悲惻，潛為詩曰……」（卷一九〇下）此事亦見載於《明皇雜錄》，不過易普施寺為菩提寺。

⑭〈燕遊〉一折中，莫妻對莫懷古說：「相公此行，內有雪姬調護，外有莫誠支值，妾亦放心。」表示莫誠在莫家的家人當中，是可以委託、信任的人。

⑮《一捧雪・豪宴》中，嚴世蕃帶莫懷古參觀他家的收藏，莫懷古看到說：「呀，好一所大樓，畫棟凌雲，朱欄映斗」，嚴世蕃謙稱前後廂樓號分風、花、雪、月，各有不同收藏，從商周鼎彝到唐宋書畫都有。後來因他位高權重，想要求前途的，都拿各方珍寶來獻，較普通的他還看不上眼。

第三節　賢婦 孝子

劇作家的歷史反思，於政治的批判中，對維繫朝綱常力量加以頌揚，除前述忠臣義士之外，賢婦孝子亦是其歌頌之人物，且也都將這些人物架構在政治環境之下，看他們與權奸抗衡時，表現出「富貴不能淫，威武不能屈」的忠貞形象。

由於劇作家較關注於歷史反思，故其著墨多在現實政治上的批判，對於兒女私情、家庭倫理的敘述較少，甚至有刻意淡漠親情的描寫。如《清忠譜》裡，周順昌一心以忠為念，欲對抗魏閹這一股強大的惡勢力，他對家庭天倫之情就顯得淡漠得多，在出場自我介紹的時候，提到「荊妻吳氏，有子四丁」時，緊接著說「瑣瑣家門，何須齒及」，他絮絮叨叨的，都是自己清高為官，凜凜忠義，及對魏閹罪惡之痛恨。

周順昌一介貧官，妻子兒女生活上非常清苦，這些物質上的苦他們忍得，但周順昌罵祠後，朝廷下旨要逮他，周妻忍不住抱怨他：「相公，你一生剛愎，惹是招非，情知璫勢難攖，故意虎鬚獨撩，今日禍到頭，我母子們死無葬身之地矣。」周順昌回說：「婦人家，說這樣沒志氣的話來，男兒事，有甚悲，無他畏。此身許國應拋棄。」他還告許妻子兒女說：「你每既做了周順昌之妻，周順昌之子，頗知大義，卻緣何狂呼慘啼，未能鼓舞鬚眉氣，徒然撓亂人意！」

所謂「黯然銷魂者，唯別而已矣」，骨肉分離總是令人傷感的，何況周順昌此去，恐怕凶多吉少，因此其妻子兒女心中已有死別的預感，其悲痛可知。但一心在國的周順昌，覺得妻子兒女都該放下那些私人情感，而要能知大義，鼓舞鬚眉氣。

《牛頭山》裡，岳雲獲神槌、龍駒、鎧甲，一路尋父親所在，那時金兀朮的兵正圍住牛頭山，岳雲一人一騎衝殺無數金兵，後由牛將軍接應上山。岳飛聞知，竟懷疑兒子是受金兀朮劫上山來當說客，怕他擾亂軍心，又聽岳雲說受九天玄女娘娘之命，要救君父之難，直斥其無稽，叫左右將岳雲推出轅門梟首。

眾將忙為岳雲求情，岳飛道：「他不奉軍令而來，自然要砍。」岳飛意謂若不斬他，軍令不行，眾將苦苦哀求無效，最後還是皇上出面才解圍。

岳飛以一帶兵將軍，注重的是軍令，正在敵我相持的時候，他一心以忠君愛國為念，對自己兒子亦苛求有加，只因不被軍令徵召，私自上山，就要梟首示眾。

在凸顯忠君觀念的同時，天倫之情顯得微不足道，而這些忠臣所期望於妻女的，也是化個人小愛為國家大愛，知辨賢奸，同樣為不振之綱常盡一份力量。茲將劇作中賢婦孝子的表現做一評述。

一、賢婦

（一）以死報君、以死報夫

1、黃潛善之妻

《牛頭山》裡，奸佞黃潛善之妻是個深明大義的婦人，知其夫「立心不正，不思忠君為國，一味諂諛逢迎，只圖傷害善類」，她在屢諫不聽的情況下，不齒與之為伍，就自結茅庵，竟日唸經拜佛。

金兵南侵，康王倉皇南渡，黃潛善明言護駕，實則暗藏禍心，要在適當時候，將康王獻給金兵以邀功。黃妻知道後，勸諫不聽，只好趁他不在，將實情告訴康王，要康王速逃。

康王說：「想我如今一去，倘你丈夫領兀朮到來，不見了我，豈不累及夫人性命不保，是不仁也。萬一兀朮追問夫人，夫人抵賴不過，仍說我從山後而去，兀朮領兵趕來追獲著了，究竟送了自己性命，是不智也。罷！罷！罷！不如安坐此處，憑你丈夫便了。」

黃妻表示對皇上一片忠心，道：

> 匹婦心逾苦捐軀，志怎灰？負君王不得安心去，覓兒夫，顯出欺君罪，雖偷生，難免傍人議。（第十折）

黃妻一心要救皇上脫此大難，為免皇上有此顧慮，舉刀自刎。她雖一女流，但平日即曉為人大義，恥與丈夫同流合污，在急難當頭又能從容赴義，其明大義、忠君王之心不亞男子，尤其和丈夫黃潛善相比，高下立判。李玉在第一折即說「幾遭暗獻，逢義婦，遠避狂飆」，李玉以明大義的女子，痛貶那種貪圖個人私利的佞臣，甚有深意。

2、雪豔

《一捧雪》中的雪豔，是莫懷古的妾，隨著莫懷古到京謀差。莫誠為主人犧牲後，首級傳回京師，被湯勤看出是假，會審時，湯勤垂涎雪豔的姿色，與雪豔談條件，若雪豔肯嫁他，他就做假證說首級是莫懷古的沒錯。雪豔在這種關頭，心中非常矛盾。她考慮再三，心想若讓湯勤做證頭顱是假，則莫誠的犧牲白費，恩人戚繼光也要負起包庇之罪，而嚴世蕃會再追究下去，到時候莫懷古的命也將不保，所有關鍵都在她身上，她只有含淚答應，但外表柔弱的她，心中卻已暗忖復仇之道。

以雪豔這樣一個弱女子，在勢單力薄的情況下，要對付湯勤那個老狐狸，不是容易的，她知形勢非常不利，但她抱著必死之心，倒也坦然面對。當湯勤樂得要娶美嬌娘時，她義正辭嚴地說：

> 你和我老爺，錢塘寄食，京國攜行，汲引國相府榮華，忘卻故人情誼。玉杯更窮真假，陷殺命復堪頭顱，于理何辭？于心何忍？（〈誅奸〉）

她希望能喚醒湯勤的良知，但湯勤還是一心要和雪豔成親，要她別翻老帳，雪豔又說：

> 新愁串前事，蟲砌柔腸，怎容結舌。你今日里呵，戴烏帽朝靴，將鴛序列，試平心詳細者，不思量風雪侵肌冽，不念那骨肉同行挈，不記得豪門攜謁，竟反把水木根源噬囓。

（〈誅奸〉）

這一番話，仍喚不醒湯勤的良知，他反說些風月話，急於要與雪豔成鴛侶，雪豔在忍無可忍的情況下，手刃這隻「中山狼」，之後自己也持刀自刎，保了貞潔，也報了大仇。對這種奔走於豪富之家的走狗，雪豔能予以痛擊，具有積極意義。

李玉在本戲曲前面《談概》云「捐軀僕恰配享千貞萬烈的薛豔娘」，就是對莫誠忠義捐軀，及雪豔守貞復仇的歌詠。

（二）率眾禦敵

《兩鬚眉》中則將黃禹金夫婦並列，號為「兩鬚眉」，萬山漁叟的敘云：

> 至若女子，目不睹《陰符》、《黃石》之書，身不歷名山大川之險，蘋蘩箕帚而外無他事，一旦臨大難、遇大敵，保巖城于纍卵，活萬命於重圍，雖偉男子猶難之。……木蘭代父從軍、劉遐妻拔困出夫、荀崧女踰城救父，皆才識膽全備而後行之不疑，期之克就，此女子中之丈夫也。一笠庵主人，譜黃大將軍、鄧夫人救荒守砦，撫寇成功始末，而顏之曰《兩鬚眉》。

明末流寇四處滋擾，若全要仰賴朝廷派兵鎮壓，勢不能完足，故各地方自衛之力量，成為直接的防衛。但地方力量必需經過組織，那就需要有勇有謀之人加以組織運用。鄧氏自言：「頗識詩書，夙慕俠烈」，可見她素負智勇。

鄧氏平日掌理家中大大小小的事，讓黃禹金無後顧之憂，得以在史可法營中為幕府；流寇來時，她以祿米賑濟災民，集合窮民開墾荒田，並將人心團結起來，營寨堅守。她指揮大家築城堡，製造兵器火藥，她率領親人身先士卒，鄉里之人亦總動員。那時流賊勢盛，一路燒殺搶奪，有些官兵害怕而躲避起來，任流寇滋擾。鄧氏反而挑起迎敵大任，的確是不讓鬚眉，她吟道：

> 高牙大纛，蓮花帳內女嫖姚，胸蟠虎略，腹飽龍韜，威生杏臉，令出櫻桃，鎗拈玉手，劍掛纖腰，凌波馬上，秋水弓梢。佐唐家何來娘子軍，助韓王不愧夫人號。真個是裙釵將帥，脂粉英豪。（〈營寨〉）

亂世時，有此女英豪足以領率群眾，頗能振奮人心。但世亂人心慌，難免有人因流寇氣勢凶凶而心有二志，在群眾裡擾嚷，鄧氏知軍心最怕淆惑，故她拿出魄力，將喧嘩者斬首掛在轅門示眾，以此表現她禦敵的決心。眾人受其恩威並重精神之感召，皆能奮力抗敵，而守住城砦。

此種以女嫖姚自任的女子，不會因自己是女英豪而跋扈。她也曾「刺血書求延姑壽，願短己季；省甘旨以奉姑餐，躬吞麥飯」（〈課讀〉），可見其孝心之至。在男子普遍擁有三妻四妾的年代，她沒有現出老大的尖刻作風，反而待那些妾如姊妹，在《兩鬚眉》一劇中，鄧氏是個完美的婦女典型。

《牛頭山》裡的鞏金定與其兄鞏韜，因金兵擾亂、盜賊猖狂，故教習鄉兵來保守地方之安全，知康王有難，他們進而要前往勤王救主。後來兄妹倆兵分兩路，預備前往牛頭山護主，途遇岳雲，岳雲建議鞏金定到湯陰護正宮娘娘，而鞏韜仍守家鄉。（第十八齣）

第二十三齣，有一些金兵果然攻至湯陰岳家村，娘娘與岳飛之妻均被俘，碰巧鞏金定率兵趕到，殺退金兵，救了她們。此不讓鬚眉之女英豪，在邦國內憂外患臨頭之時，頗能發揮克敵之功。

李玉生當明末，對內憂外患感受很深，鄧氏、鞏金定都智勇雙全，於動亂時挺身安邦撫民，其忠勇不讓鬚眉，故點染入之戲曲，以垂鑑千古。

（三）凜忠義、罵權臣

《桃花扇》中，李香君罵那些把持朝政的權臣，最具凜烈正氣。歷史上真有李香君其人，且其行跡亦與劇中人物接近。明末東林黨予人清流的形象，社會上各階層的人都頗為敬重，後來的復社名士，也都能受到敬重。當時許多名妓，與名士來往頗為密切，侯方域〈李姬傳〉云：

李姬者，名香，母貞麗。貞麗有俠氣，嘗一夜博金立盡；所交接皆當世豪傑，尤與陽羨陳貞慧善也。姬為其養女，亦俠而慧，略知書，能辨別士大夫賢否，張學士吏部允彝急稱之。少風調皎爽不群①。

由這段文字可知，香君的假母貞麗，即是一位具有俠氣的女子，且善與當世名士交接，和復社名士陳貞慧尤其密切。遠在唐傳奇裡，我們就可看到許多才氣不凡、性格特立的名妓。明末工商業發達，商旅來往頻繁，花街柳巷亦應運而發達，許多才子亦常在其中穿梭，演出不少才子佳人的風流韻事。

復社名士中不乏與妓女相善者，而復社人物承東林餘緒，亦喜品評朝政，故那些妓女耳濡目染之下，對當時政局情勢亦多所認識，故孔尚任筆下的香君不是偶然出現的，她的出現自有其時代背景。所謂「俠而慧，略知書，能辨別士大夫賢否」，聊聊數句，即勾勒出香君的性格，有其倜儻不群之概。復社名士與此輩妓女在一起，不盡是風花雪月，他們一定也常以當時的政治為話題，對於日趨惡化的朝政，發抒更多的感慨。

〈李姬傳〉中提到阮大鋮因曾阿附魏忠賢，屏居金陵時，為清議所斥，由吳應箕和陳貞慧主其事。阮大鋮想借侯方域的關係，交好於復社諸人，所以託王將軍日載酒與侯生游。香君看出其中蹊蹺，認為王將軍甚貧，不應如此闊綽。一問，果然是阮大鋮的主意。《桃花扇‧卻奩》即是就此事點染而成，劇中阮大鋮透過楊文驄幫侯生備妝奩，好讓侯生與香君訂交。侯生知道阮的心意後，以為阮有悔意，遂有意幫阮大鋮，但被香君摒拒，她說：「阮大鋮趨附權奸，廉恥喪盡；婦人女子，無不唾罵。」又說：「那知道這幾件釵釧衣裙，原放不到我香君眼裡」，於是她把新衣釵釧等東西，丟了一地。由此可看出香君個性分明，對賢不肖判然相待，不加寬貸。

侯生倉促出走，阮大鋮挾怨，要將香君嫁給田仰，田仰當時正蒙啟用，頗為榮貴，嫁與他可享不少富貴。剛巧那時侯生毫無訊息，院落冷清，可是香君亦一貞烈女子，誓為侯生守樓。榮華富貴看不在她眼裡，權勢強逼也屈服不了她。阮奸不放過她，非要著人來搶，她誓死抵賴，結果頭上撞出傷來，才由假母貞麗代嫁。

〈罵筵〉一折，更將香君忠義不屈的個性表露無遺，那時弘光命人到舊院選優，她也被選上，她看到馬士英、阮大鋮等一群奸佞小人都聚在一處，正要飲酒作樂，就打定主意要做個「女禰衡」，好好罵他們一場。她開口道

> 堂堂列公，半邊南朝，望你崢嶸。出身希貴寵，創業選聲容，後庭花又添幾種。

她警告袞袞諸公，此時大明江山已是半壁殘山剩水，而諸公卻仍爭權奪利，誘中興之主選聲

容，就似陳朝後主，國難當頭還時時唱著後庭花，國祚恐將不測。可是那些奸佞那哪裡聽得下，覺得她胡說八道，該打！她卻又說道

> 東林伯仲，俺青樓皆知敬重。乾兒義子從新用，絕不了魏家種。

魏忠賢誤國誤民甚鉅，魏黨勢力雖被削弱許多，但沒想到在南明小朝廷，魏黨餘孽卻有死灰復燃之勢，此處露骨地揭露這個事實，也明著告訴諸公，他們的胸襟連青樓女子都不如！青樓女子一向是在社會底層掙扎的，最被世俗所瞧不起，可是她們之中也有明大是大非，任俠使義者，這些女子高潔的情操，比那些僅知把權圖利的貪官污吏、賣國賊等，是好太多了。處在明季那個紊亂時代，香君無疑是一個輝光的典型。

這幾折戲，是孔尚任在香君的性格上，予以藝術形象化，以凸顯他對南明政治的批判，對權奸閹宦的亂政誤國，表示極端之不滿。

二、孝子

《萬里圓》以黃向堅萬里尋父為主線，展開孝子身涉險境，萬里尋荒的經過，這一齣戲基本上也是架構於明末政治動亂的大環境下，黃父因戰亂不得歸，黃向堅思父心切，歷盡辛苦，才得與父團圓。

劇中第五齣寫黃孔昭到雲南任大姚縣令，甫到任，燕京即失守，雲南土司吳必奎伺機興兵作亂。因吳必奎之亂，沐家派沙定州援征，可是沙定州也乘機判亂，如此兵亂連年，黃孔昭準備告病辭官。邊疆地區原就難以安撫，若在太平盛世，朝廷力量穩固，則兩兩相安；一旦中原亂象起，邊疆地區也常跟著亂象頻仍。當黃向堅投宿客店時，同宿旅客即告知路途難行，不但天然環境險惡，嶺高澗深，猛虎出入，更有剪徑盜賊，搶人財物。思親心切的黃向堅，顧不得許多危險，還是涉荒前行，果然在雪天被搶，倒臥雪中，幸賴老僧搭救。劇中，李玉寫出當時邦國的亂象，人民的生命財產都得不到保障，尤其第三、四折中，對南明朝廷的批判，更可看出作者諷諭之意。

《一捧雪》的莫昊為莫懷古之子，因父遭嚴世蕃誣陷，罪及全家，他逃脫後苦讀，易名應試高中後，他因「忠心孝思兩迫於衷」，故免冠荷斧冒死上書，痛陳嚴世父子之罪曰：

> 只把那殃民蠹國賊嵩題，端的是操莽勝奸回，則他這腹心廣布，綱紀陰持，忠良俱排擠，憸險護樞機。……肆苞苴，鬻盡公卿位……。趙鄢行，乾兒貴真個是勢重覺天低。子世蕃濟惡同謀，子世蕃濟惡同謀，擅威靈封章票擬，恣奸淫占奪嬌娃……蓄陰謀練操軍騎。試觀他金穴銀山國與齊，都是民膏血，和那賄賂遺，入狐群寵冠朝班……（〈劾

惡〉）

最後彈劾成功，嚴氏父子入罪，為朝廷除去大奸大惡之人。當然正史上劾嚴氏父子者有很多，前仆後繼，惡貫滿盈的嚴氏父子終於落敗，李玉此處以莫昊為代表，寫出孝子忠臣之心。

《清忠譜》裡的周順昌之子周茂蘭則為更典型的代表。史傳載他「刺血書疏，詣闕愬冤」，李玉在劇中則有更完整的敘述。當魏閹派人要來逮捕周順昌時，茂蘭願代父受罪，不成，待周順昌就逮，他一路追隨。當囚船停靠江邊，他懇求一見父親之面，父子相會，周順昌因早以身許國，不許他跟到京師打點。茂蘭心忖：「爹爹既欲捐軀報君，我又何難捨生報父。」他想投江殉父，被故人求起，鼓動他雇舟隨行，伺機而動。

他刺血書疏道：

……那魏賊的罪惡呵，寫寫不盡他肆匈威，題題不盡他欺君罪，奏奏不盡他佔江山的深深禍機。只寫得父冤羈，狂受嚴刑黑砌。望聖上震霆雷早殛殺弄朝權的閹賊。……

（〈血奏〉）

後來他冒充獄卒到獄中探父，看他父親被閹黨苦刑得全身傷痕累累，血肉模糊，他痛道：

「若是割兒肉，補得牢，只這萬千孔，便割盡微軀，代爹補好。」（〈囊首〉）沒想到就在獄中，閹魏派人來把周順昌害死，真是慘絕人倫之事。正史只說「遂於夜中潛斃之」②，並無記載周茂蘭親睹父親被殺慘狀，但李玉此種「以劇為史」的手法，借父子與生俱來的骨肉相連之情，把悲劇氣氛渲染得更深沈，更顯出其對逆閹的批判。而茂蘭上血書之事實在周順昌死後二年多，李玉將之提前，也是要彰顯茂蘭孝思與忠憤之情。

在那個權奸閹黨肆虐的黑暗時代，不知有多少家庭遭受此種命運，為了與惡勢力抗衡，父子相繼前行，一定要與權奸奮戰到底。茂蘭在明亡後亦隱居不出，亦是其父精神之感召。

【註釋】

① 見《侯方域文》。另余懷《板橋雜記》云：李香君身軀短小，膚理玉色，慧俊婉轉，調笑無雙，人名之為『香扇墜』。」

② 見《明史・周順昌傳》卷二四五。

第六章　劇作家之救贖表現

本論文以政治歷史為考察重點，劇作家在處理歷史事件時，儘管他們對政治的陰暗面有所反思與批判，但已然發生的歷史卻留下許多缺憾，那些缺憾有沒有辦法去彌縫呢？劇作家撫今感昔，對歷史的困境、對現實存在的環境，都有很深的無力感，因此他們通過特殊的藝術手法，通過另外的時空，讓他們對歷史的缺憾感取得心靈上的救贖。

戲曲提供一個可以模擬人生的舞臺，一個富於想像的空間，劇作家可以其「創造歷史」的手法，讓那些缺憾得到救贖。他們所採取的救贖方法約有兩種，一是現實世界的救贖，即歷史人物沒有離開現實領域，只是轉化其生活方式；另一種是非現實世界的救贖，即讓歷史人物離開現實人間，在非現實的世界裡得到救贖。筆者統稱之為異域的救贖。

本章所謂「異域」，是採取一個廣義的指涉，泛指異於一般現實世間的活動常軌，包括

一、在人世間而抱持出世間的生活態度，如隱遁山林或皈依宗教。

二、夢境的製造，或者是完全出離人世間的神仙鬼道領域。

劇作家安排的救贖情節，往往與其創作的主題意識密不可分，因此本章即欲探討劇作家如何

將其創作意識，表現於其所採用之歷史救贖上。

第一節　現實世界之救贖

自古以來，儒家主張士人應懷抱經國治世的胸襟，做積極入世的工作，所謂「學而優則仕」，通過做官的途徑，士人得以實現其理想與抱負。但政治之清濁不一，身處濁世，政治不清明，無法實現理想，子曰：「天下有道則現，無道則隱。」（〈泰伯篇〉），即是此意。又或者身處異代，無心在異朝為貳臣，隱遁就成為一條可行之路。

中國傳統觀念中，有「儒家守常，道家達變」的說法，「道家」原本以老莊思想為主，但可以擴大其涵意，兼指「道教」。而較能在變動時期安撫人心的，除道教之外，佛教亦佔重要地位。自六朝時候，政治上長期處於分崩離析的狀態，社會嚴重脫序，彼時儒家思想已無法居主流地位，道家、佛家思想在充斥人生無常感的時期，提供一片新的園地，可以安頓那些流離失措的靈魂；同時在學術思潮上，三教已有合一趨勢。

由歷史上的發展軌跡來看，儒家對於正常的、上軌道的社會，在維護其道德規範、人倫大序方面，確實有其相當穩定的力量；在非常的情勢之下，儒家思想無法成為時代思潮的指導者，道、佛二家思想，常可以成為人心的避難所。明末時道教、佛教已是很普遍的民間信仰，因此在變動、非常的情勢之下，道教與佛教可以充分發揮其達變能力，在變動不居的時代中，讓人們有一片和諧安樂的淨土可以追求①。

現實世界的救贖，在歷史劇裡，為劇作家提供歷史人物的理想歸宿，此處所謂「理想歸宿」，是指歷史人物處身於政治不清明之時，可以另尋一片天地，做為安頓生命之處。最具典型的是陶淵明筆下的「桃花源」，那是人間的天堂，人民生活在風景優美的大自然裡，家家戶戶雞犬相聞，沒有政治制度的枷鎖，沒有殘酷的戰爭，因此桃花源中的居民，自其祖先避秦亂以來，不知外界已有漢與魏晉的嬗遞。對於飽受離亂的人們來說，那是令人心嚮往之的樂園。每當世亂，最易令人興起「不如歸去」之嘆，但歸去談何容易，詩云：「人人盡道休官好，林下何曾見一人」，要放下現實的追求，完全隱居山林，非有極大決心之人，即很難甘於山林的寂寞。

再有因易代而歸隱山林的人，他們是否真能忘懷故國的一切？他們真能身心放下，享受與陶淵明相同的恬淡生活嗎？在李玉等人有他們對現實世界強烈的不滿，然又有其難言之處境，因此在劇中，他們描述歷史人物的隱有較多樣化的展現，有不滿現狀之隱；有對抗異族統治，雖棲身山林，心仍繫在外面世界；或雖在宗教領域裡求安頓，卻也是基於對故國之忠義情操，本節即欲探討其隱的動機與型態。

一、不知有漢，無論魏晉的桃花源

《兩鬢眉》中的黃禹金，其實就是黃鼎，據記載，他的確曾為明廷剿流寇，官至總兵，後來駐於光固以督理剿寇事宜，但清兵南下時，他歸順清廷，接著以總兵駐防皖，又立下不少功勞。後來為同列所忌而罷歸。（《安徽通志》卷二三三）傳中的黃鼎，並非李玉理想中的忠義人物，因此李玉取其為明廷效力的事實，參以個人的理想藍圖，寫黃禹金在弘光朝招降狄應魁兵馬，一起為朝廷立大功，卻受同列所忌，生出一些浮言浮語，以致朝廷既無指示安插之地，又無升斗之糧發下。後來雖經他上奏而封賞，但他不願為廣昌家臣，且深深感受到朝政之日非及官場之黑暗，知事不可為而興起「歸去來」之思，乃告老歸鄉，決意悠遊山林。其妻鄧氏亦深明事理，於功成名就之後，願意隨夫過起「桃源別有天和地，隔人世武陵溪，為秦為漢任推移，桑麻耕綠野，漁釣任清溪」（〈錦圓〉）的生活。

李玉將黃禹金在清朝為同列所忌的事實，移到明末，這一番改造，一方面顯出李玉希望的黃禹金，是能自始至終忠於明朝的臣子，因此戲中為他保有忠義的人格典型；另一方面則間接披露弘光朝官場的黑暗。當時在外剿寇者出生入死立下的汗馬功勞，往往被小人冒奪。那些小人不費力氣，只是運用權謀，就能冒功受賞，此賞罰不均的現象，造成奸臣得逞，忠良失心，惡性循環之下，流寇之禍愈演愈烈，間接使明朝敗亡。

黃禹金以一書生而富於韜略，見世局紛擾，乃積極參與救世工作，無奈政治環境險惡，他不得不學陶淵明，掛冠求去。黃禹金的歸隱，起因於對現實政治的失望，滿朝奸佞圍繞著皇帝，他無力回天，只有消極地以歸隱表達心中的不滿與失望。

黃禹金的這一種歸隱，和陶淵明的歸隱同調，因為對現實政治的反感，遂斷絕一切利祿之想，在山林之間悠遊，不再管外間的世事，此乃「不知有漢，無論魏晉」的歸隱方式，此種方式象徵劇作家對朝政極度之不滿。

二、變調的桃花源

《兩鬚眉》裡，李玉寫的是對本朝政治的失望，《桃花扇》中，孔尚任要表達的是遺民對異族統治消極的抵抗。曾經被視為荊軻之流的柳敬亭和蘇崑生，隱於漁樵之中。他們原本都是市井中的小人物，改朝換代後，他們仍可過其說書、唱曲的日子，以點綴昇平，可是富有民族情感的他們，不願在異族統治下謀生，寧於山林中緬懷故國。〈餘韻〉一齣，蘇崑生道：「建業城啼夜鬼，維揚井貯秋屍；樵夫剩得命如絲，滿肚南朝野史」，柳敬亭道：「年年垂釣鬢如銀，愛此江山勝富春；歌舞叢中征戰裡，漁翁都是過來人」，他們平常就「把些興亡舊事，付之風月閒談」，可見他們人在山中，可是心中仍繫故國。

某日，老贊禮剛拜完福德星君路過，三人遂同飲酒。老贊禮的神絃歌〈問蒼天〉，柳敬亭的彈詞〈秣陵秋〉，蘇崑生的北曲〈哀江南〉，各抒懷抱。

孔尚任借〈秣陵秋〉、〈哀江南〉代遺民表露心聲，〈秣陵秋〉寫南明史事，是帶著嚴厲的批判口吻，一首彈詞，批判南明王朝亡國君臣的功過，他嘆道：

> 中興朝市繁華續，遺孽兒孫氣焰張；只勸樓臺追後主，不愁弓矢下殘唐。蛾眉越女才承選，燕子吳歈早擅場，力士簽名搜笛步，龜年協律奉椒房。西崑詞賦新溫李，烏巷冠裳舊謝王；院院宮妝金翠鏡，朝朝楚夢雨雲床。五侯閫外空狼燧，二水洲邊自雀舫；指馬誰攻秦相詐，入林都畏阮生狂。春燈已錯從頭認，社黨重鉤無縫藏；借手殺仇長樂老，脅肩媚貴半閒堂。龍鍾閣部啼梅嶺，跋扈將軍譟武昌；九曲河流晴喚渡，千尋江岸夜移防。……全開鎖鑰淮揚泗，難整乾坤左史黃。建帝飄零烈帝慘，英宗困頓武宗荒；那知還有福王一，臨去秋波淚數行。

這如果不是對南明史事極熟，又抱極大希望與失望的人，很難描述得如此深刻沈痛。劇中柳敬亭親身參與忠臣救亡圖存的行列，誰知迎立的是只知「親小人，遠賢臣」的劉阿斗，他曾經不顧生命安危為國事奔走，滿腔救國熱腸卻遭受殘酷的打擊，只有將那一頁興亡事，盡付漁樵。

〈哀江南〉則是對故國的哀悼，孔尚任借蘇崑生的眼睛，像攝影機一樣，對故都做一番掃描，景色之淒涼，與昔時的繁華成為強烈的對比。相機的焦點，循著蘇崑生舊日遊蹤緩緩前行。一入南京城，看到的是「殘軍留廢壘，瘦馬臥空壕」，說明這裡曾有過血戰，侵略者的兵馬無情地踐踏而過；孝陵成了芻牧之場，只見「鴿翎蝠糞滿堂拋，枯枝敗葉當階罩」，孝陵是明開國皇帝朱元璋死後的歸宿，一代之君，其陵寢必定富麗堂皇，此刻卻形同廢墟；宮中則是「橫白玉八根柱倒，墮紅泥半堵墻高，碎琉璃瓦片多，爛翡翠窗櫺少，舞丹墀燕雀常朝，直入宮門一路蒿，住幾個乞兒餓殍」，曾經金璧輝煌的宮闕，皇族貴冑、宮娥嬪妃盛極一時，此時卻是荒煙漫草，成了燕雀和幾個骯髒乞兒的窩；秦淮河畔，曾有多少佳麗，多少笙簫，如今也是「罷燈船端陽不鬧，收酒旗重九無聊」；昔日他們常遊的舊院，和那幾個意氣相投的妓女同樂，如今也「無非是枯井頹巢，不過些磚苔砌草」。一路尋來，不但人事全非，景物亦不復當年，殘破的景象無異宣告明王朝的徹底隳敗，最後蘇崑生悲吟道：

> 俺曾見金陵玉殿鶯啼曉，秦淮水榭花開早，誰知道容易冰消。眼看他起朱樓，眼看他宴賓客，眼看他樓塌了。這青苔碧瓦堆，俺曾睡風流覺，將五十年興亡看飽。那烏衣巷不姓王，莫愁湖鬼夜哭，鳳凰臺棲梟鳥。殘山夢最真，舊境丟難掉，不信這輿圖換稿。謅一套〈哀江南〉，放悲聲唱到老。（〈餘韻〉）

幾度夢回鄉關，還疑是舊時模樣，不信國已亡，江山又易新主，等由夢境醒來，知人事全非，只有「放悲聲唱到老」，此沈痛的哀吟，訴盡遺民心聲。他們追尋的不是陶淵明的桃花源，他們的歸隱，是傳統「桃花源之夢」的變奏曲，是在人煙罕至的山顛水涯處，與他們不認同的政治環境隔絕，自己營構一個心目中的舊王朝，在這精神王朝裡，可以任由他們咀嚼故國事物，盡情渲泄他們的亡國之恨。

在第一折〈聽稗〉，孔尚任已隱約透露柳敬亭這種歸隱心態，他以柳敬亭說〈論語〉故事中，借幾個擊磬擂鼓的樂師說：

> 您嫌這裡亂鬼當家別處尋主，只怕到那裡低三下四還幹著舊營生。俺們一葉扁舟桃源路，這才是江潮滿地，幾個漁翁。……那賊臣就溜著河邊來趕俺，這萬里煙波路也不明。莫道山高水遠無知已，你看海角天涯都有俺舊弟兄。

柳敬亭以他慣有的諧謔口吻，為不願屈就自己當走狗的人，畫一片桃花源讓他們安居，讓他們逃避現實世界的壓迫，仍能以冷眼熱腸看著舊時世界，這一片熱腸，正是忠於明朝的心。

這一頁痛史成為遺民隱遁生活的情感寄託，拿來當下酒之物，時時哭它一回、罵它一回，當那些「識時務的俊傑」漸抹去心中傷痕而受召出山時，他們還是堅持在這一方異域裡，吟他們的興亡調為心靈上的救贖。誠如結尾詩云：

> 漁樵同話舊繁華，短夢寥寥記不差。
> 曾恨紅箋啣燕子，偏憐素扇染桃花。
> 笙歌西第留何客？煙雨南朝換幾家？
> 傳得傷心臨去語，年年寒食哭天涯。

他們人在山林，漁樵生涯卻只是他們的表象，因為他們心眼可都還繫著外面情勢的發展，所以筆者認為他們是「知有漢與魏晉的桃源過客」，有朝一日外面的政治權力回歸明朝，他們必定會再投身於滾滾紅塵。

孔尚任本人雖然認同清廷的統治地位，但他也能理解及贊賞遺民們對故國的情感，所以在柳敬亭與蘇崑生這兩位忠義人物身上，用如此濃烈的筆法來寫②。

三、宗教淨土

除了柳敬亭等人隱於漁樵之外，明遺民有許多隱於僧、隱於道的，在宗教裡另尋一片安身立命之處。《桃花扇》中以張薇為首，包括侯方域、李香君、丁繼之、藍瑛、蔡益所、卞玉京等人，均出離現實世界，而匯歸到宗教領域裡，寺廟眾多的棲霞山，成了安撫遺民的淨土。但此輩人物果真能安身立命於宗教世界否，不無疑議。孔尚任生於清初，他對明遺民的抗清行動應有所耳聞目睹，然限於客觀形勢，他無法在劇中批露或宣揚抗清事蹟，而又不願劇中人物成為順民，因此以宗教為之安頓，表示不妥協之心態。

劇中張薇為錦衣衛堂官，曾於李自成進京時，留守崇禎皇帝棺旁。後來輾轉到南方，看時局已亂，而奸阮他們還忙於緝捕復社黨人，以清除異己，他嘆道：

> 世態紛紜，半生塵裡朱顏老；拂衣不早，看罷傀儡鬧。慟哭窮途，又發閧堂笑。都休了，玉壺瓊島，萬古愁人少。（〈入道〉）

他因灰心掛冠而去，在棲霞山白雲庵裡修道。書商蔡益所、畫家藍瑛也隨他修道。另外，舊院的妓女卞玉京早在棲霞山的葆真庵為庵主，蘇崑生護送香君，避難到棲霞山，暫時投靠在卞玉京庵中，一心要尋侯生。侯生則和柳敬亭一起，也避難到棲霞山，巧遇故人丁繼之，丁已在采真觀修道，遂同至采真觀暫住，想等南京平靜後，再去尋香君。

張薇心中一直感念崇禎皇帝，欲報其深恩，故擬於七月十五中元普渡之時，要為崇禎帝修齋追薦；卞玉京則擬至白雲庵為皇后周娘娘懸掛寶旛[3]；丁繼之也要上白雲庵幫忙追薦事宜。七月十五，大家都匯聚白雲庵中，由張薇主祭，正壇設崇禎之位，左壇設甲申殉難文臣之位，右壇設甲申殉難武臣之位。

這是一個相當莊嚴肅穆的場面，一群明遺民，為殉國的崇禎帝及諸殉難忠臣追薦，在這種肅穆的場面，孔尚任卻安排一段最具爭議性的劇情，即侯生與香君兩人重逢卻不重圓的情節。香君守貞不屈，歷劫入山，與同樣歷劫入山的侯生重逢，悲傷的氣氛之中遂注入一股團圓的快樂，後來卻因張道士的斥責而雙雙歸道。張道士說：

> 呵呸！兩個癡蟲，你看國在那裡？家在那裡？君在那裡？父在那裡？偏是這點花月情根，割他不斷嗎？堪歎你兒女嬌，不管那桑海變。（〈入道〉）

自古生旦在歷劫團圓，一般人都樂見其成，可是此劇的生旦團圓卻是在國祚敗亡之時，亡國之痛甚於一切，那一點兒女私情的團圓，無法彌縫國家的大殘破。侯方域與李香君的愛情雖然堅貞，歷經各種磨難而毫不褪色，但是在國家民族的大愛之下，此種愛情也顯得微不足道。所謂「覆巢之下無完卵」，國破君亡，個人的情愛算什麼？劇作家的思想在此時凸顯出來，身為大明子民，該一生一世為大明盡忠，明亡代表那個大圓已有殘缺，那麼個人的團圓不具意義，因此他們必須割捨愛情，為逝去的國家，做一些心靈及行動上的哀悼。

歷來論曲者都將孔尚任此種不令生旦團圓之結局視為創意④，殊不知孔尚任另有其深意，略言之有三：

（一）孔尚任「以劇為史」的手法，讓侯生的人格一致

歷史上的侯生並未真的入道，且於清順治八年曾應試中式副榜，過三年即卒。本論文第五章第二節已對侯生的人格做一番評價，孔尚任《桃花扇》既以侯生為生角，他對侯生的人格應有所了解。而在孔尚任的「忠」觀裡，每一朝的臣子應盡忠於當朝，何況侯生乃東林後裔，更不應有貳臣之行為，故他將侯生應試之事掩蓋，令侯生因明朝敗亡而出家修道，如此，可還侯生本來面目，讓侯生的人格趨於一致。

（二）生旦之結合基於政治理念之相契

劇中香君與侯生之遇合，除那一點男女情根之外，作者所要塑造的，更是他們政治理念的相契。在試一齣〈先聲〉裡，作者即借老贊禮之口云「借離合之情，寫興亡之感」，作者寫作的動機即欲以生旦離合之情，寄寓南明興亡之史，因此其政治因素強過愛情因素。侯生為東林後裔，又是復社中人物，香君一向敬重東林諸君子，對於馬、阮等奸佞抱持厭惡態度，這種相同的政治理念，令他們的愛情不僅限於男歡女愛，而是另有深一層的政治理想在。所以當政治理想破滅時，他們也可以拋下愛情，為國家的敗亡做另一種形式的哀悼。現實世間沒有他們可以安身立命之處，他們就在異域裡尋一塊淨土，以為安身立命之處。

（三）歷史文化的反映

侯生與香君歷盡千辛萬苦才得以重逢，兩人絮絮叨叨，訴不盡相思，為何在張道士一聲怒斥下，甘心歸道？這其實也反映當時世俗化了的佛道思想流行於民間，宗教世界對一般庶民而言，並非諱莫如深的，也並非要隔絕一切世間事務。張薇在弘光朝滅後，所建立起來的宗教世界，收留了明遺民破碎的心靈，他的目的不在求永生不朽，而是要渡化大家，隔絕在一個不被現實政權干擾的境地，決絕地表示對異代統治的不妥協，以及他們至死不悔地忠於明廷的丹心。

同柳敬亭他們一樣，張薇營構的這一個精神世界，可以讓他們依舊以故國子民的心態活下去。隱逸精神轉化為宗教精神，在這一片淨土，他們這些歷劫者，可以相濡以沫，以消極的反抗，達到忠於國、忠於君的願望。因此，柳敬亭他們是桃花源的過客，而張薇他們可以算是宗教世界裡的遊子，他們都還有一副熱腸，關懷故國的熱腸，所以張道士會認為家國不在，君父不存，何以成兒女私情！要成就兒女私情，除非家國興復，君父安在。

現實世界無他們立足之地，只有宗教這一條大道，具有無限包容與撫慰力量，可以寄託餘生。張道士將那把桃花扇扯爛，也象徵他們決絕於清廷統治的世界。孔尚任有意將劇中忠義之士，都安排到異域以取得精神上的救贖，或以修道，或以漁樵，他們自外於清廷的政治體系，看似消極的逃避，實則是積極的抗議。而他們明示對明室之忠，這也是孔尚任教忠觀念之所在。

註釋

① 見《探求不死・仙道的世界》，頁三九，李豐楙言：「儒家對於正常的、上軌道的社會，維護其道德規範、人倫大序，確實具有相當穩定的力量；而道教在較穩定的社會中，常與帝王貴族合作，成為追求長生的夢想家——幫助帝王祈請『國泰民安』、或調製長生不老之藥；而道士自己也勉力追求現世的利益——永生之夢，這是太平盛世或 帝王嚴密控制的情形下，道教扮演的角色。」

② 耿湘沅《孔尚任桃花扇考述・桃花扇分場之研究》說此〈餘韻〉一齣為饒戲，屬吊場一類，其性質是全劇結束後，更添一齣，其情節內容與全劇無直接關聯，是作者假借腳色之口，直抒其心中感觸。

③ 周后在李自成攻進北京時，自殺而死。

④ 孔尚任於《桃花扇凡例》有云：「排場有起伏轉折，俱獨闢境界；突如其來，倏然而去，令觀者不能預擬其局面。凡局面可擬者，即厭套也。」此固然可以解釋他不令生旦團圓之意，但他不令生旦團圓，其實另有其深意，下文中將提及。

第二節　非現實世界之救贖

姚一葦在〈元雜劇中的悲劇觀初探〉提到支配當時戲劇的觀念，絕非正統儒家或道家思想，而是卑俗化了的道教與佛教觀念①。此卑俗化的道教與佛教觀念，結合傳統儒家觀念，混雜成三教合一的觀念，於明代民間的戲曲、小說中亦多所反映，姚一葦歸納其三個主要特色是：

一、汎神的宇宙觀

凡歷史上與傳說中之許多人物，以及方士之流，都可以是神；自然界中動植物之有靈異者，亦可以為神；來自西方之佛、菩薩、羅漢，以及天龍八部等均為神。在民間，這些神被一視同仁，常一起被供奉著。

二、宿命的人生觀

認為個人之貴賤、窮通、壽夭、禍福，都是命中註定的。此種觀念對於苦難中的人們，可以忍受現世的困厄與折磨，以換取來生的幸福。

三、建立起一個公平的鬼魂世界

一個人生前所作為所，皆有登錄，成為他死後賞罰與輪迴的依據，是一個絲毫不爽，點滴無遺的公平世界。

人的肉體生命受時空限制，不但短暫而且脆弱，許多願望無法在生前達成，隨著肉體消逝，好像一切也歸於空茫，因此這些宗教觀念，為人們提供一個可以超越時空、超越生死限定的自由世界，那麼在已然的歷史事件裡，或者提供一趟神仙世界之旅，讓善人增加神力以對付惡勢力；或者為死後的世界提供公平的審判，以安慰世人之心，凡此，均屬救贖之道。

另外，有人等不及看死後的審判，而現實世界裡，又存在許多聽不慣、看不慣的事，個人的力量是那麼渺小，無法改變什麼，那麼當世之夢，往往可以把潛意識裡的願望實現。夢中境遇雖為虛幻，但那往往為做夢者心中的想望，或許是劇作家夢想的寄託，則夢中所發生的情節，即有其意義存在。

一、夢境的救贖

關於夢，古代已有不少人討論過，如《世說・文學》載衛玠問樂廣「夢」之事，樂廣答曰：「是想。」

衛玠云：「形神所不接而夢，豈是想邪？」顯然衛玠對這個答案不太滿意。

樂廣又改口說：「因也。未嘗夢乘車入鼠穴，擣齏噉鐵杵，皆無想無因故也。」由此，知樂廣將夢之原因歸為「想」與「因」二種。近人錢鍾書在《管錐篇・列子張湛注・周穆王》中云：「蓋心中之情慾、憶念，概得曰『想』，則體中之感覺受觸，可名曰『因』。」

精神分析學鼻祖佛洛伊德為夢的探討開啟新的紀元，其著作《夢的分析》對「夢」有透徹的研究。其中第三章的標目為〈夢是願望的達成〉，他說夢「完全是有意義的精神現象。實際上，是一種願望的達成，它可以是一種清醒狀態精神活動的延續。」此種「願望的達成」和古代將夢歸於「想」有異曲同工之妙，因為想而有夢的出現。當然夢的領域是非常複雜的，非本論文之專門論題，此處只是借用佛洛伊德「夢是願望的實現」這一概念，來為戲曲中夢境的救贖做一說明。

戲曲中人物所做的夢，往往是經過劇作家的設計，劇作家為了在劇中凸顯他個人所要表現的某些觀念，就讓劇中人做個夢，所以這個夢是劇中人之夢，也是劇作家之夢，它不一定都是願望的實現，也包含潛意識中一些不被世俗認同的意念。

《清忠譜》裡，周順昌忠君愛國，可惜魏閹把權，令他覺得「君門萬里」，所以日夜懷想祛此賊逆，在「日有所思，夜有所夢」的情況下，李玉安排〈忠夢〉這一折，讓他的忠心得到一些救贖。此折安排在他〈罵像〉之後②，他說：「今日偶至逆祠，因見逆像，不覺怒氣填胸，被我大罵一場。咳，我周順昌若身在都門，定當連上幾疏，劾奏逆賊，就是粉身碎骨，也說不得。必須感悟君心，把魏賊碎屍萬段，一則保全善類，二則肅整朝綱，三則掃清宮禁，四則奠安社稷。」他忠君愛國之志時時縈繞，尤其魏閹之勢愈熾，他就愈感到自己責任重大，可惜他心中雖有千萬分惱憤，但削職窩居在家，無法一展壯志，氣悶之餘，不知不覺睡著。

睡後的周順昌，走入夢鄉，在夢中，他被皇上起復原官，於是決定面奏皇上。他本想寫本上奏，又覺得魏閹罪惡多端，寫之不盡，乃決定口疏。適巧皇上不在宮中，到海子（行宮）去了，他急急往行宮走，夢中的他，似有騰雲駕霧之功，一忽兒就到海子了。皇上知他要劾魏忠賢，還說：「他歷事兩朝，功留社稷，有何罪惡？」周順昌迫不及待歷數魏閹之罪道：

> 他殺害忠良，乾兒遍招。內庭屠戮血痕漂。弄兵，祖制偏違，擅開內操。搖國本，圖傾撓。炎威勝恭、顯，施殘暴；凶謀比劉、韓，危宗廟。

夢中的皇帝非常英明，馬上說：「魏忠賢如此極惡窮兇，寡人即當明正典刑。卿家忠直敢言，指日不次超擢。」夢中的周順昌，不但劾得讓魏忠賢即將明正典刑，他自己也受到皇帝賞賜，將可受拔擢而報效朝廷，一舉兩得。沒想到魏閹聞訊趕來，與周順昌碰個正著。兩人一場唇槍舌戰，周順昌最後以朝笏當寶刀，要擊死奸賊。他咬牙切齒道：「打碎你慣吞噬饞眼腦，打殺你被刀鋸殘軀老」，正打得猛時，魏閹招來隨從，要擒住周順昌，此時聖旨下，馬上要魏閹赴市曹斬首。周順昌開懷大笑，並說著「魏賊，殺得好！殺得好！」

曾經慨嘆「君門萬里」的周順昌，睡夢中，君門卻近在咫尺，他可以毫無阻隔地前往，與現實中群小環繞不得謁君的情況，相去甚遠。

一覺醒來，發現是南柯一夢，他也只好安慰自己「夢景虛無，也把我胸中恨暫消」，他知夢是假象，現實中誅殺魏閹是千難萬難，在極端無力的情況下，他讓夢暫時消去他滿腔的忠憤，暫時平衡他心中對邦國前途的擔憂。此種救贖誠屬無奈，但在烏雲蔽日的時代，他只有等待夢幻成真了。

《長生殿》裡的明皇，似乎成了痴情種的化身，尤其他為避安祿山之亂，倉皇幸蜀，在馬嵬坡送掉愛妃的姓命，那時的現實情況，讓他無力迴護，而他與貴妃曾有生生世世為夫妻的密誓。一國之君竟不得護住自己的愛妃，在他心中形成一個悔恨的深淵，安史之亂平定，他回京後相思成疾，無法自失去貴妃的惡夢中自我解脫，他的潛意識裡恨起陳玄禮，於是他在夢中殺了陳玄禮洩恨。

〈雨夢〉一折寫明皇夢見貴妃遣兩婢女來邀他驛中相會，他喜得忙出內宮，要會佳人。突然陳玄禮出現攔阻，他大罵：「哇，陳玄禮，你當日在馬嵬驛中，暗激軍士逼死貴妃，罪不容誅。今日又待來犯駕嗎？君臣全不顧，輒敢肆狂驍。」

陳玄禮道：「陛下若不回宮，只怕六軍又將生變。」

明皇道：「哇，陳玄禮，你欺朕無權柄，閒居退朝。只逞你有威風，卒悍兵驕。法難恕，罪怎饒。叫內侍，快把這亂臣賊子首級懸梟。」

就這樣，夢中的陳玄禮被殺。

事實上，在馬嵬驛六軍不發，就可見出明皇已無統領六軍的權柄，亂平回宮後，他以太上皇的身分深居興慶宮，更是無權也無正當理由可算馬嵬驛的老帳，因此他只能在夢中替貴妃報仇。

在現實的理性世界，明皇知陳玄禮是公忠愛國之將軍，馬嵬驛之事，陳玄禮只是朝臣的代言人。回京後，陳玄禮依舊執行其臣子之禮，繼續效力於肅宗朝。但在非現實非理性的夢世界，明皇把貴妃之死都歸到陳玄禮身上，因此於夢中誅殺陳玄禮，以稍平心中之悔。

這一折夢的安排，很明白凸顯洪昇對劇情的說明性，因為明皇當初就範於「六軍不發」，忍心讓貴妃死，在他們的愛情忠貞上，似乎有著一些缺憾。這一折戲，將明皇潛意識中對貴妃之死的矛頭指向陳玄禮，表示明皇對貴妃的死並不是那麼認命的，他內心深處有一股復仇的願望，這種復仇的願望和他對貴妃的愛成正比，但現實中，這個願望無法達成，因此，只有在夢中達成，如此可彌縫他對貴妃的虧欠。

《千鍾祿》裡的成祖，是篡奪姪兒帝位的人，他當了皇帝之後，又殘害不少忠良，史傳載他薨於榆木川。成祖穩坐王位二十多年，並沒有因篡奪王位、殘害忠良而受報應，似乎表現出天道之不公，因此李玉在劇中設計一齣〈索命〉的戲，讓成祖在惡夢中驚嚇而死。此夢主要著眼點在於因果報應，與前兩夢不大相同，前兩夢是作夢的人潛意識中願望的達成，此夢則是讓觀眾願望達成的設計，比較站在群眾心理的立場設計的。

當成祖悠悠入夢之後，高皇帝首先登場，他原在兜率宮仙遊，只為燕王謀篡大位，傷殘骨肉，因此特來督察。他罵成祖：「恨著你逞強良，篡逆胡行憨，真個是吞噬行乖張。」成祖連番辯駁，認為建文更張制度，任用奸邪妄自削藩等，高皇亦一一為之答辯，認為他草創的制度，未能盡善，何妨更改；而那些忠臣謀國，反被燕王指為奸邪；且藩王們謀叛逆，理應加誅，凡此均非建文之過。後來建文被逼走，燕王還苦苦追緝，實不應該等等。

燕王仍欲辯駁，方孝孺的鬼魂出現，成祖自語：「我見了父皇，尚可強辯，見了方先生，教我置身死地也。」方孝孺怪他誅十族殘酷，他推說是陳瑛唆使。高皇又數落他一些罪狀，最後被他殘害的鬼魂都來索命，那些慘死的忠良，個個露出猙獰面目，嚇得成祖於帳中大叫，待隨從來時，已回天乏術。

佛家認為人在臨命終時，一生的業障都會現在眼前，成祖篡奪帝位，又誅殺忠良，種下許多惡業，這些惡業都在他臨命終時現前索命，顯示他也受惡報，而此種惡報也表示他必落入地獄，接受惡報的輪迴。劇作家在此仍堅持成祖政權之不合法性，對歷史的觀點仍有其一致性，而對一般同情建文帝的人而言，〈索命〉一折為他們取得救贖的快意。

二、鬼神世界的救贖

（一）增強現實不足的力量

人的智慧、體力畢竟有其限制，在對抗惡勢力的時候，人們常希望有超現實的力量來對付，也即是俗話所說的「如有神助」，誠然，神仙上天入地的功夫，對人的幫助太大了，因此，若能得神助，的確可發揮極大效果，而這也是戲曲家可以運用的技倆之一。

《牛頭山》就為岳雲安排一段神遇。岳雲為岳飛之子，第十四齣寫岳雲循岳飛舊規，每至朔望，必至其師祖③墳前射箭三矢。某日，岳雲在前往射矢途中，看到一隻白猿對著他跳舞，好似有意與他嬉戲，岳雲向牠射一箭，白猿接箭後奔跑，岳雲懷著一份好奇心，也隨牠而去。翻山越嶺之後，白猿倏忽不見，但見那裡「丹崖翠壁，瀑布浮梁，古柏蒼松，瓊樓玉宇，儼似神仙洞府」。不久，有鏗鏘天樂，幡幢引出一位女神仙來，原來她是九天玄女娘娘，是她派白猿援引岳雲來的。

《牛頭山》有一些情節來自演義小說，九天玄女在此擔任傳達天意的角色④，也就是說在某種非常的時期，需要有非常的力量來完成某些非常的事業，常需靠天助的力量，賦予平凡人一些非凡的功夫，以達成不平凡的任務。

娘娘要岳雲自道身世及志氣，岳雲說自己「弱冠年方稚，沖霄志頗奇，習家傳覽春秋義」，欲「報君恩誓雪邦家恥；效親心協掃峰煙滅」，但可惜自己「未諳攻衝長技」，岳雲的志氣與天分，已暗示他可以是天意所託的人物。九天玄女娘娘道紫微星有難，非尋常武藝之人可救，她覺得岳雲相貌軒昂，神力充足，可堪此任，故召滄海君來授岳雲神槌，讓他同岳飛共成大功。

那一對重一百六十斤的銀槌，頗有來歷，當年張子房委博浪沙去擊秦始皇的車駕，用的就是這對神槌，可惜只中副車，未能完成大業，今再賦神槌重任，希望能立功業。神槌雖重，但使用得法，則威力不凡，李玉形容道：

> 攪翻江雙龍擺尾，巴山勢猛虎張威，鳳凰展翅天門，戲猿獻果似擊旂。流星趕月飛千點，風捲楊花望眼迷。天關碎，任擒王斬將，出入重圍。

岳飛他們面對的是驍勇的金兵，因此神槌的威力，在戰場上頗能發揮制敵功能。故這一段神話式的安排，也是為現實世界力量的一種增強。岳雲跟著滄海君練了三天三夜，九天玄女還在天庫中取金冠銀甲一副，天廏內取龍馬一匹，讓岳雲上戰場可以用。皇帝有難，敵人又是兇狠的金兵，所以這一段神遇，似乎是順乎天理，應乎人心，具有很積極的振奮作用。此非現實力量，在戲曲中常能發揮極大力量以抵抗惡勢力，如此鼓舞人們有足夠的勇氣與力量去和邪惡勢力奮戰到底。

（二）天理昭彰型的救贖

「善有善報，惡有惡報」是普遍存在於人心的一種因果循環之道，如此對世間人才有警惕作用。可是事實上，有些善人橫遭迫害而死，有些惡人卻一生享盡榮華富貴，叫世人不解，因此戲曲中，利用因果報應的敷寫，以彌補現實世界所留下的缺憾。

《桃花扇》亦擅於運用此種天理昭彰的救贖模式。明朝的敗亡是歷史上已然發生的事實，死去的皇帝、文武大臣，若沒有進一步的下落，實難以慰解遺民之心。因此，孔尚任借張薇透過祭祀的儀式，來「觀看」諸人的下落。閏二十齣〈閒話〉中，他才由北京下來，與蔡益所、藍瑛相逢，聚著談論北京近事。他每晚行香祭拜崇禎，當晚他拜完睡覺時，忽聽得窗外鬼哭神號，原來是些沒頭折足的陣亡厲鬼，正不知他們為何到此時，又聞得人馬鼓樂聲，待他開門一看，原來是崇禎皇帝及皇后乘輿東行，引導著那些殉難的文武官員，排著儀仗，像要昇天的光景。皇帝與皇后都昇天，成為天上的神仙，對臣民而言，是很大的心理慰藉。

張薇見此光景，隨即發下一願，願在翌年七月十五，於南京勝境，募建水陸道場，修齋追薦，並脫度一切冤魂。蔡、藍二人也願隨喜捨醮。此處是孔尚任的伏筆，翌年七月十五，明朝忠義之士，不約而同都避難到棲霞山上，為追薦大典而相會。

乙酉七月十五日那天，白雲庵中設壇祭拜，崇禎及殉難之文武大臣神位陳列著，張薇主持祭典。諸人都極想知道崇禎及諸大臣的下落，張薇說甲申殉難君臣，早已昇天。他焚香靜坐，閉目靜觀，要看看南明君臣如何報應？結果史可法奉上帝之命，冊為太清宮紫虛真人；左良玉受封為飛天使者；黃得功受封為游天使者，都要走馬上任。張薇欣慰道：

> 則見他雲中天馬驕，才認得一路英豪。咭叮噹奏著鈞天樂，又擺些羽葆干旄。軍刀，丞相袍，掛符牌都是九天名號。好尊榮，好逍遙，只有皇天不昧功勞。（〈入道〉）

眾人道：「南無天尊！果然善有善報，天理昭彰。」這三位忠臣，生前報國志願未了，死後都能蒙上帝冊封，於天界執行重要任務，算是得到良好報償。基本上，中國人的神仙世界，也有著類似人間倫序的階層關係，更確切的說，是人間倫序的延展，如此，替在人間無法得其善終的人們，找一理想的歸趨。

至於馬士英、阮大鋮這兩個斷送南明前程的奸臣，張薇看見他們都不得好死，馬士英在臺州山中被雷擊死，阮大鋮跌死在仙霞嶺上，那些霹靂雷神、山神、夜叉等，毫不留情地鞭笞他們。張薇嘆道：

> 明明業鏡忽來照，天網恢恢飛不了。抱頭顱由你千山跑，快雷車偏會找，鋼叉叉到。問

> 年來吃人多少腦，這頂漿兩包，不夠犬饕。（〈入道〉）

所謂「善有善報，惡有惡報，不是不報，是時候未到」，惡貫滿盈的他們，終究得到惡報應，眾人聽了都說：「南無天尊！果然惡有惡報，天理昭彰。」天理昭彰，因果報應的觀念深入人心，所以好人壞人在生前所得不該得的結果，都會在死後得到一種救贖。此民間普遍的宗教觀念，為人世之矛盾糾葛，找到一個絕佳的詮釋點。張薇借著那些人的報應，向大家闡明因果循環之理說：

> 眾愚民暗室虧心少，到頭來幾曾饒，微功德也有吉祥報，大巡環睜眼瞧。前一番，後一遭，正人邪黨，南朝接北朝。福有因，禍怎逃，只爭些來遲到早。（〈入道〉）

人世間的不公平，似乎都可以在死後的世界，得到公平的審判，善者得善報，惡者得惡報，因此死後的世界，是一個可以得到公正救贖的世界。如此提供人們一個可以憧憬的未來，只要在人間不做虧心事，那麼死後將有值得的報償。而此處也宿命地提出朝代更換的因果禍福，讓人對明朝的滅亡帶著一些命定觀，稍解亡國之痛。在亂世裡，宗教有其撫慰人心的力量，以張薇為首的這一批人物，最後都匯到宗教領域，因為宗教為他們提供一些現實世界無法顯現的「公理」，而宗教世界有死後的審判，讓他們所愛、所恨的人，各得其所，至少讓他們感覺安慰些。

《長生殿》裡的楊國忠，也是大奸大惡之人，所以死後也得不到好的報償，〈冥追〉一折中，透過楊貴妃的鬼魂來看他的鬼魂是「滿身鮮血，飛奔前來，好怕人也！」連自己的妹妹都不識其面目。他雖被處死，但還不足以彌補罪過，死後閻王派牛頭執鋼叉，夜叉執鐵鎚與索，對楊國忠喝道：「楊國忠那裡走？」

楊國忠還顯出平日威勢說：「我是當朝宰相，方才被亂兵所害。你每做甚，又來攔我？」牛頭直斥他說：「奸賊，俺奉閻王之命，特來拿你，還不快走。」

楊國忠生前位居宰相之尊，作威作福，死後還想拿那名頭來嚇人，殊不知已是另一個世界，牛頭、夜叉根據他生前的功過，正要帶他去酆都城，讓他在劍樹與刀山上尋快活。

一代奸臣也落得「惡有惡報」的下場，而楊貴妃此時才認出那鬼魂是她哥哥，悲道：

> 早則是五更短夢，瞥眼醒南柯。把榮華拋卻，只留得罪殃多。唉，想我哥哥如此，奴家豈能無罪？怕形消骨化，懺不了舊情魔。（〈冥追〉）

貴妃看她兄長如此下場，自知一生罪孽不少，恐怕也難逃陰間的審判。只是她一心所繫，仍是人間的情，她臨死之前，曾吩咐高力士將金釵、鈿盒一起埋葬，她擔心的是東西埋下否？因為那是她與明皇密誓的信物。她「怕舊物向塵埃拋墮，則俺這真情肯為生死差訛？就是果然埋下呵，還只怕這殘屍敗蛻，抱不牢同心並朵」，她心裡想的是，能否與明皇再相逢？

明皇與貴妃的愛情，是世所矚目的，因為一個是位居至尊的皇帝，一個是豔絕古今的美人，他們不僅是權力與美貌的結合，也是才藝上的匹配，兩人在歌舞音律上都有異能，如天上的一對金童玉女。劇中洪昇安排他們原是天上神仙⑤，偶然因為犯下小過，被謫人間，當謫限滿時，又歸天庭。只是玉帝鑒於他們的深情，准了天孫所奏⑥，命他們居於忉利天，永為夫婦。此種形式，就如青木正兒所說的「謫仙度脫劇」，是原本為神仙者，因犯罪而降生人間，既至悟道之後，又回歸仙界⑦。

由馬嵬之變到明皇貴妃相逢蓬萊仙島，這中間曲曲折折，只因情真，可令生者死，死者復生，洪昇於例言中云：「棠村相國嘗稱予是劇乃一部鬧熱《牡丹亭》，世以為知言。」此處所謂「鬧熱《牡丹亭》」，主要應是著眼於洪昇於劇中，將明皇、貴妃兩人對情感的執持，寫得入骨三分，令觀者也為他們的深情所感。

貴妃生前，恃著明皇對她的驕寵，非常之驕縱、善妒，曾因明皇對虢國夫人的恩澤而賭氣，明皇因此以忤旨之罪，將她送回楊國忠府中。最後她剪下一綹頭髮才挽回君心；明皇某日偷偷與被打入冷宮的梅妃幽會，貴妃知道了，取鬧一番，讓明皇永不敢再有貳心。

集三千寵愛於一身的貴妃，造就成一副驕縱、蠻橫的個性，而她也害怕失寵，所以常有患得患失的心理，如此造成她為了鞏固自己的地位，只有更加跋扈，把明皇看得更緊。但無情的戰火，把一切對她有利的形勢給摧毀了。

安祿山之亂，禍起突然，明皇倉促西幸，馬嵬驛中，六軍不發，先誅了奸臣楊國忠，此時貴妃還不知道自己也被視為禍首，在面對六軍仍舊不發的情況下，她面臨人生一個極大的抉擇。明皇雖則還迴護道：「國忠縱有罪當加，現如今已被劫殺。妃子在深宮自隨駕，有何干六軍疑訝！」

陳玄禮道：「聖諭極明，只是軍心已變，如之奈何！」

明皇斥道：「卿家，作速曉諭他，恁狂言沒些高下。」

陳玄禮表示軍中鼓譟，他壓不下反對聲浪。

貴妃哭道：「事出非常堪驚詫，已痛兄遭戮，奈臣妾又受波查。是前生事已定，薄命應折罰。望吾皇急切拋奴罷，只一句傷心話……」宿命似乎是貴妃能從容就死的理由了。

明皇還想以皇帝之尊，為她請命，但軍中鼓譟未止，把一個明皇逼得左右為難。貴妃寧願受死，明皇卻說：「妃子說那裡話！你若捐生，朕雖有九重之尊，四海之富，要他則甚！寧可國破家亡，決不肯拋捨你也。」明皇已做「只愛美人，不顧江山」的打算。

對貴妃而言，這是極端殘酷的事實，她毫無心理準備，也沒有時間多思考。天地間她完全被孤立了，孤單地面對抉擇。她對人生有許多眷戀，對明皇的愛情也難以割捨，但是她得面對邦家的前程，如果她不受死，六軍也許會反叛，那麼唐祚無可避免走上飄搖之命運。情與理，她該如何抉擇？

貴妃最後還是以「理」為考量，她對明皇說：「陛下雖則恩深，但事已至此，無路求生。若再留戀，倘玉石俱焚，益增妾罪。望陛下捨妾之身，以保宗社。」（〈埋玉〉）眾人加以勸慰，明皇看看情況不行，只得把自己最心愛的妃子獻出受死。

在理的權衡下，平日驕縱自私的貴妃，也勇敢地自願受死。她的死，成全了大唐皇室的命脈，即此善之一念，使原本囂張拔扈、橫行後宮，死後該墮入地獄的她，得以度脫回神仙世界。貴妃死後曾自忖：「只想我在生所為，那一樁不是罪案。況且弟兄姊妹，挾勢弄權，罪惡滔天，總皆由我，如何懺悔得盡！」她於是對星月懺悔，馬嵬土地神聽到她的懺悔，對她說：「這一悔能教萬孽清」，佛家有所謂「放下屠刀，立地成佛」之說，貴妃生前的罪孽雖深重，但因她誠心懺悔，所有罪孽均可一筆勾消，她遂得尸解昇天，到蓬萊仙島去。

至於明皇，在馬嵬坡無法護住愛妃，於兩人密誓有虧，天孫織女對他頗不諒解，貴妃為他辯解，那時六軍不發，人心紛擾，是她自己願意犧牲的，與明皇無關。而明皇於貴妃死後，終日鬱鬱不樂，為貴妃改葬，還夢見自己誅了陳玄禮，甚且遣道士上天、入地，到處搜尋，其情亦真，故天孫上告玉帝，令他們於仙界重圓，成為仙家美眷，為人間帝王家這一段悽絕的愛情，做一個圓滿的延伸。

註釋

① 姚一葦又說：「中國人具有融合外來思想的無比能力，兼容並蓄，於是儒家、道家與釋家思想並行不悖。在中國的歷史上，從不曾發生過有如歐洲式的宗教戰爭；宗教在此不是對立的，而是調合的。在民間的觀念上，尤其如此。我們只要看看流行於民間的小說如《西遊記》、《封神演義》中的神仙世界，無不結合了道、釋與歷史的人物；他們之間的關係永遠是和諧的，共處一堂。因此我得要指出，我國民間的宗教觀，事實上是淺俗化了的儒、釋、道的思想混雜。……」（《戲劇與文學‧元雜劇中的悲劇觀初探》）在明清戲曲中，我們發現這種三教合一的傾向更為明顯。

② 劇中〈罵像〉之後為〈閨訓〉，演周妻訓子、女之戲，再後一折即是〈忠夢〉。

③ 岳雲師祖即岳飛之師父周同。

④ 李豐楙《探求不死‧仙道的世界》說：「明清說部總集宋元以來資料，而道教的神仙也在不同的演義中成為指引迷津的角色：像《水滸傳》中九天玄女指示宋江、饋贈天書的神話。

九天玄女在唐朝已經流行，建廟崇祀，它應是道教中西王母的一種分化，擔任傳達天意的角色。」頁四十九。

⑤ 明皇是孔昇真人，貴妃是蓬萊仙子，見〈重圓〉。

⑥ 明皇與貴妃曾於七夕在長生殿向牛郎織女星密誓，願生世世為夫婦，見〈密誓〉。

⑦ 見青木正兒《元人雜劇序說‧雜劇之組織》，頁三二。

結　論

一

本論文以李玉、洪昇、孔尚任三位劇作家為出發點，由他們對應於時代變革所產生的存在感受，發掘他們對歷史的關懷乃欲尋治亂興衰之根源，由此根源再引出其對歷史人、事的反思，順著反思的理路，他們的終極目標是希望找出長治久安之良方。

劇作家反省到大部份亂源來自於「朝綱不振」，若「朝綱正」則亂源將減少很多。朝綱之所以不振，不外乎君主昏闇或荒淫，不理朝事，僅知任小人，而摒賢人，給予小人有結黨坐大，橫行朝野之機會，賢良之士遭迫害，一般百姓遭魚肉，如此則民生凋蔽，盜賊蜂起，正予篡奪者可乘之機，則邦國敗亡之日可期。故長治久安之道，乃朝綱正，賢君忠臣同心協力，共創歷史佳績。如此則劇作家欲垂鑑後世之目的可達。

筆者拈出其創作意識，要言之有二：一是於傳統教化觀中凸顯嚴辨忠奸之創作意識，一是「援史入劇，以劇為史」之創作意識，在此二意識之主導下，其作品實踐具有濃厚的價值批判色彩。筆者將作品中所展現的現象架構於兩股勢力的抗衡，以歷史人物為經，歷史事件為緯，做一番評述。經過此種架構的研究，筆者對他們的作品提出少許檢討：

劇作家對劇中人物往往做兩極化的設計，由於他們要嚴辨忠奸，故此設計最切於劇中人物的性格要求。但如此一來，人性被化約成為簡單的二分法，如此對於人性的反映必有相當距離，就對民眾的教化功能而言，似乎頗合於時代要求，但就整個戲曲所要表達的人生真實面及藝術上審美的要求，則較缺乏豐富性。扁形人物的大量出現，固然有其時代背景，但過度受教化觀宰制的創作心靈，其所能呈顯的歷史人事活動，恐怕有其框囿。

再則劇作家援史入劇，進一步企圖以劇為史，欲以此創作意識觀照歷史文化，提出他們的價值判斷，他們以史職自任，理應於褒貶之中求一客觀標準。然由於劇作家亦無法超脫於某些現實環境或意識型態，故其褒貶亦有所範限。如李玉對明帝王的避諱，使其所尋繹的動亂根源，幾乎都落在權臣閹宦手中，而不問是誰將權柄交到這批「邪惡」代表的手中。孔尚任對清廷的避諱，使其劇作忽而歌頌清廷，忽而又充滿對舊王朝的緬懷，他必須於劇中告訴觀眾：「只怕世事含糊八九件，人情遮蓋兩三分」（〈孤吟〉），吾人可以理解其所處之時代及複雜之情感，但如此藏頭縮尾的表現，是否相稱於他所要達成的善惡褒貶之義？儘管劉知幾在《史通‧曲筆》中有云：「史氏有事涉君親，必言多隱諱，雖直道不足，而名教存焉。」吾人不禁要問，此種為維護名教而言多隱諱的曲筆，造就多少歷史假象，就「劇史」的意涵層面上言，恐亦有其盲點。凡此種種，都可以加以再探討。

二

本論文撰寫之靈感來自陳芳《晚清古典戲劇的歷史意義》，曾永義在序言裡云

> 晚清古典戲劇與元人雜劇的共同特色是：最能反映時代政治社會的情況。晚清古典戲劇對於時代政治社會除了和元人雜劇一樣，指桑罵槐，借他人酒杯以澆自家塊壘之外，尤其能直指時事、酣暢淋漓，痛斥當局、不留餘地；蓋元人雜劇在蒙古鐵蹄下，止能化作悲苦的呻吟，而晚清古典戲劇則伴隨革命風潮，弔民伐罪，自然肆無忌憚。……

晚清古典戲劇與元人雜劇有其相同之基調，但因時代關係，有其不同之表現。筆者認為明末清初亦屬於歷史文化大變革之時期，閱讀此時期之戲曲（包含雜劇和傳奇），和元代雜劇、晚清戲劇，亦有相同之基調，故激發研究之心。為了能更直指明末清初戲曲對時代政治社會之反映，筆者選取以歷史反思為基調之作品為主要研究對象，又於其中挑選李玉、洪昇、孔尚任為研究之主要劇作家。乍看此三人被放在一起，相信不少人會帶著懷疑態度，思考著：他們三人有那些共同點可以談？筆者曾大略閱覽此時期之相關作品，企圖貫串出它們的共同性，發現那些劇作家

的確有相同的關注，即對於時代感受特深，也試圖要反思歷史的一些現象。然因作品太多，筆者學力有限，只有取其中具代表性的作家，先做研究。因此本論文的研究是帶有極大的嘗試性。李玉、洪昇、孔尚任三人有其共同點，亦有其相異處，但因本論文的主題放在其歷史關懷，故較朝其共同點發揮。

附錄

本附錄所錄傳奇以與本論文所研究主題相關之作品，大略以明末崇禎朝至清初康熙朝之間產生者為一個斷限，所據資料以莊一拂《古典戲曲存目彙考》為主。

《精忠旗》

著錄：《曲考》、《曲海目》、《曲錄》、《今樂考證》並錄。

傳本：明墨憨齋刊本、《墨憨齋新曲十種》乾隆刊本。（《古本戲曲叢刊二集》本、天一出版社《墨憨齋新定精忠旗傳奇》均據墨憨齋刊本印。）

提要：全劇共三十七齣，演岳飛事。馮夢龍序云「舊有《精忠記》俚而失實，於是西陵李梅實從正史本傳，參以《湯陰廟記》編成新劇，名曰《精忠旗》。旗為高宗所賜之物，涅背誓師，岳侯慷慨大節所在。他如張憲之殉主，岳雲、銀瓶之殉父，蘄王諸君之殉友，施全、隗順之殉義，生死或殊，其激於精忠則一耳。初以忠被旌，而終以忠被戮，冤哉！」

作者：《曲考》、《曲海目》、《曲錄》均列入無名氏之作，《今樂考證》列為馮夢龍十一種之一，下注「定西陵李梅實稿」。《莊錄》謂作者為李梅實，浙江杭州人，生平無考。

《二胥記》

著錄：《莊錄》謂此書未見著錄。

傳本：明崇禎間刊本、影鈔明崇禎刊本。（《古本戲曲叢刊三集》本據影鈔崇禎本影印。）

提要：凡二卷三十齣。敘伍子胥覆楚，申包胥復楚事。標目作「孝伍員報怨起吳兵，忠包胥仗義哭楚庭；楚昭王感天能報國，鍾離婦誓死得全貞。」

作者：孟稱舜，字子若，又作子適，浙江山陰人。生卒年未詳，約明末前後在世。崇禎時為諸生，入清，曾為松陽令。編有《古今名劇合選》復校刻元鍾嗣成錄鬼簿》，為研究元、明雜劇史之要籍。稱舜工曲，所作有雜劇六種，傳奇五種，陳洪綬稱其所作諸劇云「蘊藉旖旎，的屬韻人之筆，而氣味更自不薄，故當與勝國（明）諸大家爭席。」

《磨忠記》

著錄：《遠山堂曲品》。

傳本：明崇禎間刊本。（民國上海傳真社影印崇禎刊本、《古本戲曲叢刊二集》本、天一出版社《新鐫魏監磨忠記》本均據明崇禎本影印。）

提要：凡三十八齣。演崔呈秀、魏忠賢事。題目作「魏忠賢擅權肆毒，楊侍御觸犯兇鋒；錢貢士連章激奏，明天子祛惡除凶。」其序云「嘗見里中父老言及魏監事，不啻欲啖其肉。皆緣日前之勢燄熏灼，稍有片言隻字忤其旨者，禍且立至，徬徨錯愕，幾成鉤黨之世。是編也，舉忠賢之惡，一一暴白，豈能盡罄其概，不過欲令天下村夫嫠婦，白叟黃童，睹其事，極口痛罵忠賢。」

作者：范世彥，字君澂，號檇李闇父，浙江秀水人。生平事蹟未詳，約明崇禎元年前後在世。

《崖山烈》

著錄：《曲錄》。

傳本：清康熙間鈔本、許之衡飲流齋鈔校本。（《古本戲曲叢刊二集》本、天一出版社《崖山烈傳奇》均據清鈔本印。）

提要：凡二卷三十齣。演宋文天祥、陸秀夫事。言伯顏統兵南下，天祥抗元兵被執，拘燕三年·終不屈死。崖山破，陸秀夫驅妻子先入海，尋負帝赴海死。劇中並插入趙昂發死節，鄭虎臣殺賈似道等事，虛實參半。

作者：朱九經，字無期，里居及生平皆無可考，大約明思宗崇禎中前後在世。《中國文學家大辭典》謂《崖山烈》之作，大概是有感於明亡而作，《莊錄》亦持此說。

《合劍記》

著錄：《莊錄》云此書未見著錄，但云《曲海總目提要》有此本。

傳本：清初刊本，中國社會科學院文學研究所舊藏。（古本戲曲叢刊五集）本據清初刊本印。）

提要：記彭士弘事。彭乃杏山人，官真定南宮縣。崇禎末，劉方亮攻城，被執不屈，以身殉難。時劉鍵邦目擊其事，為作此記。

作者：劉鍵邦，字號未詳，河北真定人，諸生。生平事蹟無可考，約清順治元年前後在世。

《磨塵鑑》

著錄：《曲錄》。

傳本：鈔本。（《古本戲曲叢刊三集》本據鈔本影印。）

提要：凡二卷二十六齣。演黃旛綽奉三教聖人命，下凡開創梨園，搬演故事，名《磨塵鑑》。中插入樂工雷江澄及李豬兒刺殺安祿山。雷李之事出鄭處晦《明皇雜錄》。

作者：《曲錄》列為無名氏作，《莊錄》謂作者為鈕格，字少雅，江蘇長洲人。《寒山堂曲話》云「同里鈕少雅者，本京師曲師，年七十八，始與予獲識於吳。所藏古戲本甚多。自言嘗作《南譜》，存雲間徐于室處。」

《喜逢春》

著錄：《曲錄》。

傳本：明崇禎間刊本、清初玉夏齋刊本。（長樂鄭氏《彙印傳奇》影印本。《古本戲曲叢刊二集》本據崇禎刊本影印、天一出版社《喜逢春》據玉夏齋十種曲本影印。）

提要：凡二卷三十四齣。演毛士龍忤魏忠賢事。題目作「竊朝權的魏忠賢兇如豺豹，媚閹宦的崔呈秀甘作犬鷹；上彈章的楊都憲朝陽鳴鳳，抗讒邪的毛給事聖世祥麟。」此書嘗因有不法句子，而於乾隆時被禁。

作者：《曲錄》題無名氏作品，《骨董瑣記》云「《喜逢春》傳奇，明末江寧清笑生著。」《莊錄》謂作者為清嘯生，一作清笑生，姓名字號未詳，江蘇江寧人。

《秣陵春》

著錄：《新傳奇品》、《曲考》、《曲海目》、《今樂考證》、《曲錄》並錄。

傳本：振古齋刊本、暖紅室刊本。（《古本戲曲叢刊二集》本、天一出版社《秣陵春傳奇》據清順治刊本影印。）

提要：此書一名《雙影記》，凡二卷四十一齣。題目作「白玉杯徐郎傳粉，青銅鏡黃女朁花；將軍玩澄心法帖，善才弄焦尾琵琶。」其事託之宋初徐適，以南唐世裔為其主角。論者謂事雖幻妄，然作者隱寓亡國之痛，無事不有其張本。

作者：吳偉業，字駿公，號梅村，太倉人。崇禎四年進士，年僅二十三，即授翰林院編修，陞南京國子監司業。福王時，拜少詹事，與馬士英、阮大鋮不合，辭官歸里。入清，杜門不與世相通者十年，迭受召不赴。後清朝嚴促其出仕，因父母之勸，不得已扶病上京，授國子監祭酒，不久辭歸。其詩文負一時重望，與錢謙益、龔鼎孳並稱江左三大家。所作雜劇《通天臺》、《臨春閣》及傳奇《秣陵春》，署名灌隱主人，均寫亡國之痛，暗寓其悲痛。

《一捧雪》

《千鍾祿》

《牛頭山》

《兩鬚眉》

《清忠譜》

以上五部見本論文第二章第一節。

《血影石》

著錄：《曲考》、《今樂考證》、《曲錄》並錄。

傳本：鈔本。（《古本戲曲叢刊三集》本。）

提要：凡二卷三十齣。演明黃觀議削親藩，燕王稱兵靖難，觀夫婦先後赴水死，子荄逃出，媳齊氏籍沒，遇梅女相救，後復團圓之故事。

作者：朱佐朝，字良卿，江蘇吳縣人。生卒年及生平均不可考，約清順治初前後在世。工作曲，著傳奇三十種。《新傳奇品》謂其「八音鏦鳴，時見節奏。」

《乾坤嘯》

著錄：《新傳奇品》、《曲考》、《曲海目》、《今樂考證》、《曲錄》並錄。

傳本：鈔本。（《古本戲曲叢刊三集》本。）

提要：凡二卷二十八齣。演宋烏廷慶事。言韋妃欲陷害烏后奪嫡，用利刃置御衣中。宮人以衣進，有刀墜地，上刻「乾坤嘯」三字，係烏后兄廷慶軍所製刀名。文彥博讞審，知其冤，不能具獄。復由包拯勘問，始明其事。此劇似影射明萬曆間「梃擊」一案。

作者：同前。

《奪秋魁》

著錄：《新傳奇品》、《曲考》、《曲海目》、《今樂考證》、《曲錄》並錄。

傳本：鈔本。（《古本戲曲叢刊三集》本。）

提要：凡二十二齣。演岳飛事，大半據演義小說而成，內容多與史傳不合。

作者：同前。

《朝陽鳳》

著錄：《新傳奇品》、《曲考》、《曲海目》、《今樂考證》、《曲錄》並錄。

傳本：鈔本。（《古本戲曲叢刊三集》本）

提要：一名《丹鳳忠》。演明海瑞事。瑞久扼於張居正，劇中牽合陳三謨面譏張居正朝房，及竊擬票令，急召瑞還朝，多與事實相背謬。

作者：朱素臣，江蘇吳縣人。與李玉同時，同校李玉《北詞廣正譜》，並與揚州李書雲合編《音韻須知》。與朱佐朝為兄弟，其作品兼具案頭場上之長。《新傳奇品》稱其「少女簪花，修容自愛。」

《翡翠園》

著錄：《曲錄》據《傳奇彙考》著錄之。《曲考》、《曲海目》有此目，列為無名氏作，但疑為薛旦所作本。

傳本：鈔本。（《古本戲曲叢刊三集》本據鈔本印、大陸中華書局再據之排印。）

提要：凡二卷二十六齣。敘明舒芬事，湊合小說而撰。劇中因寧王府長史麻逢之，為寧王起園亭，謀佔舒宅搆翡翠園。舒芬為正德丁丑狀元，確與寧王同時，但未聞有長史佔舒屋之事，只是史稱寧王驕橫，盡奪諸附王府民廬。

作者：同前。

《英雄概》

著錄：《新傳奇品》、《曲考》、《曲海目》、《今樂考證》、《曲錄》並錄。

傳本：鈔本。（《古本戲曲叢刊三集》本）

提要：凡二卷三十二齣。敘李存孝、鄧瑞雲事，所據以《殘唐傳》為主，參以正史。劇中大意謂李克用以存孝為養子，與共破巢。存孝與存信不合。存孝有未婚妻鄧瑞雲，存信圖之，故搆存孝於克用，縛將殺之，後斥於外，俾立功贖罪。後存孝終與瑞雲成婚。

作者：葉稚斐，名時章，一作名雉斐，字美章，江蘇吳縣人，亦為蘇州派作家之一。《新傳奇品》稱其詞如「漁陽三撾，意氣縱橫」。

《黨人碑》

著錄：《新傳奇品》、《曲考》、《曲海目》、《今樂考證》、《曲錄》並錄。

傳本：鈔本。（《古本戲曲叢刊三集》本據鈔本印、大陸中華書局再據之排印。）

提要：凡二十八齣。本宋元祐黨人之事。

作者：邱園，字嶼雪，江蘇常熟人。約清順治初前後在世，年七十四卒。與尤侗、吳偉業友善，明亡隱居烏邱山，因號烏邱山人，善畫及作曲，《新傳奇品》謂其「入薄后廟，綺麗滿身。」

《如是觀》

著錄：《新傳奇品》、《曲考》、《曲海目》、《今樂考證》、《曲錄》並錄。

傳本：鈔本。（《古本戲曲叢刊三集》本。）

提要：凡二卷三十齣。一名《倒精忠》，又名《翻精忠》。此為翻案之作，作者以為姚茂良《精忠記》直敘岳飛之死，而秦檜受冥誅，猶未快人心，乃作此劇。全劇述岳飛大功，檜受顯戮。

作者：張彝宣，一名大復，字心期，一字星其，江蘇吳縣人，約清順治末前後在世。居閶門外寒山寺，自號寒山子，名其堂曰寒山堂。精通音律，好填詞，著有《寒山堂南曲譜》，考訂甚精，與《鈕少雅南九宮正始》並稱，世號「張鈕」。《新傳奇品》稱其詞如「去病用兵，暗合孫武。」

《蚺蛇膽》

著錄：《莊錄》謂此戲未見著錄。

傳本：順治原刊本、康熙煮茗堂刊本。（《古本戲曲叢刊五集》本據順治原刊本印。）

提要：凡二卷三十六齣，一名《表忠記》。譜楊椒山事。郭棻序略云「忠愍大節，如日星海嶽，曩如《鳴鳳》諸論，獨以鄒、林為主腦，以楊、夏為鋪張，微失本旨。今上思以正之，馮公、傅公，相顧而語，此非丁野鶴不能，於是札屬殷重。野鶴受書，屏居靜

室，閱數月而茲編成。」故知此以楊椒山為主腦，敷演其忠烈。（敕撰）

作者：丁耀亢（約一六〇〇—一六七八），字西生，號野鶴，山東諸城人。貢生，惠安知縣。學問淵雅，讀書好奇節，尤嫻音律。所輯《天史》一書，歷采史乘所載因果實事。傳奇十三種，多散佚，有《陸舫》、《椒邱》諸集及遺稿三卷。

《雙報應》

著錄：《曲考》、《曲海目》、《今樂考證》、《曲錄》並錄。

傳本：康熙刊本、《奢摩他室曲叢一集》本。（《古本戲曲叢刊五集》本據康熙刊本印。）

提要：嵇永仁、王龍光同難於獄中，同難林翁述揭重熙事，嵇永仁援筆敷其大概，其中對揭重熙被執不屈死難之記載頗詳。

作者：同前。

《易水歌》

著錄：《曲考》、《今樂考證》、《曲錄》並錄。

傳本：雙溪原刊本。

提要：蓋演荊軻事，內容不詳。

作者：徐沁，字冰，號野畦，浙江餘姚人。博通經史，善考證。康熙己未薦舉鴻博，不售，退居耶溪，著書秋水堂。李漁嘗稱之為「當世文豪」。所作戲曲，悉以別署標稱，蓋大率為人代作，以獲潤筆之故。

《表忠記》

著錄：《莊錄》謂此劇未見著錄。

傳本：清順治刊本。（《古本戲曲叢刊五集》本據清順治刊本印。）

提要：劉廷璣《在園雜誌》謂：商丘宋犖，記邊大綬為米脂令時，檄掘李自成祖父墳墓，中有枯骨血潤，白毛白蛇之異，與吾聞於邊者不同。邊自敘其事，曰《虎口餘生》。而曹子清演為填詞五十餘齣，悉載明季鼎革始末，極其詳備。以邊為始終，仍名曰《虎口餘生》，構詞排場，清奇佳麗，亦大手筆也。

作者：曹寅（一六五八—一七一二），字子清，一字楝亭，號荔軒。先世為漢族，祖籍河北豐潤，遷居遼寧沈陽，入旗籍。官通政使、江寧織造，兼巡兩淮鹽政。工詩詞戲曲，著有雜劇戲曲多種。

《虎口餘生》

著錄：《今樂考證》、《曲錄》。

傳本：鈔本、坊刊巾箱本。（《古本戲曲叢刊五集》本據乾隆鈔本印。）

提要：此本乃就《表忠記》節刪為四十二齣，並插入〈鐵冠圖〉二齣，計四十四齣，凡分四卷。

作者：《曲錄》列入無名氏撰，《莊錄》列為曹寅之作，曹寅事蹟見前。

《長生殿》：見本論文第二章第二節。

《桃花扇》：見本論文第二章第三節。

《南桃花扇》

著錄：《曲錄》據《傳奇彙考》著錄。

傳本：不詳。

提要：亦敷演侯朝宗事，但因孔尚任《桃花扇》結局生旦未能結合，顧氏以為未快人心，故作《南桃花扇》，令生旦團圓，以快人心。

作者：顧彩，字天石，號補齋，一號夢鶴居士，江蘇無錫人。官至內閣中書。工曲，與孔尚任友善，二人作曲，多所切磋。著有傳奇數十種。

《雙忠廟》

著錄：《曲考》、《曲海目》、《今樂考證》、《曲錄》並錄。

傳本：康熙刊本。（《古本戲曲叢刊五集》本據清初書帶草堂刊印。）

提要：演明舒真、廉國寶，均因彈劾劉瑾罹禍，其孤兒幼女，賴義僕王保，中官駱善，撫養於雙忠廟中，後得報冤，並成為夫婦。

作者：周稚廉（約一六六二——一七〇一前後），字冰持，號可笑人，江蘇華亭人。幼穎異，日讀書以寸許，才名籍甚。王漁洋稱其下筆千言，悠悠忽忽，跡類清狂，與孔尚任同時。著有傳奇數種。

《耆英會》

著錄：《莊錄》謂此劇未見著錄。

傳本：香雪亭刊本。

提要：凡三十齣。演司馬光事，以反對王安石施行新政為之經緯，並述蘇軾、朝雲之遇合。末以司馬復相，安石悔嘆，貶斥呂惠卿作結。

作者：喬萊（一六二四—一六九四），字子靜，一字石林，江蘇寶應人。康熙進士舉博學鴻詞，授編修，與修《明史》。遷侍讀，論治河與當事不合，罷歸。

參考書目：

一

書名	作者	出版者
史記會注考證	瀧川龜太郎	宏業書局
國語	左丘明	漢京文化有限公司
漢書	班　固	鼎文書局
宋書	沈　約	洪氏出版社
南齊書	蕭子顯	洪氏出版社
舊唐書	劉　昫	國泰文化事業
新唐書	歐陽修	洪氏出版社
明史	張廷玉	鼎文書局
清史		國防研究院
資治通鑑	司馬光	啟明書局
石匱書後集	張　岱	鼎文書局
明史記事本末	谷應泰	三民書局

神宗實錄　中研院史語所　中文出版社
史闕　張岱　華世出版社
明代史　孟森　國立編譯館
明朝史話　木鐸出版社
安徽通志（清光緒三年重修本）　華文書局
皇明嘉隆兩朝聞見記　沈朝陽　學生書局
嘉靖以來內閣首輔傳　王世貞　藝文借月山房彙鈔
明末民族藝人傳　傅抱石選譯　明文書局
廿二史箚記　趙翼　世界書局
中國文學發展史　劉大杰　華正書局
中國哲學史　勞思光　三民書局
明儒學案　黃宗羲　華世出版社
辭賦流變史　李曰剛　文津出版社

二

古典戲曲存目彙考　莊一拂　木鐸出版社

曲海總目提要　董　康　新興書局
中國戲曲通史　張　庚、郭漢城　丹青出版社
中國近世戲曲史　青木正兒著　臺灣商務印書館
　王吉盧譯
元明清劇曲史　陳萬鼐　鼎文書局
中國戲劇史（講座）　周貽白　木鐸出版社
中國戲曲史漫話　吳國欽　木鐸出版社
中國戲劇學史稿　葉長海　駱駝出版社
明清傳奇導論　張　敬　華正書局
明清傳奇概說　朱承樸、曾慶全　元山書局
中國古典戲曲序跋彙編　蔡毅編　齊魯書社
戲曲要籍解題　李惠綿　正中書局
清初雜劇研究　陳　芳　學海出版社
小說戲曲論集　劉　輝　貫雅出版社
長生殿研究　曾永義　臺灣商務

孔尚任《桃花扇》考述　耿湘沅　嘉新水泥
孔尚任研究　陳萬鼐　臺灣商務印書館
孔尚任年譜　袁世碩　齊魯書社
孔尚任詩和《桃花扇》　劉葉秋注釋　中州書畫社
明清文人傳奇研究　郭英德　文津出版社
中國古典戲曲名著簡論　鍾林斌　春風文藝出版社
玉輪軒曲論　王季思　中華書局
小說戲曲研究　聯經出版社
詩學箋註　姚一葦　中華書局
戲劇與文學　姚一葦　聯經出版社
戲劇原理　姚一葦　書林出版社
戲劇發生與生態　葉長海　駱駝出版社

三

樂府雜錄　段安節
青樓集　夏庭芝

錄鬼簿	鍾嗣成
續錄鬼簿	賈仲名
太和正音譜	朱　權
南詞敘錄	徐　渭
顧曲雜言	沈德符
曲品	呂天成
遠山堂曲品	祁彪佳
譚曲雜箚	凌濛初
衡曲麈談	張　琦
新傳奇品	高　奕
閒情偶記	李　漁
傳奇彙考標目	無名氏
笠閣批評舊戲目	笠閣漁翁
重訂曲海總目	黃文暘
劇說	焦　循

曲話　梁廷枬
曲目新編　支宜豐
詞餘叢話　楊恩壽
以上自《樂府雜錄》見《中國古典戲曲論著集成》　中國戲劇出版社
梅花草堂曲談　張元長
兩般秋雨盦隨筆　梁紹壬
曲海一勺　姚華
曲稗　徐珂
霜厓曲跋　吳梅
曲海揚波　任二北
以上自《梅花草堂曲談》見任中敏編《新曲苑》　臺灣中華書局
北詞廣正譜　李玉
綴白裘　玩花主人
南音三籟　凌蒙初
增定南九宮曲譜　沈璟

以上自《北詞廣正譜》見善本戲曲叢刊　學生書局

顧曲麈談　吳　梅　臺灣商務印書館

四

琵琶記　高　明　西南書局

鳴鳳記　王世貞　開明書局

香囊記　邵　燦　開明書局

浣紗記　梁辰魚　開明書局

千鍾祿　李　玉　天一出版社

牛頭山　李　玉　天一出版社

萬里圓　李　玉　天一出版社

兩鬚眉　李　玉　天一出版社

清忠譜　李　玉　天一出版社

清忠譜　（王毅注）　北京人民文學出版社

磨忠記　范世彥　天一出版社

喜逢春　清嘯生　天一出版社

長生殿　洪　昇　華正書局
小忽雷　孔尚任　明文書局
桃花扇　孔尚任　學海出版社
桃花扇　孔尚任　漢京出版社
桃花扇（梁啟超註）　臺灣中華書局

五

荀子集釋　李滌生　學生書局
文選　蕭　統　華正書局
出山異數記　孔尚任　昭代叢書
湖海集　孔尚任　世界書局
吳梅村詩集註　吳梅村　自力出版社
周忠介公燼餘錄　周順昌　藝文借月山房彙鈔
七錄齋詩文合集　張　溥　偉文圖書公司
海寧王靜安先生遺書　王國維　臺灣商務印書館
陶庵夢憶／西湖夢尋　張　岱　漢京文化公司

思復堂集　邵廷采　華世出版社
王陽明《傳習錄》詳註集評　陳榮捷　學生書局
焚書／續焚書　李　贄　漢京出版社
陸放翁全集　陸　游　臺灣中華書局
張岱詩文集　張　岱　上海古籍出版社
侯方域文　朱鳳起選註　臺灣商務印書館
讀通鑑論　王夫之　漢京文化公司

六

開元天寶遺事　王仁裕　藝文陽山顧氏文房
致身錄　史仲彬　藝文百部叢書
碧血錄　無名氏　藝文知不足齋
板橋雜記　余　懷　藝文龍威秘書叢書
虞初新志　余　懷　新興書局
全唐詩話　何文煥　漢京文化公司
本事詩　孟　棨　藝文出版社

明皇雜錄　鄭處誨　藝文守山閣叢書
後山居士詩話　陳師道　藝文百川學海
庚溪詩話　陳巖肖　藝文百川學海
碧溪詩話　黃　徹　藝文知不足齋
客座贅語　顧起元　藝文金陵叢刻
古詩評選　王夫之　自由出版社
清詩話　王夫之等撰　西南書局
管錐篇　錢鍾書　香港太平圖書公司

七

中國焚書大觀　安平秋、章恒培　上海文化出版社
詩史本色與妙悟　龔鵬程　學生書局
明史散論　李焯然　允晨文化實業
明代政治制度研究　張治安　聯經出版社
歷史與思想　余英時　聯經出版社
社會、文化和知識份子　葉啟政　東大圖書公司

歷史與思想　余英時　聯經出版社
知識份子與中國　時報書系
探求不死　李豐楙　久大文化
人論　卡西勒著　甘陽譯　桂冠圖書公司
小說面面觀　福斯特著　李文彬譯　志文出版社
解釋學原理　高宣揚　遠流出版社
夢的解析　佛洛伊德　賴其萬、符傳孝譯　志文出版社
小說・歷史・心理・人物　周英雄　東大圖書公司
八
李玄玉劇曲十三種研究　王安祈　臺大六八年碩士論文
明代時事新劇　高美華　政大七九年博士論文
晚明戲曲劇種及聲腔研究　林鶴宜　臺大八〇年博士論文

論圓形人物與扁形人物—小說藝術論　張德林　文學理論研究
晚明戲曲刊刻概況　林鶴宜　漢學研究第九卷第二期
洪昉思年譜　曾永義　中山學術集刊第三集
孔東塘先生年譜稿　陳萬鼐　中山學術集刊第五集
洪稗畦先生年譜稿　陳萬鼐　幼獅學誌第七卷二期
詮釋學的變遷與發展　沈清松　現代哲學論衡一九九〇三月
《一捧雪》本事新證　劉致中　戲劇藝術一九八八年一期
侯方域生平思想考辨
—論侯方域的「變節」問題　何法周、謝桂榮　文學遺產一九九二第一期

國家圖書館出版品預行編目

明末清初劇作家之歷史關懷：
以李玉、洪昇、洪尚任為主 . 康逸藍著. -- 一版.
臺北市 ： 秀威資訊科技， 2004[民 93]
面； 公分. -- 參考書目：339-350 面
ISBN 978-986-7614-46-9（平裝）
1. 中國戲曲 - 歷史 - 明（1368-1644）
2. 中國戲曲 - 歷史 - 清（1644-1912）
3. 中國戲曲 - 作品評論
820.9406 93015084

語言文學類 AG0019

明末清初劇作家之歷史關懷
——以李玉，洪昇，孔尚任為主

作　　者 / 康逸藍
發 行 人 / 宋政坤
執行編輯 / 李坤城
圖文排版 / 張家禎
封面設計 / 莊芯媚
數位轉譯 / 徐真玉　沈裕閔
圖書銷售 / 林怡君
網路服務 / 徐國晉
出版印製 / 秀威資訊科技股份有限公司
台北市內湖區瑞光路 583 巷 25 號 1 樓
電話：02-2657-9211　　傳真：02-2657-9106
E-mail：service@showwe.com.tw
經 銷 商 / 紅螞蟻圖書有限公司
台北市內湖區舊宗路二段 121 巷 28、32 號 4 樓
電話：02-2795-3656　　傳真：02-2795-4100
http://www.e-redant.com

2006 年 7 月 BOD 再刷
定價：420 元

讀　者　回　函　卡

感謝您購買本書，為提升服務品質，煩請填寫以下問卷，收到您的寶貴意見後，我們會仔細收藏記錄並回贈紀念品，謝謝！

1.您購買的書名：______________________________

2.您從何得知本書的消息？

☐網路書店　☐部落格　☐資料庫搜尋　☐書訊　☐電子報　☐書店

☐平面媒體　☐　朋友推薦　☐網站推薦　☐其他__________

3.您對本書的評價：(請填代號　1.非常滿意 2.滿意 3.尚可 4.再改進)

封面設計____　版面編排____　內容____　文/譯筆____　價格____

4.讀完書後您覺得：

☐很有收獲　☐有收獲　☐收獲不多　☐沒收獲

5.您會推薦本書給朋友嗎？

☐會　☐不會，為什麼？______________________________________

6.其他寶貴的意見：____

____

____

____

讀者基本資料

姓名：____________________ 年齡：______　性別：☐女 ☐男

聯絡電話：________________ E-mail：____________________

地址：____

學歷：☐高中(含)以下　☐高中　☐專科學校　☐大學

☐研究所(含)以上　☐其他_______________

職業：☐製造業 ☐金融業 ☐資訊業 ☐軍警 ☐傳播業 ☐自由業

☐服務業 ☐公務員 ☐教職　☐學生 ☐其他__________